后浪

一路到夏天

爱与渴望之歌

[新西兰]菲奥娜·基德曼 著
蒋慧 译

四川文艺出版社

献给

詹妮弗和彼得·贝克

以及我们的终生友谊

目录

推荐序

我们也是古怪的移民

张怡微

最近，我收到一部很特别的短篇小说集《一路到夏天：爱与渴望之歌》的试读本，来自一位新西兰的女作家菲奥娜·基德曼。我至今没有去过新西兰，四年前倒是随复旦大学英文系与创意写作专业的老师们一起去过西澳大利亚，第一次与所谓的“大洋洲作家”有接触。过去我对于新西兰作家的了解十分稀少，主要来自文洁若所译凯瑟琳·曼斯菲尔德（Katherine Mansfield，1888—1923）的短篇小说与2013年以28岁的年纪就折桂布克奖的女作家埃莉诺·卡顿（Eleanor Catton，1985— ）。菲奥娜·基德曼如今83岁，出版有30多本书，获得了许多重要的国际文学奖项。更重要的是，她的一生经由文学写作或围绕着文学写作，为新西兰女性议题做了大量尖锐、严肃的社会工作，她还创建了菲奥娜·基德曼创意写作学校。这些努力使得她成为新西兰最受尊敬的小说家之一。

新西兰有文字记载的历史并不长，考古学家认为，公元8世纪新西兰两岛就有人类居住。今天的毛利人，是我们普遍认为早于欧洲殖民者登陆岛屿的原住民，可惜他们并没有留下明确的文献资料来证明自己发现与开拓文明之前居住地的生活细节。据虞建华所著《新西兰文学史》的介绍，14世纪中叶的毛利船队登陆新西兰同样是有意识地移民。玛乌伊之鱼（Te Ika a Maui）是毛利作家通过诗歌赐予这个岛国的美丽别名。根据毛利人的传说，他们的民族英雄半神人玛乌伊，用其祖母下巴骨为钩，钩住海底深处沉睡的一片陆地，像钓鱼一样将它拖出洋面，于是就有了“玛乌伊之鱼”的说法。在毛利人安居乐业地生活了几百年后，17世纪欧洲人的到达，标志着文化冲突的开始。如今的“新西兰”，得名于荷兰的西兰省，具有浓厚的航海发现意味。直至1769年，英国著名航海家库克率船队再次造访，库克船长以英王乔治三世的名义，宣布对新西兰的主权。新西兰的殖民史就这样开始。自18世纪末起，出于各种理由，如猎捕海豹、传教等原因，白人在新西兰有了较为成熟的生活区域。1860年前后，新西兰出现淘金热，白人人口剧增，多为欧洲中产阶级下层。1940年，《怀唐伊条约》生效，新西兰正式成了英国的直辖殖民地。此后各种各样的移民，怀着各种各样的目的，从遥远的英国来新西兰定居，我们在不同时期新西兰作家的小说中可以看到多元的理由，例如英国天气不好（《一路到夏天》中提到“那些曾驻扎在上海和天津的帝国军队的残余成员。他们移民到新西兰，而不是回到英国，是因为习惯了温暖的天气，希望往后的日子能像在中国时一样过下去”），又或者生活压力太大（《心里的一根针》中提到“家乡很不景气，比这里情况更糟”），还有逃避宗教迫害等等。《怀唐伊条约》因翻译理解及其他不公平事件导致种族矛盾随之激化。20世纪以后，新西兰成为“自治领”，理论上拥有了与宗主国英国平等的地位。

以上便是菲奥娜·基德曼诞生的时空：她出生于北岛，父亲是爱尔兰人，母亲是苏格兰人，她已故的丈夫伊恩是毛利人后裔。第一次世界大战期间，英国向德国宣战，新西兰派出9万名士兵参加英军。第二次世界大战期间，新西兰政府再次为英国出兵……菲奥娜·基德曼的父亲曾在战争期间于空军服役。由此，移民家庭、战后心理、跨文化婚姻等等，是我们阅读《一路到夏天：爱与渴望之歌》的语境，几乎以微缩的形态暗示我们，小说《一路到夏天：爱与渴望之歌》即将为这一段复杂历史的后果做文学与情感上的命名。《一路到夏天：爱与渴望之歌》是我阅读菲奥娜·基德曼的第一部小说集。小说中出现的许多要素，都有别于凯瑟琳·曼斯菲尔德和埃莉诺·卡顿。或者说，若从出生代际来说，她刚好以女性视角衔接上从20世纪初期到80年代的新西兰生活史，桥接了我的阅读盲区。只要我们留心，就可以在菲奥娜·基德曼的故事里读到20世纪人类文明史在南半球的流变历程：毛利人的航海和远征，欧洲殖民者、普通白人与毛利人的混居形态，政治独立、战争怀乡与后殖民时代的多元文化等。是这些要素构成了菲奥娜·基德曼的创作资源。

2020年，菲奥娜·基德曼亲自重编《一路到夏天：爱与渴望之歌》，以“爱”为主题，挈领四种爱的形态作为小说分辑的标题：迂回、渴望、迷途、本色。每一辑中，又各有一部中篇、几部短篇形成整齐的结构。第一辑“迂回”中的第一个故事《绕到你的左边》，写作了一段中年人的情感回忆。小说题目取自在加拿大北方红河一带的民歌《红河谷》的歌词：“哦，我们要去下一个山谷/你绕到你的左边，又绕到你的右边/ 你从山谷里挑选你的女孩”，这是小说主人公爱丽丝14岁登上社交场的舞会时的伴奏乐曲。如今已人到中年，是电台主持人的爱丽丝·埃默里，有一天接到一位名叫凯瑟琳·福克斯的女士的电话。电话里，凯瑟琳·福克斯声称自己在听爱丽丝的节目时，听到一位农场主的口头禅是“我还不如去跟上帝说”，和她的祖父在牧场里工作时说的话一样。她的祖父名叫尼尔·麦克诺特，这个名字真令爱丽丝心惊。因为那个家庭，是她在老家菲殊洛的邻居。14岁时，她还差一点成为道格拉斯·麦克诺特的女友。道格拉斯·麦克诺特正是凯瑟琳·福克斯的父亲，于是她问：“告诉我，我父亲是个怎样的人。”这真是一个摄人心魄的问题，爱丽丝·埃默里只能说清她愿意说出口的那些信息：道格拉斯·麦克诺特曾远渡重洋，去马来亚打仗，是英国特种空勤团的伞兵。战后，他还患上某种丛林病。她没有说出口的那些，关于性爱的启蒙（“她们知道性是一根烧得通红的火钳，但她们难以想象自己会被烧伤或灼瞎”）、关于她初次接受所爱之人可能令其他女性怀孕生子，以及战争对于两个年轻人真正的影响：她不愿意成为麦克诺特家族的媳妇，如马克西姆·麦克诺特的太太诺艾琳一样，成天盘算“我本可以嫁给他们当中的任何一个”“我得赶在别人前面生个男孩”。正因战争带走了她的心上人，她开始意识到在菲殊洛之外，还有更远大的世界：“已经领略过山谷外面的世界，但选择回到家里——这是一回事；从未有过离开的机会，于是只得待在这里——这是另一回事。”这是一个14岁、还没有接受良好教育的女孩自我教育的历程。她很爱这个人，但她更想像他一样出去看看。至于另一个女孩、她的情敌，则是其次的原因。她也没有对旧情人的孩子说，当她打来电话的时候，她曾“感到一阵战栗，如同紫罗兰迎来了春风的吹拂”。细腻的女性心理描写，是菲奥娜·基德曼的长处。比起借由小说女主人公放纵欲望的爽快，小说叙述者却选择了另一种别致的方式，以理性驯服感性，没有摧毁爱情的信仰，而是告诉我们它的力量。爱丽丝知道有过这样的一件事，很动人的一件事，但比起当时心里想做的事、心中想成为的那个人，爱意只是一阵很美好的微风。“走出去”，是菲奥娜·基德曼小说中的重要主题，爱情则成为这一主题的试金石，考验出走的决心。如此的心灵微风，在《帽子》《红甜椒》两则故事中亦有相似的微妙呈现。一位在儿子婚礼上心思浮动的母亲、一位逛超市却遭遇不愉快经历的妇人，她们都感觉到即刻内心秩序被打乱的威胁，那都是生活中“自我保护机制自行启动”的时刻，很难说它来自什么明确的教诲书，而是来自女性敏锐感受到危机的本能：“我们在变幻莫测的际遇中求索自己的道路，与此同时，我们一遍又一遍地质疑它，留心地雷与突然的爆炸，追寻每一刻的真相。”（《红甜椒》）

第二辑“渴望”中的中篇小说《心里的一根针》从小说技法

来看，就更为经典，它以十分精巧的结构一层一层剥开女性伤痛的真正原因。它可能也是我近期读到的印象最深的小说之一。故事开场于1925年陶马鲁努伊一个乱哄哄的赛马场，有一家人虽然清贫拮据却拖家带口去赌马。奎妮·麦克戴维特（原名阿维娜）一共生了8个孩子，她的父亲是来拓荒的白人，后来消失在南方，她的丈夫罗伯特就是赌马成瘾的那位男士，她的女儿玛丽、埃斯梅等，正帮忙她带刚出生的小女儿珀尔。儿子乔已经结婚，他也带来了太太。罗伯特侥幸赢了一局，之后引来了戴夫·墨菲不怀好意的嫉妒嘲讽，他用低俗的语言嘲讽奎妮高龄产女，当着她儿女的面说："你母亲是个干瘪的老太太""那给我看看你的奶子"。令人费解的是，奎妮居然真的要解开衣服给这个不相干的烂人看自己哺乳的能力，幸好被赶来的罗伯特与乔制止。乔的反应也很奇怪，"乔张开手，掴了埃斯梅一掌"。小说后来就转去了别的叙事重心，但这个突兀的开场当然令人印象深刻，在叙事中也反复提醒读者不要忘记："听说她们的妈妈在赛马场给别人看过自己的乳房，这是不是真的？"埃斯梅成了小说真正的主人公，她看起来总不快乐，长大后，"她在小屋的铁皮屋顶之下痛苦不已，渴望着自己得不到的东西"，直到她遇到了一个外来的英国人吉姆·墨菲特，那个人写信给她的父亲，声称自己"受过不错的教育……我现在是一名火车信号员。结婚后，我能分到一间铁路员工房"，家人便潦草地把她嫁了出去。他们的家在奥阿库尼枢纽站，就在火山脚下，陶马鲁努伊的南面。奥阿库尼如今是一个滑雪景点，还有一个巨型萝卜作为文旅标志。它最早是纳蒂朗吉（天空人）和纳蒂乌恩努库（彩虹人）定居的地方，可见埃斯梅当时嫁去了孤独之境。有一天，吉姆遇上了事故，他把责任推给毛利人，也在那天，“埃斯梅的手指伸到了飞速运转的针头下面，针断成两截……她敢肯定，针扎进了肉里，可看不见针的踪影”，那根针就成了小说题目所言，像一种身体疼痛的隐喻。在第一个儿子出生后不久，还在哺乳期的埃斯梅就出轨了，那是她在婚后，也是在这一生中唯一一次真正的恋爱，“她感到乳房沉重而饱满，并且可耻。母亲裸露的身体在她脑中闪过”。她的婚姻至此开始有了复杂的变化。一方面世界陷入了战争，吉姆·墨菲特说：“我真希望自己能去打仗。”另一方面，埃斯梅似乎总是控制不住自己出轨的欲望。她挑选的对象，总有一些奇怪之处，例如一位电影放映员劳伦斯，因身上的疝气疤痕没有参战，埃斯梅说：“谁也不该向别人展示自己的私处。”她给劳伦斯抚摸手肘下面的针，两人度过了一个愉快的下午。生活如流水般流逝。埃斯梅生下了第二个儿子菲利普。15岁的珀尔写信告诉埃斯梅，“这里到处都是美国人……我只喜欢海军陆战队员”。可惜珀尔年纪轻轻就因病离世。她的死，直接触动了埃斯梅想要离开婚姻的决心。小说至此都带有奇特的悬念，读者很难真正与埃斯梅共情，关于她那个不被爱的丈夫，关于她心血来潮的抉择：“他们的心境已经颠倒。从前，她是害怕离开的那个。‘大萧条’结束之前，战争开始之前，还有电影出现之前。现在她想走，却不知道该怎么走。”为了离婚，埃斯梅放弃了两个儿子的抚养权，她拼命打工，养活自己的小女儿。菲利普成年后，成为律师，娶了一位女演员，却不愿意在婚礼上邀请任何亲属。直到菲利普的婚姻也开始遭遇困境，他才略有一些想念母亲。母亲也想念他，她甚至偷偷混入婚礼，还给儿媳妇写信。她很喜欢这位名人媳妇，送给她母亲留给珀尔的首饰，倒不是因为她有名，字里行间埃斯梅透露着对于新时代女性活力的赞许。直到临终，读者才知道整个故事真正的答案，埃斯梅曾在童年时被哥哥乔侵犯，母亲奎妮不惜向外人展示自己身体的隐私，努力掩饰珀尔的身份，也不过是为了在那样保守的年代里保护埃斯梅，保护家庭。那一根“针”，是在埃斯梅有觉知的那一刻，疼痛再难消亡。回看故事中段，埃斯梅的痛苦来源于她知道了婚姻生活的内容，她意识到自己的创伤来源。她开始恨乔，恨自己，也疏远丈夫：“要是说到事故，实在发生过太多了。已经说不清楚，他们之间为何变得如此疏离。她不觉得是自己的责任。有些事一早就发生了，那时她还没法为自己的生活做决定。在她年幼的时候。在她早年沉睡之际，在某个她没认出来的地方。”好在这样的痛苦，只在女主人公漫长的人生中占据一部分时间。她很快将依靠自己的努力走了出来，生过孩子、离开孩子也是一样，通过岁月的力量，她接纳了自己，也获得了菲利普的谅解。在埃斯梅自己的时代，她没有选择。但在现在的时代，女孩子的选择可多多了。我很喜欢菲奥娜·基德曼小说中淡淡流露出的温柔的世故，一方面她歌颂爱情，这在当下缺乏热情的时代，尤其显得稀少，一方面她并不留恋具体的“关系”。无论是重逢旧爱，还是陷入不伦，再或者是经由情欲确证自我需求，都远不及她在《神奇八人组》中写的

“爱情太过复杂，没法向子女解释清楚”。爱情不只属于年轻人，也不只属于女性，更不只属于作家，它属于感受过它出现（“爱真的在向她走来”《告诉我那爱的真谛》）、不害怕它重现（“感到一阵战栗”《绕到你的左边》）且知道它厉害的每一个人。正如《心里的一根针》中作者写到的：“有时她想表现得像个普通人——一个没有陷入热恋的人”，但她心里明白：“这就是爱情对她的影响，爱令她说起话来既勇敢又鲁莽。”

小说中移民生活的书写，同样可以使我们从文学的角度看到新西兰白人移民在战争前后的心路历程，看到他们如何在保守偏狭的文化氛围中经营人生。除了《心里的一根针》里想为英国打仗的吉姆·墨菲特，还有《一路到夏天》里玛蒂父亲的战友弗兰克。那些年轻人既怀乡又面临着对于新世界的征服心，他们没有一个人真正回到英国，只在心里一年又一年盘算：“战争结束后我该做什么。我不想一辈子当农民。家里人认为，我理应回亨特维尔定居。但你知道的，一旦你出去过，见过一点世面，你就没法接受一成不变的过去了。”《一路到夏天》写了一个白人移民家庭尴尬的生活处境，菲奥娜·基德曼笔下的男性角色，总是差一点成为战斗英雄却最终没有，不是因为身体原因去不了海外战场，就是回来后病逝没有进入阵亡将士纪念碑。英雄梦的破碎使得他们务实地进入农场，在平凡的生活中度过余生。相较之下，小说里的女性比男性要勇敢、野蛮得多，《一路到夏天》故事里的小女孩，具有一种在缺水地区探寻水源的能力，作家直白地写到寻找地下水源的能力与性张力有关。这位神秘古怪的小女孩，会让人想读菲奥娜·基德曼的第一部长篇小说《一类女人》（*A Breed of Women*，1979）、第二部长篇小说《中国之夏》（*Mandarin Summer*，1981），及描写大萧条和二战时期的长篇小说《帕迪的疑惑》（*Paddy's Puzzle*，1983），看起来都是怪姑娘感受大世界的母题，且含有中国元素，由此，真心期待读到菲奥娜·基德曼更多的中译作品。

前言

人要怎样才能知晓爱的真谛？这世上的爱一共有多少种？坠入爱河是否意味着从此过上幸福的生活？爱消亡后，我们还能复原吗？还是说，人生已被彻底地改变？W. H. 奥登在他那首著名的《告诉我那爱的真谛》（*Tell Me the Truth about Love*）里，曾探求过爱的样貌、气味与声音。（我腆颜借用了这首诗的标题，为这本集子里的一篇小说赋名。）它也许似牧羊犬的吠叫，或是在派对上的高歌，抑或更高雅一些，独独钟情古典音乐。他继续沉思：它会如刺猬一般带刺，还是像凫绒一样柔软？而我自己也有一些疑惑：爱会剧痛如牙齿吗？人心真的会碎吗？

关于这些问题，我的答案不比诗人多。但在这首诗的最后几节里，奥登重复着这个叠句，乞求被告知爱的真谛，并问起爱情是否会彻底改变他的一生。最后的这个问题，似乎也是我这几篇小说的内核。它们多半与爱有关。它或多或少，改变了主人公的人生。爱，或长或短，通常危险，永远不会被忘记。

有些故事曾在我的小说集中出现过，写于三十几年前。在各种各样的关系里，爱是永恒的主题。爱也贯穿于我的写作生涯，今年我刚好八十岁，似乎是把这个主题串联成集的好时机。不过，这本小说集里也有几个新故事。对关注过我早期作品的读者来说，这些小说的本质不曾变过，然而，这本书给我提供了一个修改的机会，好让它们更进一步。感谢哈丽特·艾伦，是她让这一切成为可能，在我多年的写作生涯中，她一直是我的编辑。好朋友的爱同样非常重要。

有些小说是以第一人称写的。倘若我的读者从这些故事里，或是从《点彩》里的吉尔身上，读出了我的影子，你们也许没有看错。我们都有各自的罗曼史。

菲奥娜·基德曼

2020年

I 迂回

| 绕到你的左边

| 帽子

| 红甜椒

绕到你的左边

奇迹呵，奇迹。电话响时，爱丽丝坐在桌边，在为一个采访做准备。她在一家电台工作，主持一档生活方式类节目。爱丽丝本人很出名，人们遇上各种问题，都想找她拿主意。大家都说，她是女强人。她的确觉得自己既身强体健，又精力充沛。不过，她也到了更不愿受人打搅的年纪，儿女们开始担心，谁会为她修剪草坪，她会变成什么样。给她致电的人名叫凯瑟琳·福克斯，带“K”和“Y”的那个“凯瑟琳[1]”。她从奥克兰的一家保险公司打来。爱丽丝能看到，她坐在桌子后面，沉着、能干，穿着剪裁合宜的套装，纯棉衬衫的领子底下，精巧地系着一条低调而美丽的围巾；爱丽丝也能听见，她询问着客户名字的正确拼法，这是一种本能的谨慎，她也将这种谨慎带进了自己的生活——正是我：凯瑟琳，带“K”和“Y”的那个“凯瑟琳”，她补充道，

1 Kathryn，人名，区别于发音相同的 Catherine。——译者注（本书若无特别说明，均为译者注。）

凯瑟琳·福克斯太太。

“什么事，福克斯太太？”爱丽丝应道，打算跟她说，自己的寿险保额已经非常高，或者，今早没空就这个问题发表意见。

“事关我父亲，”凯瑟琳·福克斯立刻说，“我想，您认识他，在他年轻的时候，与我母亲结婚之前。他叫道格拉斯·麦克诺特，”她声音小了，变得没那么有把握了，仿佛料想爱丽丝会一口否认，“我也没想到您也许会认识他。”

“你是怎么发现的？”爱丽丝问道，就像在采访，但她感到自己的脉搏在跳动。

“唔，”凯瑟琳深深地吸了一口气，“有次我在电台听到您的节目，您提到了菲殊洛。您说起在那里认识的一个人，他在自家的牛棚干活时，倘若奶牛耍性子，不肯听话，他就会吼它们：‘我还不如去跟上帝说。’”

爱丽丝放下手中的笔：“尼尔·麦克诺特。”

“我祖父。您明白我的意思了吗？”

“明白，”爱丽丝说，“我明白了。”

“我父亲病危时，我被送到了祖父母的农场，这样我母亲才能抽出更多时间照顾他，”凯瑟琳说话间，声音变得冷峻起来，“我当时还小。整个夏天，我每晚都坐在院子的围栏上，听祖父重复那句话。‘还不如去跟上帝说。’他说。而我明白，他这话不只是说给牛听的。之后我再也没听见谁这么说过。很快，他便去世了。没过多久，我父亲也去世了。”

“这么说，你父亲不是在农场里离世的？”

“他曾远渡重洋，去马来亚[1]打仗，”凯瑟琳说，“您知道的，现在那里叫马来西亚了。”这一点爱丽丝早已知晓，但她没有打断凯瑟琳。“他回来的时候，已经染上了某种丛林病。他回到了农场，却没法像从前那样干活了，于是和我母亲一起搬到了镇上。”

这些事，爱丽丝不知道。“后来他又开始工作了吗，在镇上？”菲殊洛人人都知道“镇上”是什么意思。镇在北面，不如城市大，但有旅馆，旅馆的餐厅里铺着亚麻桌布，还有书店、电影院、仓库和采办站。你要是想看牙医，就会去那里。

“他去了采办站，一直工作到身体不允许。您的确认识他们，对吧？我没弄错吧？”

“是的，我认识他们。”爱丽丝缓缓说道，思索着是否要帮电话另一头的女人，两人之间出现了一阵沉默。

凯瑟琳·福克斯似乎察觉到了她的犹豫，于是更进一步，坚定地说道：“告诉我，我父亲是个怎样的人。”不是恳求，只是陈述，并且准备道出自己的故事。“我母亲又结了婚，她不明白父亲对我来说有多重要。母亲与继父在一起很幸福，继父对我和妹妹也很好。‘有什么好说的？’我向她打听父亲的事时，她总说，‘他病了，然后死了。’不管从前她是为何为他着迷，她都已经忘了。哎，也许这些事您不清楚，但只要告诉我一点点就好，一点他说过的话、做过的事。请原谅，也许您根本想不起多少关

1 全称为“英属马来亚”，曾是大英帝国殖民地之一，包含海峡殖民地、马来联邦及五个马来属邦。

于他的事了。”

“他是个爱热闹的人[1]。”话音刚落，爱丽丝就后悔了。

“基佬？”凯瑟琳说道。

“不，不是那个意思。这是我们那个时候的说法。语言变了，”爱丽丝意识到，她们之间、她们的年纪之间，以及在认不认识她父亲这一点上，存在着距离，“他的枪骑兵方块舞[2]跳得很好。嗯，我们偶然在舞曲将尽时跳过一次。”

“等等，您是说，我父亲跳过方块舞？”

“是的。不止如此，他是个美人儿。我的意思是，他长得非常好看。”

凯瑟琳说：“这一点我怎么也想不到。他的照片我母亲一张也没留。没人跟我说过他长得好看。”

爱丽丝想，也许凯瑟琳会后悔打这通电话，她会觉得，爱丽丝在为她描绘一个幻象，或许，爱丽丝根本不记得他。“你的母亲是叫罗达吗？”她问道。

“不是。”凯瑟琳说出了一个爱丽丝从未听过的名字，她说，父亲自从林回来后不久，就在医院结识了这个女人。他们几乎立刻结了婚。

这是个奇迹。一段爱丽丝未曾亲历的历史，在这个早上出现在她的眼前。此刻，风在楼宇间尖啸，五层楼之下，总水管爆炸，

---

1 原文为“gay dog”，gay既有快乐之意，也有同性恋的意思。爱丽丝指的是前者，凯瑟琳误以为是后者。

2 The Lancers，一种方块舞，四对男女舞伴围成一个方形，一共会跳五段舞曲。

交通因此瘫痪，隔壁大厦里，警报误响，人员被疏散殆尽。

爱丽丝毕业后，立刻去菲殊洛的布店上起了班。她从一群年轻女孩中脱颖而出，那些女孩觉得，在大街（这也是镇上唯一的街道）上工作一两年，顺便攒好自己的嫁妆，也许会很有趣。她回绝了当护士或老师的建议。对其他女性来说，还可以选择投身天主教——当修女，但菲殊洛的长老会[1]实在叫人难以想象，那是一个令人看不透的古怪谜团。她们扪心自问，谁会想生活在一群女人中间？

“你为什么想来我的布店上班？”店主麦克唐纳小姐问道。她是个高挑的女人，梳着大圆髻，一绺绺碎发从发髻里漏出来。她二十年没剪过头发，并为此自豪，尽管谁也没见过这一头长发披散下来的样子。

“我想赚点钱，同时想想接下来要做什么。”

“你是指，直到某个人出现，向你求婚？我不希望有男孩在这里晃荡。”麦克唐纳小姐说。

爱丽丝觉得，最好还是别告诉未来的雇主，自己已经被道格拉斯·麦克诺特遗弃了，不过，谁知道呢，也许某天他还会出现的。于是，她只说：“我父母的农场刚起步，我要是现在离开，他们会很辛苦。周末我还能帮忙挤奶。”

---

1 基督新教三大流派之一，又称长老宗、归正宗、加尔文派等，产生于16世纪的瑞士宗教改革运动，后流行于法国、荷兰、苏格兰及北美。

这番话打动了麦克唐纳小姐，因为她发现爱丽丝勤劳简朴，而且自己不必许诺长期雇用爱丽丝。“你可以先试上三个月，到时我们看看彼此是否合得来，你再决定要不要留下来。”

就这样，爱丽丝站到了菲殊洛布店的柜台后面，数纽扣；卖束腰和中国绉纱；安排尖杯文胸的订单；向年轻女士推荐缝纫样式——一个月前，她还在跟她们一起上地理课；学做盘扣，然后向顾客演示；提醒麦克唐纳小姐，毛线区的三股线库存已经不多。与此同时，她呼吸着新衣服的清香，至今这个味道都会让她想起毛茛。

麦克唐纳小姐雇爱丽丝，起先只指望她洒扫店面、泡泡茶——这些活儿她都干了。等爱丽丝提议店里可以订购一些束腰带，因为她听说镇上的女孩都穿束腰带（她自己也想拥有一条）时，她的雇主久久地端详了她一会儿，进了半打，第二天就卖光了。之后，麦克唐纳小姐抽出时间去镇上采购，留爱丽丝看店。新货一到，营业额便涨了，爱丽丝的薪水也涨了。

菲殊洛现在由一连串的商店组成，这些商店被一条主干道一分为二。邮局早已倒闭。大家都去镇上买衣服，布店不见了。方形白色教堂坐落在枝繁叶茂的大树底下，博物馆里陈列着村中先祖的严肃面孔，社区礼堂已显出岁月的痕迹，菲殊洛阵亡将士纪念碑立在路边，由一根沉重的铁链围住。道格拉斯·麦克诺特的名字不在上面。

道格拉斯不是在战场上倒下的，而且，他参与的只是一场小小的丛林冲突战。他赴战，不是为了响应席卷全国的征兵号召，只是一个年轻人面对生命中没法回答的问题时做出的反应。他的名字被刻在一块墓碑上，在安静的海滨墓地里，起风时，沙子在墓碑上扬起又落下，干草齐齐弯了腰。伞兵道格拉斯·麦克诺特，英国特种空勤团，马来亚。没写妻子的名字。这就是爱丽丝所知道的全部。

她父母的农场与麦克诺特家毗邻。麦克诺特家族在这里定居已久，埃默里一家则是新来的，他们的土地不及邻居家的几分之一，除了河边那三片郁郁葱葱的小农场，其他地方都无人照料，长满了金雀花。一个夏日午后，临近挤奶的时间，他们一家驱车来到这个山谷。奶牛挤在后面的车厢里，乳房都快撑破了。你好，站在路边的人们说。你好，爱丽丝的父亲说着，走进农场上摇摇欲坠的棚屋，一边把奶牛卸下卡车，一边给它们挤奶。

一个看客跟了上来。“有什么要帮忙的，尽管开口。”那人说道。他，就是道格拉斯。他肤色黝黑，黑色棉汗衫上露出结实的颈子，破旧的灰毡帽下是一头鬈发，短而壮的小臂遍布蜷曲的汗毛。他点烟时，会先用舌尖和上唇轻轻压住香烟，让它保持平衡，然后才将它衔入口中。

爱丽丝的父亲悉心打理着自己的农场。他是个爱梦想的家伙，干农活时一手拿着教材，一手拿着铁锹，邻居们议论纷纷，却很感兴趣。他安了电篱，草坪能铺得更远。他家的乳脂含量慢慢上升，超过了周围的农场。你与其告诉我那几个儿子该怎么做，还不如去跟上帝说。他的邻居尼尔·麦克诺特说道。尼尔的声音里没有嫉妒。他的钱够用。他的三个儿子毕业后一直留在农场干活儿。老大马尔科姆结了婚，住所跟父母家只隔一个农场。二儿子和三儿子还住在旧农舍。艾伦总是懒洋洋地冲人微笑，干活时话不多。他爱喝酒，爱丽丝的父亲跟她母亲说，不过他不会伤害别人。道格拉斯二十八岁了，家里人依然惯着他。

麦克诺特家的老房子门口有一条走廊，两侧镶着精致的木栅栏。早上，这里炙热无比，连路边泥地里的天竺葵都被烤得垂头丧气。到了下午，狗会跑到那里睡觉。

屋里的陈设叫人很难看穿麦克诺特一家的殷实。餐边柜上摞着旧报纸和成堆的账单，烟灰缸满了才倒。起居室里随意地摆放了一套棕绒布艺家具。墙上挂着从当地商店里买来的挂历，以及两张尼尔父母的照片，照片装裱华丽，里面的人物穿上了自己最好的衣服，摆出庄重的姿势，他母亲穿的是一条黑色高领长裙。两张肖像下方，有一架旧钢琴。礼拜六晚上，朋友们过来喝酒唱歌，麦克诺特一家会弹奏这架钢琴。艾伦一直弹到断片，然后蒂莉——他们的母亲——会接着弹。他们会唱《啤酒桶波尔卡》[1]《带着一线希望飞来》[2]《她将绕山而来》，“她来时，她来时，会穿起粉红睡衣”。他们说，也许自己曾是长老会教徒，但现在已焕然一新。他们不说那些陈词滥调。“喏，”尼尔对爱丽丝的父亲说，“倘若我们念叨那些陈词滥调，孩子们就不乐意待在这儿了，不

1 欧洲最流行的波尔卡舞曲之一，曲调欢快。

2 二战时流行的军歌，讲述一架飞机在战斗中遇袭失踪，最后终于带着一线希望出现的故事。

是吗？”道格拉斯和艾伦还睡在那间睡了一辈子的房间里，就在父母卧室的对面，里面像宿舍那样，摆了三张床，他俩各占一张。

“他们很有钱。”爱丽丝的父亲对她母亲说。如果你知道该往哪里看，就不难发现这一点。门前的农场上悠悠跑着一匹赛马，屋旁的车库里停着两辆加长美国轿车。在马尔科姆的新居，他的妻子诺艾琳布置了一个柜子，里面满是水晶酒瓶和画着三叶草的奶黄色贝尔里克[1]虹彩陶瓷。她还在窗前挂上了蕾丝窗帘。

麦克诺特夫妇和爱丽丝的父母接纳彼此的差异。在满溢的烟灰缸和散乱的报纸旁边，蒂莉将木板擦得干干净净，壁炉也闪闪发光。打从一开始，爱丽丝的父亲就很喜欢麦克诺特家的男孩。他们让他觉得，自己已融入了人群，成了一个真正的农民。爱丽丝认为，她的父母在那里过得很幸福。他们的婚姻本已变得单薄脆弱，却在麦克诺特一家的和煦阳光下重新绽放。

至于爱丽丝，麦克诺特一家对她很宽容。

现在她回想往事，发觉自己曾是一个爱出风头的傲慢女孩，总想把别人的注意力引到自己身上。在上一所学校，她做到了，但她讨厌自己的新学校。农民们会把自己的孩子送去镇上的寄宿学校——倘若他们觉得这钱值得花。其余的孩子都进了菲殊洛中学，开始筹谋毕业与婚姻。克洛弗·约翰斯顿也许是唯一的例外，她比爱丽丝聪明，却不爱显摆。她是个谦逊的漂亮女孩，父母在

1 爱尔兰名瓷，因烧制过程中掺入玻璃粉，所以成品常带别致的珠光。

这个区的另一头务农。爱丽丝和克洛弗成了朋友，但出了学校，彼此就相隔遥远。

蒂莉已经没兴趣招呼青少年。“你为什么不去看看诺艾琳？”复活节前后的一个下午，爱丽丝到她家门口寻找玩伴时，蒂莉这样说道。她把头歪向一边，拼命摇晃：“我往耳朵里倒了双氧水，去耳垢的，”她解释道，“让它起泡，你懂的。喏，把这碗鸡蛋带给诺艾琳，省得我跑一趟了。”

诺艾琳快生孩子了。爱丽丝在客厅里找到了她，她在给婴儿服的前襟绣花，看起来急躁又成熟。

“你打算给宝宝起什么名字？”爱丽丝问道，试图吸引她的注意。

“我还没想好，”诺艾琳答，“如果是女孩，叫帕梅拉，如果是男孩，叫托德，你觉得怎样？”

“不好听。”爱丽丝说。

“夏尔曼呢？”

“不好，”爱丽丝说，准备卖弄一番，“男孩的话，就叫荷马，怎么样？”

诺艾琳看上去已饱受磨难：“你能把戒指举到我肚子上面吗？”

“干吗？”爱丽丝退了一步，问道。

“测测生男生女。上次蒂莉测出是个女孩，但我觉得不可能，当时戒指是往下移动的。我确定这是个男孩。”她边说边褪下戒指。她拿起一卷线轴，拉出一截线头，将它系在戒指上。

“我要怎么做？”爱丽丝问道。诺艾琳在沙发上躺了下来。

“喏，你提着线，把它放到我肚子上方，观察戒指是怎么动的。如果转圈，说明这是个女孩，如果上下晃动，说明是个男孩。你不知道这个办法吗？”

“不知道。”

“如果停在了中间，那就是个灾星。”诺艾琳打了个寒战，掀起自己的孕妇服，露出大肚子。她躺在那里，腹部光滑洁白，像山一样，突然，肚子的侧面出现了一个牡蛎状的隆起。

“看，是宝宝的手。”诺艾琳说。

爱丽丝感到一阵恶心。

“来吧，快。”

爱丽丝拿起戒指，这时一个身影出现在门口。是道格拉斯，诺艾琳的小叔子。

“哦，”他说，“你的儿子兼继承人怎么样了？”他的声音有点古怪。

“是个女孩，”爱丽丝说，“诺艾琳打算叫她吉娜薇。”

一阵短暂的沉默。“亚瑟在船上缓缓答道。[1]”道格拉斯说。爱丽丝吃了一惊，戒指险些从手中滑落。

“一坨狗屎。”道格拉斯说着，转身走了。爱丽丝不知道，他说的是孩子，是戒指，还是自己引用的诗篇。但她意识到，他本该去菲殊洛中学念书的。

“你知道，我本可以嫁给他们当中的任何一个。”他走后，

1 出自英国诗人阿尔弗雷德·丁尼生（1809—1892）的长诗《亚瑟王之死》，吉娜薇是传说中亚瑟王的王后。

诺艾琳说。她指的是麦克诺特兄弟。

爱丽丝没作声，诺艾琳又说："我得赶在别人前面生个男孩。你明白吗？"

"道格拉斯喜欢跳舞，他每两周去一次。"蒂莉咬着缝衣针，从牙缝里挤出这句话。她很同情爱丽丝，后者在尝试用姨妈寄来的布料裁制衣服。爱丽丝的母亲在农场忙碌，没时间帮她。

"他都去哪里跳舞？"爱丽丝问道。礼堂里会举行公共舞会，但次数稀少，间隔也久。学校里的女孩大多去过。她们十四岁开始参加舞会，在菲殊洛，这个年纪已接近成年。爱丽丝的父母不让她独自参加舞会。她跟父母一起去过一次，觉得自己像个小孩。

"你不知道方块舞吗？"蒂莉说，"俱乐部的人在礼堂碰头，不是公开的舞会，只有三四十人参加。"爱丽丝看得出来，蒂莉刚说完就后悔了。她瞥了爱丽丝一眼，像是突然意识到了什么。

"你是个大姑娘了，"她说，"你长成大姑娘了。你开始存嫁妆了吗？"

当道格拉斯再次开着别克汽车，停在麦克诺特家门口时，爱丽丝已经等在那里。她从奶站后面冲出来，为他打开大门。

"这是哪一出啊？"等她关上大门，他探出车窗问道。

"拜托了，可以载我去跳方块舞吗？"

他叹了口气，看向另一侧的车窗。"当然可以，"最终他说，"要是你父母答应的话。"

从此之后，爱丽丝与道格拉斯·麦克诺特有了来往。他的年纪几乎比她长一倍。现在想来，她还是有些吃惊，父母竟会同意她跟他外出，不过她也已经明白个中缘由：他们觉得这两人一定不会坠入爱河，他们就像一个和气可靠的大人和一个孩子。有很长一段时间，爱丽丝也只把道格拉斯当成带自己出门的工具。回想起来，她觉得自己虽然莽撞，却实在天真。他是怎么想的？他是怎么看她的？爱丽丝后来一直思索着这些问题。

克洛弗有几个好哥哥，有时她也被允许参加舞会。这也许是爱丽丝获准跟道格拉斯一起出门的原因。

有天，克洛弗满脸震惊，将她拉到一边。“我得知了性的另一种说法。”她说。是表哥们告诉她的（亲哥哥们绝对不会跟她说这些，他们家一直呵护女性）。操。这就是那个词。

她们惊恐地看着彼此。猪在灌木丛中互操。这个词粗俗野蛮得不可思议。她们知道性是一根烧得通红的火钳，但她们难以想象自己会被烧伤或灼瞎。如果性是这样的，她们可不想沾染分毫。那个礼拜，毕业一年多的女孩玛丽说，自己同时在约会两个男人，每晚都会和其中一个去墓地：她还在考验他俩谁的家伙——这是她的说法——更好。这事传得沸沸扬扬，也传到了学校。克洛弗和爱丽丝瞠目结舌，不知传言是否可信。与此同时，在麦克诺特家，诺艾琳生了个女儿，她称其为最可爱的小东西，等伤口愈合，她就会尝试再怀一个。

爱丽丝去舞会时，总会投入地跳起那套舞步，抓住一只手，扭腰，移到下一个舞伴跟前：满脸通红的老男人道格拉斯，或是克洛弗的哥哥，又或者是别的什么人。给他们伴奏的是一位钢琴师和一位手风琴手。领舞人将一头金发梳成了大背头，穿格子衬衫，戴领巾。他拍着手，跺着脚，踏着《红河谷》[1]的节奏："哦，我们要去下一个山谷/你绕到你的左边，又绕到你的右边/你从山谷里挑选你的女孩/哦，你挑选你的红河女孩。"

往返途中，道格拉斯几乎一言不发。爱丽丝并不介意，不过，她偶尔会跟他说话。有天晚上，他们驱车回家，在绿草茵茵的山坡间穿行，月亮像是漂在天上，一时停下，一时浮起，在夜空中缓缓流淌。

"月亮是魔鬼的帆船[2]。"爱丽丝说。

"天哪。狗屎。"他紧紧地攥着方向盘，说道。她想，他不打算让自己再次醉心诗歌了。

一到埃默里农场对面的麦克诺特家门口，爱丽丝就跳下车，为他打开大门；他招呼也不打，飞快地驶了进去。她在他身后关上大门，目送汽车穿过沾上露水的土路。一种幸福降临在她身上，降临在毕业前的那几个星期、几个月。

直到罗达·奥凯特出现。又一个跳方块舞的晚上，爱丽丝像往常一样换好衣服，站在邮筒旁边等候。道格拉斯没来。她回到屋里，给他家打电话。她在脑中想象电话铃声如摩斯电码，响在麦克诺特家的厨房里。代表"S"的三下"滴"声过去，蒂莉接起了电话。时间似乎已经过去了很久。"他没告诉你吗？他挤完

1 流传在加拿大北方红河一带的民歌。
2 出自英国诗人阿尔弗雷德·诺伊斯（1880—1958）的诗作《强盗》。

奶就会直接去村里。”她说。爱丽丝听得出来，蒂莉并不意外。

待她回答，没有，他没告诉她，蒂莉只说：“他一定是忘了，对吧？”

“他不会再回来接我了吗？”

蒂莉没法再推脱了：“他要去接罗达。她住在旅馆里。你知道罗达的事，对不？”

“哦，是的，当然了，我知道罗达。”

“唔，那么，那就好。”蒂莉似乎松了口气。

爱丽丝的母亲踱进房间。

“道格拉斯迟到了？”

“迟了一小会儿。他要去接一个叫罗达的人。”

“哦，对，罗达，”她含糊地说，“我听说过她。”似乎每个人都听说过罗达。

“我去路边等，”爱丽丝撒了个谎，“他来的时候肯定要赶时间。”她在母亲再次开口发问前冲出了家门。

去菲殊洛要走两公里的路。爱丽丝满心怒火，抵达舞会时已经九点，舞会如火如荼地进行着。她刚刚沿着黑漆漆的大街匆匆赶路，经过了那家她很快就会去上班的布店。泡茶的妇人坐在礼堂的角落里闲聊。她们从不跳舞。她们穿上了伞裙，把胸脯裹在亮晶晶的绸缎衬衣里，却不是来跳舞的。一面影壁隔开了厨房与舞厅，盛着晚餐的盘子就摆在附近。水快烧开了，爱丽丝关掉炉子，给水壶加满水。最后一曲终了，她拉开挡板，用尽力气喊道：“来拿吧。”就像那些妇人一样。

角落里一阵骚动，跳舞的人群中也闪过一丝惊讶。爱丽丝一动不动地站着，刻意咧嘴微笑。

“哦，”一个老妇说，“她不就是那个小助手吗？”她的语气非常和善，不过，她和她的朋友显然对爱丽丝的举动漠不关心。

道格拉斯朝她走来，有个女人挽着他的手。她穿一条浅蓝色的压花丝绒长裙。爱丽丝立刻发觉，他爱这个皮肤黝黑丝滑的女子。

“你好啊，孩子，”他说，“没想到会在这里见到你。”

这一刻她明白了，他从没好好瞧过自己。

他向罗达·奥凯特介绍了爱丽丝，罗达脸上闪过灿烂的笑容。爱丽丝爬上后座，准备搭车回家时，罗达似乎并不介意，道格拉斯却朝她剜了一眼。

爱丽丝后来得知，道格拉斯是在镇上的赛马场结识罗达的，她是那里的售票员。为了离他近一些，她放弃了自己的工作，到酒吧当起了服务员。慢慢地，爱丽丝开始了解这个女人。有些周末她留宿农场，蒂莉会打发她过来，借上一杯糖或一包烟，正如爱丽丝的父母有时向他们借东西那样。罗达不是每个周末都来，时不时就像消失了似的。她母亲估摸罗达有二十六七岁了。“待嫁好久啦。”她对丈夫说。罗达浑身散发着浓香，皮肤仿佛被花瓣浸泡过。她有一双椭圆形的乳房，沉甸甸地悬在细细的腰肢上方。

大部分时候是罗达在说话，她像猫咪一样轻轻咕哝着，关于她自己、道格拉斯与麦克诺特夫妇的闲谈如水流出。挤牛奶是当道格拉斯女友的痛苦代价，但她从少女时代就开始干这个活儿，而且她想，等时候到了，她得重新习惯这项劳动。人类的粪便与牛的粪便，大差不差。她在酒吧里看到的那些事，准会让爱丽丝大吃一惊。爱丽丝不知道男人是什么样的，哦，你不会知道的，你不会知道的，她说。爱丽丝突然心惊胆战起来，想着，也许自己真的不会知道，而不知道比知道更糟糕。酒吧的老板和老板娘舍不得提供多少热水，罗达说。爱丽丝呼吸着萦绕在身边的自然香气，倒是想象不出这一点。不过，罗达周末每天冲三次澡，虽然这样一来，道格拉斯从牛棚回来后，只能省着点用水。罗达·奥凯特，她继续说，有点拗口，不过这不会困扰她太久，等她成为罗达·麦克诺特，就不会了。她觉得爱丽丝某天也会结婚的。她和诺艾琳相处得如何？她不确定诺艾琳是否喜欢自己，不过，这会让她有点不自在，有另一个女人要分家产，诺艾琳给自己的小女儿起名为洛林，爱丽丝觉得这名字如何？“她大概担心我会生个儿子。”罗达说。然后她咬了咬嘴唇，仿佛说错了话，仿佛有什么事令她烦心。爱丽丝长大后想生孩子吗？罗达话锋一转，这样问道。

罗达·奥凯特突然消失了，就像她出现时一样突然。起先爱丽丝没发觉罗达走了，因为她已经不去麦克诺特家了，除非父母叫她去传话。不过，有个周末，道格拉斯过来借用埃默里家的电话，因为他们家的电话坏了——至少他是这么说的。爱丽丝好奇他为什么不找马尔科姆和诺艾琳借电话。爱丽丝听到他对她父亲说，他会付电话费的。

“没事，孩子，”她父亲说，“你尽管打，打多少电话都行。我知道你会给我钱的。”

道格拉斯关上门，讲了很长时间电话。爱丽丝听到他抬高了嗓门，她把脑袋贴在门上。“对不起，罗达，我没办法。”他说。她听见他在哭泣。罗达竟会如此不近人情，这让她心碎。她难以想象发生了什么糟糕的事，竟让罗达有这般反应。过了一会儿，爱丽丝才发觉，罗达好几个礼拜没来农场了，远远久于她平时到访的间隔。显然，这不是导火索，她听到这番争吵时，一切已成定局。

“她不会回来了。”爱丽丝的母亲隐晦地说道。她和丈夫意味深长地对视了一眼。

没过多久，道格拉斯又来了，神情古怪，几近狡猾与欣喜，就像一个搭了树屋并且确信不会被人发现的小男孩。他能让人把一封信寄到这里吗？

他和爱丽丝的父亲走到屋外交谈。她父亲焦虑地将手插进稀疏的头发，摇了一两下头。最后，她看到他不情不愿地答应了。

每天晚上，道格拉斯挤完牛奶，就会来这里，查看那封信到了没。爱丽丝留心着罗达写来的信。在她的想象中，罗达的笔迹应该是飘逸的，有潦草的圆圈，夸张地倾斜着，像托在手心的脑袋，带着顽皮的微笑。

那封信终于寄到了，可它根本不是罗达写来的。道格拉斯取信时爱丽丝也在场，是从惠灵顿寄来的公函，信封上的字是打印的。

“谢谢你，伙计。”他对她父亲说。她父亲局促地站着，显然跟道格拉斯一样渴望知晓信上的内容。爱丽丝依然记得当时他们的样子，两个男人站在一起，道格拉斯几乎像她父亲的儿子。他把信翻了个面，为了她父亲，他当场拆开了信封。他深深地吸了一口气，将它递给她父亲，眼睛闪闪发亮。他们看着对方，既兴奋又惊讶。

“他们录取你了，”她父亲说，“哦，好家伙，我就知道他们会录取你。”

“我得跟老头子说一声。”道格拉斯说道，孩子气地咬着嘴唇，不太像平时的他。他掏出一根香烟，放进嘴里，没像平时那样轻轻压一下。

大约过了一个礼拜，道格拉斯穿着军装出现了。当然，当时她已经知道了他的秘密。他被英国特种空勤团录取了，成了一名伞兵，将赶赴马来亚作战。他的制服是橄榄绿的，衬衫与领带则是棕绿色。他头戴一顶栗色贝雷帽，帽子上印着一把飞刀和一句格言：“勇者必胜。[1]”

那时爱丽丝还没法想象丛林是什么样子，不过现在她知道了。在那个更名为“马来西亚”的国度，她站在丛林里，巨大的蝴蝶扑腾着翅膀，把风扇在她脸上，风里混杂着肉豆蔻油和兰花

---

1 Who Dares Wins，英国特种空勤团的座右铭。

的味道，以及切开的榴莲那厕所般的恶臭。那种水果，她听说，要是跟酒精一起食用，能将人毒死。她见过蟒蛇、飞蛙和食鸟蜘蛛。致命、危险，却诱人。她站在那里时，想起了道格拉斯·麦克诺特。

他出发前在怀乌鲁[1]受训，中间有过几次假期。最后的那次假期里，不景气的方块舞俱乐部临时举办了一次舞会。爱丽丝至少有六个月没参加舞会了，自罗达·奥凯特第一次露面，她就没去过，道格拉斯出人意料地出现在埃默里家门口。他已经与大家正式道过别，很郑重，致了辞，还在礼堂里专门摆了一桌丰盛的晚餐。爱丽丝的父亲眼含热泪，送给他一支威迪文[2]钢笔，这只钢笔花了他好大一笔钱。此刻道格拉斯站在门口，穿着军装，光芒四射。

“想去转上几圈吗，孩子？”他问。

爱丽丝的母亲在厨房忙活，听到这话，她抬起头来，仿佛第一次打算说点什么，叫爱丽丝别出门，之后却又改了主意。她抿紧了嘴唇。

空气中弥漫着离别的气息。虽然俱乐部没落了，但到场的人比往常多。人们再次赶来跟他道别。老伯们穿着宽松的灰裤子和格子衬衫，跟后勤一起来了，他们靠墙坐下，只是观看。晚饭时分，他们抓着道格拉斯的手，眼里闪着光，握了很长时间。

---

1 新西兰的一个重要军事基地。

2 威迪文，法国名笔品牌，制笔时常使用贵金属。1919 年英国首相劳合·乔治签署《凡尔赛和约》时，使用的便是威迪文纯金墨水笔。

“把那些混蛋赶出林子，孩子，那些小鬼子，把他们打跑。”爱丽丝听见一个人这样说道。

“孩子，我用十块钱买你这顶帽子。”另一个人说。道格拉斯只是微笑，显然，在他脑中，新生活已经展开。他跟所有的女性跳舞，不管是年轻的，还是年长的。他还把后勤从角落里拉了出来。他们唱起《红河谷》——“人们说你就要离开村庄/我们会想念你明亮的眼睛和嘴角的微扬……”

回家的路上，空气清冽。天上有一轮新月，爱丽丝不禁透过车窗望向它。她拨弄着口袋里的零钱，往道格拉斯身边移了移。他似乎没注意，于是她直接挪到了他身边。他的身体在制服里晃动了一下。车开出去不远，他便将别克停在路边，把手放在她的手上。

该跟他的女儿说什么呢，爱丽丝一边回忆，一边思索。没什么。一个吻，只是一个吻。这就是他们之间发生的事，仅此而已。等他把她按在座位上，她压低声音问道——虽然在被月光照亮的广阔农场里，不会有人看到或听见他们——“你要操我吗？”

“不，”他说，他没有停止亲吻她，“没事的，我还不打算让你生孩子。我会照顾你的。”他把她的舌头吸入口中，用自己的舌尖挑逗她的舌尖。她曾注视过那飞快跳动的舌头，它比想象中更热、更甜，训练开始后，它再没碰过香烟。他亲吻她的脖子，从手臂一直吻到指尖，他把她的手翻过来，亲吻手掌，然后又一路吻回手肘。他把衬衫从她肩上褪下，用舌头在她的乳头上打圈。他一直在深深地呼吸，仿佛想把她身上的味道吸进自己体内。她感受到了罗达·奥凯特曾感受到的。她闻到一种熟悉的气味，花朵般的娇嫩气味：她的身体——就像曾经罗达的身体那样——在他的抚摸下绽放。他分开她的双腿，手掌短暂地停留在两腿之间。

"好的。"爱丽丝说。

"不，"他边说边帮她整理好裙子，"不。"

他发动汽车引擎，握住她的手。"我不会忘记这一刻。"他说。

她以为他选择了自己，而不是罗达，虽然未免太晚了。

麦克唐纳小姐对爱丽丝的进步深感满意。她给店里想出了一个新点子。每次进了新衣服，她就会逐件评估，然后列一个清单，给一些农妇打电话。"我在店里找到了一件适合你的衣服，"她对每个人都这么说，"我用乡村快递寄给你试试，好吗？"

这项新服务令顾客又惊又喜。一件衣服也没被退回来。一天早晨，麦克唐纳小姐对爱丽丝说，爱丽丝不妨跟她一起去镇上的仓库进货。她会请一个以前的老帮手看店。

她们在一排排衣服中间逛了一上午。麦克唐纳小姐结账时，让爱丽丝去商店里转转。爱丽丝看得出来，她对自己依然满意。

她在街上看到了罗达·奥凯特。罗达走在街上，微微含胸。她没看到爱丽丝，因为她的全副注意力都放在一个孩子身上，一个无精打采、迷迷糊糊的四五岁男孩。爱丽丝立刻发觉，那是罗达的孩子。她说不清自己是怎样发现的，但他们之间有某种联系，加上他与她酷肖的长相，向她说明了一切。她站在一家商店门口望着他们，望着她转头冲他微笑的样子。罗达·奥凯特身上的某种特质已消磨殆尽，但她依然在微笑，那孩子也看向她，脸上满是毫无保留的信任，这张脸依然相信一切皆有原因，消失只是暂时的。

“我今天在镇上遇到罗达·奥凯特了。”当晚她回到家，跟母亲说道。

“她跟她的孩子一起吗？”

“你怎么知道的？”

她疑惑地看着爱丽丝：“哦，蒂莉跟我说的。她发现之后，跟每个人都说了。”她母亲似乎忘了爱丽丝才刚刚跨越那条横亘在女学生和职业妇女之间的秘密鸿沟，也忘了有多少事情还瞒着她。一切的边缘都模糊了。克洛弗·约翰斯顿的父母会送她去寄宿学校再读一年。她眼前似乎是无尽的童年，爱丽丝为她遗憾。

她没问母亲的是，蒂莉知不知道，道格拉斯告诉罗达她不能把孩子带来农场时，他哭了。她现在明白了，这就是打电话的那个晚上发生的事情。

爱丽丝离开布店前，还发生了一件事。道格拉斯给她寄来一张明信片，当时他离家六个多月了。爱丽丝不知道丛林已经要了他的命。不会立刻致死，但是那病会盘踞他的余生。她觉得，他寄那张明信片时并不知道自己病得有多重；她确定，他以为自己回到农场后，就会恢复健康，毕竟农场里草坪宽广，树木修成了篱笆，而最危险的鸟儿不过是一只盘旋的老鹰。

他把明信片寄到了店里，她猜这是他的又一个小伎俩，这样他的计划就不会被旁人知道。她意识到，他一定听说了她的近况：她如今在布店工作，长大了，工作也顺利。她希望他也已经得知，现在没人觉得她不好相处了。他的卡片上只写着："我要回来了。"这句话，以及他的名字。

爱丽丝看过一个形容女性一生的短语，她一直记着它：无休止的叙述。我是谁？我从哪里来？我是怎么走到今天这一步的？她这样采访自己。这些采访并不总是跟道格拉斯·麦克诺特有关，甚至不会经常跟他相关，因为后来在她身上又发生了许多别的事。但他是叙述的一部分。

爱丽丝记得，明信片一度是生活的缩影：一张图片加十来个字，你就了解了一切。从某种程度来说，道格拉斯的明信片也是如此，虽然上面没有图片，话也写得更简短。然而，明信片寄到时，发生了一件事，她至今无法解释那是怎么回事。麦克唐纳小姐从邮局取完信件，把那张明信片带到了店里，当时爱丽丝在叠一卷薄纱。她将明信片放在柜台上，没说什么。爱丽丝一眼便读完了。接着她把布料放在柜台上，拿起卡片，走到门外，沿着马路走到村子的中央，走向绿草茵茵的山丘。狭窄的山谷在她眼前蔓延，头顶的天空无垠而空旷，包围她的是深秋的空气，它像音符一般，被阳光照得透亮。她父亲也许终于能拥有自己渴望的儿子了。两个农场会合并为一番景气的事业，它们血脉相连。她想蹲在地上，仿佛要生出自己的第一个孩子。她又闻到了欲望的气味。

然后，她转身往回走。她不知道，他的卡片是在提醒她做好准备，还是给她提供了一个离开的机会。已经领略过山谷外面的世界，但选择回到家里——这是一回事；从未有过离开的机会，于是只得待在这里——这是另一回事。这一层，他可能已经明白了。

另外，罗达·奥凯特毕竟存在过。

这些事，爱丽丝桩桩件件都可以告诉凯瑟琳，但她没有。爱丽丝也许会告诉她，如果她是爱丽丝的女儿，那么她的名字可能会是带“C”和“I”的那个“凯瑟琳”，或是根本不叫“凯瑟琳”。但她只是说，她想不起太多了，因为她毕业后不久便离开了“山谷”，当时出现了一个当广播员的机会，于是她来到了这座南方的城市。之后她只途经过菲殊洛一两次。她去过道格拉斯的墓地，为他的遭遇遗憾。爱丽丝也许会，但并没有，告诉他的女儿，当她打来电话，说出自己的身份时，爱丽丝感到一阵战栗，如同紫罗兰迎来了春风的吹拂。她温柔地回忆着凯瑟琳的父亲，就像回忆其他男人时一样。

帽 子

天气变幻无常，恰如手掌翻覆不定。清晨六点，海湾波涛汹涌，一片碧绿，但早上这个时候，什么都有可能发生。站在窗边，侧耳倾听，这栋房子就像一节心跳。我望着海湾、水面和云朵，仿佛听见泊在海边的船上，索具叮叮当当，响个不停，但这不可能是真的，那些船停在很远的地方。哦，在这样的早晨，你可以听见任何声音，看见任何东西——这是举行婚礼的日子。我们的儿子要结婚了。

后屋传来一阵声响；还有那么多事要做，我永远也没法做完，这叫人抓狂，不过，婚礼会在这里举行，在我这儿，而不是她家。我是说新娘的母亲，和我自己。唔，至于婚礼为什么没有办在她那儿，而是办在这里，说来话长。不过事情就是这样。她迟点会带吃的过来，有龙虾、扇贝这类鲜少出现在婚礼上的食材，当然还有贻贝。他们是海湾里的养贝人。他们。哦，我是指新娘的父母。

我爱我们的准儿媳，真心的。你也许不信我的话，婆婆很少如此，但这是真的。我们的儿子赚到了。我期待他结婚。

他们也许知道这一点。有时候我觉得他们并不殷勤。也许他们觉得她能找到更好的伴侣。我不清楚。筹备这场婚礼不是易事。但是，如果你了解他，我们的儿子，你就会知道，她非他不嫁，任何比他逊色的人都不行。他有种老派的魅力，我为之着迷，而且我想我会永远为之着迷：当然这都是身为人母的感受。不管他做了什么错事，只要他揽着我说，“爱你，妈妈”，我都会原谅。

这是真的。他唤起了我内心的柔软。柔软，以及愤怒。而怒气从来不会持续太久。

不过，今早没时间继续想这些了。空气中弥漫着烤肉的味道，我得打开门窗，散散味。我还得去出租行取食物保温灯，桌布也没准备好，另外，我需要布置一个放礼物的地方。而他的母亲——我丈夫的母亲——该起床了，还得接待亲戚，还有，哦，天哪，我好累。为什么没人告诉过我，儿子结婚时我会累成这样，这不公平，我只想好好享受这一天。哦，我的意思是，我当然希望婚礼顺利举行，并且，我希望能从容行事。大家已经为这个婚礼忙活了一阵子。他们和我们。但是，我想确保今天一切顺利。他们会带食物和啤酒过来，我们雇了身着整洁制服的服务生，还买了香槟。在婚礼上，你必须照顾每个人的需求。

上午十一点。食物还没来。酒水没到。她也没到。我是说新娘的母亲。婚礼定在下午两点。我在屋里大步兜圈。家具已经是减无可减。我们把所有的东西都搬到了后屋。若是婚礼能顺利举行，这里会挤得密不透风。已经没什么我能做的事了。一件不剩，又千头万绪。我们要是重新选个日子就好了。推迟一个月办婚礼多好啊。那时天气会更好。倒不是说今天天气不好，只是风有点凉。教堂里会冷飕飕的。

教堂，啊，教堂。它看起来如此美丽。那些花朵。它们好看极了。康乃馨、鸢尾花、紫罗兰……现在有车来了，亲戚们托着锅碗瓢盆，三三两两地走上台阶。食物看起来很棒。天哪，那些龙虾，有许多龙虾。太好了，他们全都煮好了。我没法煮得这么好。还有蛋糕。我们儿媳的姨妈亲手做了蛋糕，它看上去也很完美。

大家都很累，他们跟我一样，也都整晚没睡。不过，我还是希望他们能早点儿过来，我们还得更衣打扮呢。时间太紧了。我有点头晕，甚至有点恶心，就像有盏灯在脑子里，开了又关，关了又开。她肯定没我累，没人会像我这么累。我要怎样撑过今天呢？

"我得继续忙了，"新娘的姨妈对新娘的母亲说，"我还要帮你把帽子弄好。"姨妈面对事情、衣服、蛋糕，全都得心应手，她是那种不可或缺的灵魂人物。

我心一凉。"帽子，"我傻傻地说，声音很大，"你要戴帽子？"

厨房里一片寂静。

"呃，只戴一顶小帽子。"她答。

"你说过不会戴帽子的。"我能听见自己的声音，一点也不优雅，我好像没法让它停下。气氛难堪起来。

那位姨妈，她的姐妹，说：“她需要一顶帽子来衬衣服。要是不戴帽子，就不好看了。”

“但我们说好的，”我说，“你说你不打算戴帽子，我说，那么，如果你不戴，我也就不戴了。”

沉默在厨房蔓延开来。她摩挲着一片生菜叶，站在我的灶台边，突然局促起来。

“没关系，”我说，“这没什么。”我满脸是泪，走了出去，留她们在那里继续打发奶油。

“你要去哪里？”丈夫跟在我身后，问道。

“出去。离开。”

“你不能走。”

“我必须走。我不去婚礼了。”

“别！停下，别犯傻。”他真的慌了。我快崩溃了，他是对的，我随时可能爆发，把事情闹得一发不可收拾。按我这个趋势，也许就不会有什么婚礼了。

“到仓库里来，”他温柔地说道，像动物园饲养员劝说野兽时那样，“你累了，你只是累了。”

我跟着他，走进仓库，然后开始放声大哭。“我想要一顶帽子，”我说，“我一直想戴帽子，但我答应过她。我答应她不戴帽子的。”

“我会给你搞顶帽子的。走吧，我们去城里买帽子。”

“太晚了，等我们到那儿，商店都关门了。”

“我们还来得及去詹姆斯·史密斯那里，”他说。但我明白，已经太晚了。今天是礼拜六，就算我们超速行驶，我也只剩五分钟的时间挑选款式。商店半个小时后就会关门。

“没有帽子，我就没法参加婚礼。我该怎么办？”

“你会想出办法的，”他说，“你总是有办法。嘿，我们什么都能办成，不是吗？”他把我的拳头从眼睛上拉开。“我们能做什么？我们能……”他在等我跟他一起唱副歌。

“我们能行于水上，如果势在必行。”我唱道。

但我不知道该怎么办。

我回到厨房，大家都在轻手轻脚地转悠。“看起来真棒，”我由衷地说道，“非常好。你们不觉得该去，我是说，也许你们要去换衣服了？”

他们点点头。他们没做错什么，却因得到宽恕而高兴。我不在的时候，他们一直不敢离开。

他们走了，我们的儿子和他的伴郎已经穿戴整齐，三件套的西装，很是神气。哦，他们实在英俊。看着他们，我平静了下来。至于他：我想抚摸他。我的孩子。穿着西装。哦，说到底，我不懂时尚。不过，他自己也很得意。

“你没事吧，妈妈？”

他不知道发生了什么，但发觉我脸色苍白。

“我当然没事。”我说，为了他，我必须没事。我也必须戴一顶帽子。

我给我们的女儿打电话。“你有阵子迷恋帽子，当时买的那些去哪儿啦？”我问。我想起了她在op商店[1]买的羽毛帽和有趣的小钟形帽，但我有种预感：它们都不适合我。毕竟她非常高挑，非常优雅。“我想，应该在宝宝的玩具箱里。”她说。

“去看看。”我命令道。

“天哪，我也要更衣打扮的。”

我沉着脸，握着听筒。她回来了。“找到了三顶：一顶是黑色的，上面有三根羽毛；一顶差不多是酒红色的；还有一顶，是米色的宽檐帽。”

“就是它了，米色的那顶。我现在就让爸爸去取。”

“但是，妈妈……”

“没事的。好吧，听着，我反正可以试试。”

“但是，妈妈，”——这次她把话说完了，“宝宝吐在上面了。”

“吐成了什么样？”

“吐得一塌糊涂。”

此刻，谁也别想阻拦我。我想她是在悄悄盘算，怕我出丑。不过，我不会让她拯救我的。“爸爸马上就到。”我说。

然而，那是真的。宝宝把帽子吐得一团糟。我确信女儿不该就这样把它放回玩具箱。以后我再找天跟她聊这事。

现在，我还有活儿要干。我往水池里注满热肥皂水，拿出刷子。不一会儿，呕吐物就洗掉了。我手里有一顶滴着水的湿毡帽，但它至少是干净的。

---

1 Opportunity shop，新西兰的一种旧货商店，所有商品都是捐赠物，店员也都是志愿者，营业所得会用于慈善。

那对夫妇来了，他们可以到你家调鸡尾酒，充当服务员和酒保。“什么都别操心，”他们说，“你们只要好好享受，从现在开始，我们会处理好一切的。”

帽子在干衣机里转来转去。

我们的儿子已经去教堂了。很快我们也要出发。我的丈夫神采奕奕。他把他父亲的表链别在背心上。他父亲过去是铁道列车长。那块手表曾无数次在乡村车站指挥列车出发。我偶尔会反对丈夫佩戴这块手表，它并非永远合宜，不过它完全适合今天的这个场合。手表里的弹簧早就松了，但这块手表会准时宣布婚礼开始。迟早的事。

我的手抖得厉害，只好让他帮我把乔治娅·布朗真丝连衣裙扣好。“我们该出发了。”他试探着说。我知道，他在琢磨那顶帽子，他在想能不能让我别戴帽子。

可它已经干了。它干透了，帽檐轻轻下垂。我戴上它，帽檐刚好垂在我的右眼上方。我陶醉地盯着镜子里的自己。我觉得自己很美。我容光焕发。我爱帽子。这顶帽子非常完美。

儿子的未婚妻迟到了。我并不介意。这正好让我得空放松、深呼吸、微笑，向教堂里的人挥手致意。在过道上，我看到了她，新娘的母亲。她没戴帽子。

我下意识地摸了摸自己的帽檐。是我令她羞愧到没在婚礼上戴帽子。我本该沾沾自喜，但我没有。我觉得很糟糕，想着怎样才能趁别人不注意，赶紧摘下自己的帽子。可这是不可能的。在教堂门口，牧师一见到我就说：“哦，好漂亮的帽子。”

我尴尬地看向别处。我告诉自己，别再想帽子的事了。婚礼就要开始了，它不会等我好受一点时再重来一次，所以我必须停下，别想了，我头上的那顶帽子。

接着，他们来了，两人一起走进教堂，这是设计好的，婚礼上的问答也不再因循旧例，因为牧师说，有些问题已经不合适了——他是个相当保守的人，对此颇有微词。不过，他们对彼此说着动人的话，许诺会尽力做到最好，他们真年轻，如此年轻，这就是你对一个人的全部期望，尽力就好，不是吗？

现在这对夫妻面向观礼者。我们的女儿站上了讲坛，朗诵《传道书》里的句子，然后是济慈，“啊，至美者！你虽没赶上古代的誓约”[1]，——她看上去白皙而沉重，丝毫没有泄露内心的激荡，而且她是这么可爱；她和那个男孩，她的兄弟，对视着，仿佛此刻教堂里只有他俩——空气、流水、火焰纯净谐和——仿佛只是他俩在对话，从前孩子气的过节已被全然抛开，尽管这让教堂里不通英国文学的人感到有些困惑，但不要紧，他俩明白——就让我做你的唱诗班吧……做你的声音……你的诗琴……——这时，儿子和新娘的孩子哭了起来，他在教堂的后排，被姨妈抱在怀里。魔咒被打破了，这一双父母焦急地照料自己的孩子。风从漏斗似的教堂里升起，一架飞机在头顶轰鸣，光线透过彩色玻璃窗，照在去年我父亲停灵的地方，伴着所有的光影与声响，我没把接下来的仪式听进心里，我只是微笑，微笑。

1 出自英国诗人约翰·济慈（1795—1821）的诗作《塞吉颂》。

婚礼结束了。我们准备离场。她再次与我隔着教堂遥遥相望。突然，周围熙熙攘攘，我们谁也没料到会那样走出教堂，但，就是那样，结伴的礼仪跟誓言一样古老，至少看起来如此，就像寻找加沃特舞的舞伴，一步一步又一步，一只手伸出来，一只手挽上去。她和我丈夫一起，我和她丈夫一起，就是这样离场的。我们像空气一样灵巧轻盈，准备迎接舞蹈与音乐，但在此之前，她与我交换了一个眼神，一个亲密的眼神。戴帽子的，与没戴帽子的，这就是我们，温顺的人有福了，现在依然如此。我们融为一体，她与我。我们是一家人了。

红甜椒

1

一段简史

从外面看起来，这家超市似乎没有太大的变化。相信我，我对那栋大楼再熟悉不过。也没人比我更清楚它的停车场，这倒不仅是因为，我总是开着车，从奥迪、奔驰——你也可以叫它大奔——中间挤进停车位，有时还会与SUV擦肩而过，SUV，可笑，听起来倒像是一种性病，如今年轻女性喜欢用它载孩子。不过，如果你熟悉这个地方，这就会给你提个醒，因为它过去不是这样的。过去停车场往往停满小卡车、有凹痕的家庭货车，还有我这样的短鼻子汽车。我之所以对它了如指掌，是因为大约一年前，我有位挚友失去了丈夫，他去世了。她一蹶不振，生命中的爱与光一起熄灭了。一个月后，她弄丢了订婚戒指。一件小事而已，她坚定地对朋友们说，一遍又一遍，可她说这话时嘴唇颤抖，双手战栗。那枚戒指上有个漂亮的椭圆形古董猫眼石，石头中心闪耀着蓝色的光焰，它被精巧地镶在金丝戒托上。戒指代表着她和丈夫一起度过的岁月。她不止一次地回忆起，丈夫曾谦卑地问她，自己是否配得上她，当时他还是一个蓄着胡子，穿罗马凉鞋与短袜的年轻学生。当然，那时她答。她令他神魂颠倒。这样的回答完全符合她的作风，她非常大胆。当然了，当时还有音乐，他一生专攻音乐，并且因此成名。哪有男人能抵挡她的魅力，也没有女人能抵挡他的旋律。

可她走到了这一步，弄丢了戒指，因为在他病程的最后几个月，她的手指日渐纤瘦。她觉得自己把它丢在了超市的某个角落里。于是，我花了一个礼拜，把那个停车场掀了个底朝天，我查看每条缝隙和每道路牙，翻检汽车遗下的垃圾、旧停车票、烟蒂以及每片恶心的碎屑。

出于种种原因，超市令我觉得亲切。我进超市后，会经过通向蔬果区的旋转门：番茄散发着火红的光芒，柠檬是又酸又黄的小东西，茄子穿着深紫的外衣，一切都身披令人垂涎的华丽色彩。有时我会闭上眼睛吸气，仿佛能唤回从前的香气，我父亲在北方种植的一排排柑橘树，栽满被我们称作“树番茄”的番茄园，还有供奇异果攀爬的长铁丝。我们曾经叫它中国鹅莓，不过这只是因为这些植物最初来自中国，如今这个名字显然不合适了。

现在超市没有味道了，至少没有水果的味道了。很多商品裹上了塑料膜，散装的水果冷冻过，阳光的抚摸早已消失，蘑菇上的泥土也被掸净。我有一个在蔬果区工作的朋友。我们，我是说我和我丈夫，跟他认识好多年了。他叫潘，颧骨很高，眼神疲惫，头顶日渐稀疏。很久之前，他是柬埔寨的一名僧人，不过后来他还了俗，移民到了新西兰。我们是在他的家乡认识他的，那些年我们旅居国外，我丈夫在那个饱受地雷摧残的国家做了许多善事，给受害者送去了一些安慰。我还记得，丈夫拥抱潘时，他的长袍在热浪中闪烁着藏红色的光芒，也记得他抱住自己的样子，他不能跟我——一个女人——有肢体接触。如今他跟一个仍留在柬埔寨的女人结了婚，他们有一个女儿。

潘想把妻子接来新西兰，一等便是很多年。这绝非易事。移民署的人不大能体恤这样的妻子。在他们看来，她们就是一群骗子，打着结婚的幌子，只为挤进这个国家。文件还没办齐。他们要看婚礼的照片和录像。我不愿想象这样的场景：一群官老爷坐在办公桌边，翻着珍贵的相册，看着录像，却完全不能理解欢腾的音乐，也不能理解男方亲友沿土路赶往新娘家接亲的盛大仪式。这些资料也不会让官员们满意。不会，他们还要求提供DNA样本，用来证明这个男人是自己孩子的父亲，这就意味着，这位妻子得从自己所住的村子赶到金边[1]，在那里，才能给孩子的DNA样本做鉴定。他们还得提供通话记录，证明丈夫给妻子打了多少次电话。就这样，他变得入不敷出，因为他要给妻子钱，让她到处奔走，而他自己已经没钱每个礼拜给她打电话了。有时候，她的电话还会出故障。好吧，这就麻烦了，官员觉得这都是

1 柬埔寨的首都，也是柬埔寨的政治、经济、文化、交通、贸易、宗教中心。

编出来的。你简直不敢相信他们的要求。连邻居都要出具信件，证明在这对夫妻分隔两地的漫长岁月里，当丈夫偶尔回到柬埔寨时，两人会住在一起。他们的朋友该怎么做？把耳朵贴在粗糙的茅草墙上？我还能继续列举下去。这令我们非常恼火，而且我们知道，潘不是唯一遭遇这种对待的人。跟他处境相同的人不下几十个。有时我想避开蔬果区，因为难以面对他的痛苦。可那是不可能的，这是进超市的必经之路。

至少他现在能触碰我了。当我站在那里，为这个漫长历程的最新转折感到遗憾时，我们会笨拙地拍拍对方。他会为我挑选最好的水果。我朋友弄丢戒指时，他和一些同事——他们来自印度，或者跟他一样来自柬埔寨——把蔬菜垃圾桶里的东西全都倒了出来，人们给冰山般巨大的蔬果套上袋子之前，会把外层的叶子剥下来，扔进这个垃圾桶。他们翻检了每片叶子。以前他们在垃圾桶里找到过另一个女人的戒指，这让大家非常高兴。

这都是以前的事了。现在，当我们站着聊天时，人们会变得不耐烦，带着鼻音大声说“借——过”。我说过，很多事变了。这都是因为路边的电影公司。难以置信，这个安静的郊区竟成了电影业聚集地之一，但这是真的。这里是《指环王》的诞生地，那场电影盛宴之后，一切随之而来，我朋友心爱的漂亮戒指就不值一提了。这里有摄影棚、工作室和电影院，如果你有机会像我一样往里面瞥上几眼，就会发现一个华丽的大王国，猩红的灯光瀑布，东方布景，还有拿着写字板到处奔波的人们。这些全都隐藏在高高的木栅栏后面，所以，只有少数人知道栅栏后面有什么。这里头有一种虚假的谦逊。

不过，超市里倒见不着多少谦逊的迹象。如果你是本地人，你得识相一点。你伸手去试奶酪的生熟度，却发觉凯特·布兰切特[1]纤细的手指就在你的手边，没有什么比这样的事更能让你明白，这里已不复从前。我想，她也许很和气，但遇到这样的情况，你得把你鬼鬼祟祟的新西兰眼睛垂下来，别让她知道你认出她了。我该说“你好”吗？也许不应该。朋友们告诉我，他们曾见到奥兰多·布鲁姆[2]在走廊上徘徊，不过我还没见过他。那些没那么大牌的人物——制片、导演、摄像、摄像助理、高级私人助理——在超市里大步流星，带着不羁的气派与不耐烦的神气，仿佛在说：我们有更重要的事情要做，但是事情就是这样，我们得吃饭。我曾经在电影业工作过。我承认，有段时间我跟他们并无二致。那阵子我穿小号衣服，染灰色头发。尽管我微不足道，但我可以在二十步开外认出他们。

前几天发生了一件事，这种混乱感因此彻底浮出水面。的确，我早就注意到它了。只是，这种感觉从未如此强烈：一切都可以被轻易取代，人们陷入偶然的境地，不知道接下来到底会发生什么。我应该更警觉的。南方常有地震，大地猛烈摇撼所有的东西和每个人，但这里的地面岿然不动，你便放松了警惕，以为事情不会落到自己头上。这是天性，你说，没法控制。你觉得幸运，也觉得内疚，因为你没有受到伤害。你生活的地方，似乎一

1 演员，代表作有《蓝色茉莉》《卡罗尔》等。
2 演员，制片人，曾在《指环王》中饰演精灵王子。

切如旧。别把那些小震荡放在心上。

在我刚刚提到的那一天，“事件”发生的那一天，我走进店里，兴致盎然，迈着轻盈的脚步四处闲逛。我看到潘时，他容光焕发。他收到了移民署的好消息，妻子和孩子拿到了新西兰的签证。虽然只是旅游签证，却足以让他欣喜若狂。他需要去柬埔寨接他们过来，因为他的妻子外语不好，没法独自赶来这个国家。这要花四千美元，不过他在拼命加班攒钱。一切都会好起来的。

我不禁焦急地打听起他的准备工作。他给妻子备好厚衣服了吗？他租的公寓暖气足吗？她会嫌冷的，我知道。我一直在问问题，例如，他有医生吗？给孩子打疫苗了吗？我想象着移民的恐惧，想着它是多么可怕，而这个女人会是多么孤独，虽然潘的爱能给她一些慰藉。

反倒是他站在那里，叫我宽心。我怕自己会引起他的忧虑，于是又恢复了欢快的心情。我们笑得太大声，还击掌相庆祝。一个身穿风衣、脸戴墨镜的女人说了一句“借过”，我发觉自己挡住了她的牛皮菜，于是我笑眯眯地说：“太——抱歉了。”另外，我意识到自己已经耽搁了一阵子。

我推着手推车，匆匆浏览了一下鲜肉区和奶制品区。这时我看了一眼清单，发觉忘了买用来煮普罗旺斯炖菜的红甜椒。我把手推车贴边停在过道的尽头，这样就不会挡住别人的路，然后冲回蔬果区。我又见到了潘，我一边跑一边指着红甜椒，他咧开嘴笑了。等我跑到柜台旁，他已经帮我选好了。他举着它，让我欣赏，一个鲜美的红甜椒，它身着紧身红裙，如此性感，如此丰满，令我心醉。我想，它是乔治娅·奥·欧姬芙[1]爱画的题材，它的乳沟让人浮想联翩。我拿着它，抚摸了一会儿它丝绒般的外皮——还是绸缎般的？我难以描述，它的手感非常迷人。它甚至非常新鲜，仿佛刚被摘下，散发着淡淡的辛辣气。我父亲也种过这种植物，我们叫它辣椒。

“我得赶时间了。”我说，当时我真的迟了。我跑回奶制品区，把红甜椒扔进推车，匆匆看了一眼麦片，便离开了。就在这时，我突然发觉有点不对劲。

手推车不在我之前停放的位置。还是说，我就是把它停在了那里？我离开推车时，人在哪里？奶制品区，我告诉自己。往回走。你去了哪里？被我认错的那辆手推车里，装了半车东西，就跟我丢下的那辆一样。只是在这些东西里面，我只认得这个闪闪发光的红甜椒。车里装着一些罐装食品：烤豆子、桃子、椰奶和一袋切片面包。而我只买了水果和蔬菜。

一个女人把甜椒拣出来，动作小心得过分，然后托着它，朝我走来。她是个大块头，比我高一头，穿着保洁制服。我注意到，她托着甜椒的手上长了茧子。

“谢谢，”我从她手中接过甜椒，说，“我真傻，忘记把推车放在哪里了。”

她的神情十分不友善。“那是我的推车。”她说。

“我知道，我知道，真的很抱歉。”

1 美国女画家，以半抽象半写实的手法闻名，绘画主题多为花朵微观、岩石肌理变化、海螺、动物骨头。

她站在那里，瞪着眼睛，一言不发。

“谢谢。”我又说了一遍。我把甜椒放进自己的推车，现在我知道了，我把它停在了过道尽头。我开始感到不快。

“你为什么要那么干？”她说。

那个女人继续盯着我，而我脑中闪过无数答案。开始有人停下来看我们。一个老妇人担心地念叨“天哪，天哪”，不知道该怎么办。我突然意识到，这些东西没有哪一样属于她或我，至少现在是这样，我们还没通过收银台。但我觉得，我要是把这话说出来，只会显得自作聪明，让事态继续恶化。

“你看，事情已经解决了。”我说。我的好心情却被毁掉了。

那个女人突然转身离开。我以为这事结束了，事实却并非如此。

过了一两分钟，她又回来了。她朝我逼来，但没有碰到我。她的呼吸热辣辣地喷在我的脸上。我看到，她眼里满是愤怒。“你为什么要拿别人的推车？”她说。

“我没有啊。这是个意外，是一次失误。”

“失误。没人会犯这种错误。”

我转身往回走。她跟了上来。我身后的鸡肉烤架热气腾腾，这让我颤抖不已。我说不出话来，被她突如其来的凶狠表情和语气击垮了。我听到自己在脑中说着：“停。宝贝，你走到镜头外面了。你站错地方了。”

大多数人、大多数时候，都是如此。我们会在某一刻迷失本性。这就是我们痛苦的由来。因为在我看来，无论是拿错了推车，还是红甜椒的出现，都不该引起如此激烈的反应和如此伤人的表现。

我想告诉她，有人给了你一些错误的指示。试着重新演绎一下那个场景。

但你也知道这是怎么回事，自我保护机制总能自行启动。

2

另一天，另一个地方。自那件事之后，一个礼拜过去了。

我来到了奥克兰的画廊。那个画廊很美，屋顶高耸。我在里面流连了好几个小时。其中有一个展室，专门展览粉白梯田[1]——我们历史上消失的奇迹，它被火山爆发时的火焰与灰烬吞噬了。那些梯田就埋在我年轻时的居所附近。消失了，正如阿耳特弥斯神庙[2]与罗德岛巨像[3]，希腊人称之为“theamata”[4]。梯田消失得无影无踪，再也没有人知道它们的具体位置，虽然这次消失发生在已有文字记录和绘画作品的年代。前一天，我在下榻的旅馆里遇到了几个人。其中一位，我认识他的时候，我还年轻，而他还是个孩子。我们花了一个多小时叙旧，聊着谁认识谁，我们的生活有哪些交集；旧相识、过去的经历，以及忧愁。这次

1 位于新西兰罗托鲁阿的壮观景象，曾有“世界第八大奇迹”之称。1886 年因塔拉威拉火山喷发被掩埋。

2 希腊神话中阿尔忒弥斯女神的神庙，公元前 356 年，神庙被黑若斯达特斯焚毁。

3 罗德岛太阳神巨像，建在罗德市港口的入口处，公元前 282 年完工。公元前 226 年在地震中被毁。

4 古希腊语，意思是要看的盛景，大多为古希腊时代规模宏大、具有地标性质的建筑物。

会面让我想起了生命中的另一段时光，那阵子我就住在梯田附近——火山爆发之前，梯田尚未消失时所在的地方。这次相遇让我大为震动，它令我发现，我已经从一个不羁忧郁的家伙蜕变为一个成熟谨慎的女人。

我走进另一间绿白相间、屋顶很高的展室，停在一幅画前，入了迷，这幅画名为《焦点》。我没听过画家的名字：约翰·透纳，来自彭赞斯[1]。画面由颜色很浅的建筑碎片组成，经过了精确的几何设计，这些碎片消失在一个中心点，而这个中心点，被用深红色的球形标了出来。

我一下子就认出了那个球形。

猫眼石中的光焰，一只闪闪发光的果实，一颗心脏，一滴血：随你怎么说。

旁边有一则关于画家灵感的说明。这幅画的灵感来自塞西尔·戴·刘易斯[2]在战争时期写下的一首诗：

> 时间会揭开未来的远景/万物平静而自然地生长/这图景神秘却清晰/因为爱是唯一的焦点/我们的子嗣将会延绵/像苹果花，开在美好的明天。

事情就是这样，我心想。我们在变幻莫测的际遇中求索自己的道路，与此同时，我们一遍又一遍地质疑它，留心地雷与突然

1 英国城镇，位于英格兰西南部的康沃尔郡，距离伦敦约 490 公里。
2 1904—1972，英国作家，抒情诗人，代表作有《诗歌的希望》《诗歌的意象》等。

的爆炸，追寻每一刻的真相。目光所及之处，总有失去、分离，以及跳动的红色心脏与突然爆发的怒火。忧伤变成了伤口，我们每个人都扛起了另一个人的负担。

但是，还有爱，还有美好的明天。

II 渴望

心里的一根针

1

奎妮·麦克戴维特在赛马场解开胸衣的那天，阴云密布。奎妮原本叫阿维娜，但她的丈夫一早给她改了名，为的是更容易让人们——当然指的是白人——记住。她丈夫人称“竹竿”，因为他就像一截瘦高的竿子，不过，这也恰好是他的教名“罗伯特”的别称。当时他走开了，去给下一场比赛的赛马“亮蹄”下注。现场排起了队，天气沉闷滞重，马迷们四下闲逛，打听着马场上的消息。留妻子一个人在赛马场上待着，竹竿并不担心，这女人能照顾好自己。再说了，有半打儿女与外孙跟着她，她不会走远的。

这是1925年。时世艰难，但会越过越好的，大家这样说。当然了，他们没料到的是，事情只会变得越来越糟。

“我想，要是我们走运，付清账单，就会好过一点了。”竹竿说。

“也许，要是我们少花一点，省点钱，”奎妮说，“就不会这么穷困了。”

“我们还能怎么省？”竹竿诘问。他们从来没什么富余的东西，而且，今年夏天他们花了一笔意料之外的医疗费。这对夫妻跟几个孩子一起，住在一套屋顶尖尖的平房里。屋里有三个房间，屋外还盖了几间披棚。他们的住所离贯穿陶马鲁努伊[1]的主干线不远。背不疼的时候，竹竿时不时会去维修队干点零活。

最后他们还是去了赛马场。自他提起的那一刻，奎妮就知道，他们终究会来的。她穿上了自己最好的黑裙子，上身搭一件白衬衫，衬衫上压着一道褶边，从领口一直延伸到腰部，外面罩一件栗色外套，还围了一条绿格子披肩，披肩上别着一枚别致的胸针，那是她父亲在她母亲早早离世后送给她的。她父亲是来拓荒的白人。他把胸针交给她时，眼含热泪，对她说，这是属于她的。从前他把这枚胸针送给她的母亲，虽然他们从没找牧师为他们证婚。

之后他就消失了，她听说，他去了南方的牧羊场。胸针是椭圆形的，底托由细密的金丝制成，中间镶着一颗紫水晶。打开胸针的背面，便能看见一幅朦胧的小像，是她母亲。肖像上的这个女人有一头油亮的长发，眼神深邃明亮，在褪色的照片上灼灼放光。

1 新西兰地名，最初是旺加努伊河和欧加鲁伊河交汇处的毛利人聚居地。

最后，奎妮戴上了一顶宽檐帽，帽檐上点缀着饱满的绿玫瑰。

“你会嫌热的。”竹竿说。

“你还要不要我去？”

这一点毋庸置疑。昨晚上半夜她一直忙着做培根蛋饼和三明治。

她看着在人群中奋力往前挤的竹竿，叹了口气。他有一英镑要花。

“再给我们一英镑吧，老太婆。”他说。

“我没钱了。”她说，其实她在鞋子里还藏了一英镑。儿子乔挠挠她的脚踝。我知道是什么让你步履蹒跚，妈妈。那男孩是个淘气鬼。虽然他已经不再是孩子了，而且，你不能信他。他是老大，一度是个漂亮的孩子，虽然老是气呼呼的。现在他变成了这样，一个已婚男人。他跟父亲一起去下注。要是她自己下注，是不会押“亮蹄”的。她会押“狐火”，不过，赛马的事，谁会听她的呢？

珀尔坐在她身边的毯子上哭了起来。奎妮环顾四周，寻找本该负责照看宝宝的埃斯梅。哪里也看不到女儿的身影。奎妮拉长了脸——埃斯梅就不能安静地待上五分钟。她极目远眺，那个女孩此刻可能身处人群中的任何角落，虽然，赛马场并不大。通铁路后，树木都砍掉了，场地被夷平，坑坑洼洼好似月球表面。

奎妮的目光终于落到了埃斯梅身上，她在一顶帐篷的荫蔽之下，坐在地上编雏菊花环。就像一个小孩。

“你叫埃斯梅赶紧过来。”她对露西说。露西今年十岁，是玛丽其中一个孩子。玛丽在家里排行第二，仅次于乔。“跟她说，要是她不立刻过来，我就会给她一个耳光。”

“你应该照看好珀尔。”埃斯梅磨磨蹭蹭地走过来时，奎妮对她说。奎妮一边抱着孩子，让她趴在自己肩头，一边用手掌轻柔而熟练地抚摸她的后背，想让她开心起来，可珀尔哭个不停。

埃斯梅接过孩子，珀尔立刻不哭了。

“别再跑开了，别再把她一个人丢在这里。”

“可你在这里呀。”埃斯梅说。她一头波浪般的卷发令奎妮想起自己母亲的秀发，而她乌黑的眼眸则与奎妮如出一辙。她的鼻子上撒着雀斑。埃斯梅和乔，人群中最亮眼的一双。

“我不希望你扎到男人堆里，”奎妮说，“你自己待着吧。今天你的任务就是照顾珀尔。你知道吗？孩子躺在地上，什么事都可能发生。我知道有个孩子在草丛里绊了一跤，紧接着，他母亲听到他大喊大叫。哎，这孩子喊呀，喊呀，直到死去。他死后，一只大蜈蚣从他耳朵里爬了出来。你根本想不到，蜈蚣爬进孩子耳朵的速度能有多快，它会把孩子的脑子吃个精光。”

“真可怕！”埃斯梅说。她的眼里立刻蒙上了泪水。

赛道那边，马迷们嚷嚷得嗓子都哑了，马蹄跺得他们脚下震颤不已。“哦，我的天哪，”一个男人喊道——“是‘狐火’，她倒下了。”接着，他又喊道，“亮蹄”险胜，你能相信吗，那匹小马赢了。

“你爸赌赢了，真叫人意想不到，”奎妮沉着脸说，“现在他口袋里有钱了。”她已经能够想象，他会排在队伍里，准备参加下一场比赛。埃斯梅把孩子放在自己的腿上，然后再次灰头土脸地躺了下来。奎妮又把孩子抱了过来。“我不知道你是怎么了，”她说，“你好像连最简单的事都做不好。”

埃斯梅的表现让奎妮很不高兴。她是个非常漂亮的女孩，但不管你说什么，她都会不高兴。埃斯梅伸了个懒腰，脸朝下，趴在她母亲与珀尔身边的草地上。乔回来了，说自己在“狐火”身上赌输了十先令，不过老头子赚了五英镑。他听说，有个人因为那匹倒下的马，一下子输了十英镑。

“我给你父亲的一英镑，他还回来没有？”

“他觉得他能让它变成二十五英镑。”

“你现在就去告诉他，趁他还没走到收银台。去，照我说的办。”

乔犹豫了一下，但看到母亲的表情，便决定去追父亲。一声枪响，“狐火”被放倒了。那股兴奋劲过去后，人群四散开来，他们都和乔一样身无分文。

“吃点东西吧，”奎妮说，她用空着的手拿起一个番茄三明治，递给埃斯梅，“来，你得吃点东西。”埃斯梅把头发拉过脸颊，长发散在毯子上，像一汪深潭。奎妮叹了口气，摸了摸她丝缎般流动的头发。太阳开始露面，奎妮已经脱掉了披肩，也把胸针小心地收进了口袋。现在她要摆脱外套的束缚。乔的妻子——班迪，前来跟她们会合，在奎妮脱外套时，班迪替她抱着珀尔。

一个男人停在了正在野餐的这家人旁边，他叫戴夫·墨菲，留着大胡子，块头很大，肚子在腰带上面不停颤动。他穿着黄黑相间的西服，鞋子在稀薄的阳光下闪闪发亮。他在这个地区开一家新木材厂。鉴于他愠怒的神色和往常口袋里叮当作响的数目，奎妮猜想，他大概就是那个一下子赌输十英镑的人。

“你已经过了胡闹的年纪了。”他说。

奎妮没作声，他又说：“我以为你这个年纪已经生不了孩子了。老竹竿还在捅你，嗯？还在让一个老女人怀孩子？”他因自己的机智放声大笑，同时轻轻踢了踢趴在地上的埃斯梅。

奎妮说：“够了，小珀尔是我的奇迹宝贝。”孩子在她怀里睡着了，她用手背轻轻抚摸着孩子苍白的脸颊。他们本可以随便给她起个名字，例如“莉莉”，最终却选了“珀尔[1]”，因为她的苍白与美丽让她熠熠生辉。奎妮从没抱过这么好看的孩子。珀尔的眉毛像银白的污痕，眼睛是奶蓝色的，囟门周围的胎毛白得像小猫咪的绒毛。

埃斯梅感到肋下被戳中，就坐了起来。她从膝盖的缝隙间盯着地面，戴夫·墨菲则上下打量着她们。奎妮猜想，他应该知道竹竿赚了几英镑。闻上去，戴夫像是喝了几杯威士忌。那阵子国王乡[2]施行禁酒令，他却有办法应对。有人说，他在山上有自己的威士忌酒厂，还有人说，从货运火车后面掉下了令人惊讶的东西。奎妮开口时语速缓慢，声线理智，以免惹恼他。

“这个小女孩是一个老妇人的神奇宝贝，”她说，“你记得

---

1 Pearl，意为珍珠。

2 新西兰城镇，又称国王领地，坐落于新西兰北岛。

吧，大概一年前，‘魔法师’来镇上的礼堂里表演魔术。”

“我听说过他，但没见过。”

“你见过。我看到你在场的，戴夫·墨菲先生。”

“哦，或许吧，我这样的大忙人没法把什么事都记在脑子里。你这么一说，我倒是想起来了，我当时去那里，是为了把一个伙计拉回去工作。我们要赶夜班火车，得准备好几车木材。我大概在那里待了半个小时吧。”

“不止。他变了很多手帕戏法，记得吗？拉长手帕，两头没松开，就给它打了好几个结。非常灵巧。他还把那位女士一切两半。你见过的，是不是？”

“他们是用镜子变出那些戏法的。”

“没有镜子，我特地上前看过。没有镜子。”

“妈妈，别说了。”埃斯梅说。

“然后，记得吗？最后，‘魔法师’放下帷幕，你以为表演结束了。接着幕布又升了起来，他站在那里，没有头。他的头搁在身旁的桌子上。那是一个奇迹。”

“嗯，是的，非常厉害，你这么一说我想起来了。”

“一个奇迹。所以，演出结束时，我走到他面前，对他说，‘魔法师先生，我想再怀一个孩子，因为我的孩子们都长大了。’”

“哦，这么说，是‘魔法师’把它放在那儿的？”

“我想你最好去跟竹竿聊这事。我告诉你，除了竹竿，谁也没法近我的身。不，我只是对‘魔术师’说，给我施个咒，让我再怀个孩子，他照做了。我得偿所愿，有了我自己的小宝贝。”

“我一个字也不信，”戴夫愤怒地环顾四周，不喜欢被人当傻子耍，“年轻的女士，你怎么看？”他问埃斯梅。

“我什么也不知道。”她喃喃道，头发如洪水般冲刷着面颊。

“你母亲是个干瘪的老太太，你说是不是？”

“我身上哪里也不干瘪。”奎妮说。

“那给我看看你的奶子。”

“你想现在看我的奶子？”奎妮把珀尔递到埃斯梅怀里，尽管埃斯梅不想接手。她抱着孩子，仿佛抱着一颗定时炸弹。“不要啊，妈妈，”她恳求道。她母亲的手已经放到了衬衫领口。她一颗颗解开扣子，直到所有纽扣都被解开。戴夫·墨菲盯着袒露的棕色肉山。上半截乳房在紧身胸衣上方微微起伏，浑圆的蜜金色肉丘即将一览无遗。

戴夫·墨菲周围聚集起一群男人。他们互相推搡，急促地吸气。你能看出，他们被自己胆敢站在这里围观的勇气惊呆了。但他们像被施了咒，全都直勾勾地盯着奎妮的乳沟。她从肩上褪下衬衫，双手移到固定胸衣的扣钩上。

“不，”埃斯梅叫起来，“不，不，不。”玛丽的女儿已经去喊竹竿和乔了，可埃斯梅怔住了，不停尖叫，什么也做不了，她只是坐在那里，攥着珀尔。第一个钩扣解开了，接着是第二个。

“魔法，”奎妮说，“就是这样。”

然后乔从人群的缝隙里跳了出来，挥舞着手臂，把他们打散。竹竿紧随其后，就在奎妮优美的乳房脱缰而出之际，他把自己的外套扣在她身上，遮住了她长长的紫色乳头，没让那群男人瞧见。

乔张开手，掴了埃斯梅一掌。“你不该让她这么做。”他说。

“这不是她的错，”奎妮说，“来，站起来。”她想把女儿拉起来，却看到女儿的脸颊已经瘀青。

竹竿一心忙着帮奎妮摆脱困境。确认自己的外套已经牢牢裹住奎妮后，他将她拉向一个帐篷，好让她穿上衣服。“我借给你的一英镑呢？”奎妮问，摆出对这场骚乱毫不在意的样子。

“别提了，”竹竿说，“别提了。”

乔走向马匹，套好马车。“把那孩子带走。”他对埃斯梅说。

埃斯梅·麦克戴维特长大后，许久没人向她求婚。她也收到过各式各样的邀约，但她知道，它们对她无益。有些夜晚，她在小屋的铁皮屋顶之下痛苦不已，渴望着自己得不到的东西。

她的父兄认为她应该北上，去奥克兰试试，看看能不能在那里遇上什么合意的人。但奎妮说，不用为此担心，女孩就该待在家里。她给埃斯梅分派了一些工作，好让她打发时间，这些工作用得上她自小在当地学校里习得的手艺。埃斯梅让奎妮大吃一惊。她能缝出最直的接缝，只消一天半的工夫，就能做好一条裙子，连带布包扣和袖口。

“大家肯定愿意花大价钱买那条裙子。”奎妮对竹竿说。

“那就让他们花吧，”他说，“就这么办。”埃斯梅说干就干。她开出的价格不高，女士们人人付得起。长裙四先令，筒裙两先令六便士，衬衫三先令。有时人们想跟她压价，但只成功过一次。她发觉自己喜欢做生意。有了这些钱，她就能帮母亲买一点珀尔入学时用得上的东西。

有天她给客户送完裙子，骑自行车回家，风打在她的头发上。她仍然留着一头散乱的长发。骑到铁路边，她跳下车，推着它穿越铁路。一辆绞车缓缓驶入环线，几个工人坐在上面抽烟。埃斯梅把一只脚搁在踏板上，假装没看见他们。一列南方来的火车隆隆驶过。

那天，吉姆·莫菲特乘坐巡逻车，准备去上班。

埃斯梅永远忘不了自己被吉姆挑中时的激动心情。也许那种感觉就是被选中的兴奋——她曾被略过了那么多次。他看到，她站在铁轨旁。“那个女孩是谁？”他问同车的人。后来他把当时的情景告诉了她。

“他们怎么说？”

“只说了你的名字。‘那是埃斯梅·麦克戴维特。’他们是这么说的。”

“就这样？”

“嗯，这就够了，不是吗？他们知道你是谁。”

“没别的了？”

“我记不起别的。我问：‘她就住在那里吗？写信能找到她吗？’”

吉姆·莫菲特写道：

亲爱的麦克戴维特先生：

我是英国人，来这里已有三年，受过不错的教育，但家乡很不景气，比这里情况更糟。我现在是一名火车信号员。结婚后，我能分到一间铁路员工房。我渴望进一步接触了解令千金埃斯梅，以期共结连理。今年我三十四岁，但十几岁的年龄差在我看来并不碍事，因为我的身体与心智都很健康。我愿成为她的好丈夫。

您的

詹姆斯·莫菲特

他未被驯服的女孩——从铁路边上抢来的，他聪明的英国脑袋立刻转了过来。单身汉变成了人夫。这一切似乎发生在一眨眼间。

埃斯梅为自己的婚礼裁制了一条暗粉色羊毛裙。去教堂之前，母亲把自己的金丝胸针别到她的肩上。“只给你戴一天，”她说，“将来有天，我会把它传给珀尔。”

“我以为你会给玛丽。”埃斯梅说，她很惊讶，母亲竟然没考虑自己的长女。

“唔，你知道是怎么回事，”她母亲说，“你知道，珀尔是我们的特别宝贝。”

到了最后一刻，埃斯梅竟不想跟吉姆走。她抱着珀尔，哭了起来，努力不让吉姆瞧见她的眼泪。“做妈妈的乖女孩。”她说。

吉姆带她去奥克兰的一家旅馆度蜜月。婚姻生活已展露出意料之外的丰富。“尽情享受吧，”吉姆说，看着她好奇的模样，他笑了，“回家后，我们就得面对现实生活了。”他们的家会安在奥阿库尼枢纽站，就在火山脚下，陶马鲁努伊的南面。她倒是有点想直接去那里看看他们分得的房子，它位于铁道街，就是铁路旁边的那条街。不过吉姆说，以后有的是时间。

他们搭夜班火车出行。火车晚点了，于是他们只能在阴冷的黑暗中，久久地坐在月台上，等待火车的到来。火车进站之前，候车室的门一直关着。埃斯梅让家人回去睡觉：没必要把每个人都累坏。她和吉姆似乎没多少可聊的。她意识到，自己对他知之甚少。

北行的路上，他敞开心扉，聊起自己的工作，解释了火车路牌系统。他的工作场地是一间小屋，铁路干线上有许多这样的小屋。他搭货车去那里上班，交班前，有车接他回家。路牌是间隔系统的一个部分，这个系统设定列车的路线，确保在一条线路上不会有两台引擎同时运行。编了号的路牌被捡起来，从线路的一个区段传到另一个区段，只有当路牌——男人们称它为“饼干”——被牢牢锁在另一个区段的末端时，火车才能安全前进。与此同时，绿灯亮起，向线路发出信号，宣布一切正常。特快列车和货车隆隆驶过，他们一刻也不能分心，一丝失误也不容出现。

“我明白，这是一份重要的工作。”埃斯梅郑重地说。他们匆匆穿过又一个小镇。曙光乍现，左边流淌着一条又深又宽的河。

浑身脏污的矿工聚在车站旁，他们的一天结束了，而旁人的一天才刚刚开始。埃斯梅觉得自己跟他们一样。

“我这双手里掌握着性命。”吉姆边说边伸出自己摊开的手掌。她打了个寒战，不知道自己能否胜任吉姆的贤内助。他似乎看穿了她的想法。“别担心，我们会同心协力。现在我有了妻子，交班后能回到温馨的家里——这对我来说意义重大。”

“我会尽力的，吉姆。”

“有些事我可以教你。”

“哪些事？”她问道，声音很小。她身下的车轮不停叫着：咔咔，嚓，咔咔，嚓。

“拭目以待吧。”

“我十三岁就不上学了。父亲没告诉你吗？”

“别担心这些事了，”他说，“我想要的只是你。”他们还是得去奥克兰，第一次共度良宵，发现彼此究竟是怎样的人。她开始有点怕他了。然后她想，这只是因为他们太累了，疲惫令他们显得滑稽。她在想，到旅馆之后，他们能不能直接倒头大睡。

然而，计划并非如此。吉姆安排了整整一天的观光行程。她累坏了，几乎记不清接下来发生了什么。

次日早晨，她坐下来吃早饭，心里有种奇怪的感觉，以为自己没被碰过。她想起的是身上那条干净的白棉被，而不是他的身体。她一醒便立刻转向他。在家时，有些早上珀尔会爬上她的床。她们会继续睡觉。冷天里，珀尔会把脚窝在埃斯梅的腿上取暖。因此，这天她发觉有人跟她一起躺在床上时，她以为是珀尔，而不是吉姆。他亲了亲她的额头。“早上好，莫菲特太太。”他说。她有种失重的感觉，仿佛自己并非真的身临其境。没过多久，客房服务员过来敲门，给他们送上了茶水。

“你们都要牛奶加糖吗？”她问。

“吉姆，你要加糖吗？”埃斯梅问。

“嘘，”待他们再次独处时，他说，“她会看出我们还是新婚。”

等早点的当口，他指了指桌上的餐具。“你看到他们是怎么摆放刀叉的吗？”他问。他喜欢这样，一切井井有条，刀叉笔直地摆在餐垫旁，装面包和黄油的碟子放在餐刀右侧，刀尖直指前方。她这样的聪明人，肯定一学就会。

2

早上吉姆离开后，埃斯梅走到窗前，望着那座山，或者说，望着那座山的方向——它被雨夹雪遮住了。在她身后，细弱的火焰噼啪作响，湿树皮上汁液飞溅，散发着熏香似的气味。这让她想起自己还是个小女孩时，和母亲在陶马鲁努伊大道上遇到的那个魔术师，想起当时空气中奇怪而柔和的香气，它仿佛在宣告，没有什么是真的，你所知道的一切都不存在。只有幻觉。火车的汽笛在雾中响起，一声长吁，一次呼吸，接着，又来了一次。他走了，她想，吉姆走了，上了火车，手里捏着旅人的命运。

铁道街共有二十四栋房子，这栋是其中之一。街道笔直，与几英尺外的铁路平行，路的两侧，各有十二栋房子。上面的山坡遍布坚硬的灌木，铁路两旁则长着亚麻和托叶草，它们像柔软的印花布旗，随风招展。

埃斯梅叮叮当当地收拾着桌上的碗碟。早餐前，吉姆就生气了。她知道自己不太舒服，浑身沉重而疲倦。她也不是没睡好，事实上，她睡得很沉，闹铃响时，她甚至不知道自己身在何处。

“快点，好吗？”他说。他拿着剃刀走进卧室，没穿上衣，背带挂在大腿上。

她想对他说，不如你给自己做一次早餐，但她知道，行不通的。虽然，她自己也不是不工作。生意好的时候，一个礼拜她挣的钱几乎跟吉姆一样多。她不提这事，是因为它让他生气——她也不知道是为什么。她的缝纫手艺随她一起来了奥阿库尼枢纽站。

等他终于坐下来吃饭时，早餐没能让他满意。他像是快哭了。

“抱歉，”她说，“我不知道自己怎么了。”

“可能你太忙了。”

“我需要做点什么来打发时间。”她说完，自己也吃了一惊，她竟在反驳。

“是的，我想也是，”他叹了口气，叠好餐巾，盘子里的食物剩了一半，“你应该让珀尔多帮帮你。”

“珀尔？她还是个孩子。”珀尔在客房睡觉，她每次来度假，都住在那里。那是预留的婴儿房。

“她十岁了，这个年纪可以干一点家务。这孩子的妈妈把她宠坏了，你也宠她。”

“过几天她就要回家了。”

她对他笑了笑，扬起脸，让他亲吻。他的心情似乎好了起来，他捏捏她的脸颊，低头温柔地看了她一会儿，然后拿起外套。他看了一眼窗外的坏天气。

“其实，我能在床上躺一整天。”

“老板会怎么说？”

“他可能会说，我真是个幸运的家伙，竟能跟你这么美丽的女人在被子里厮磨一天。”

“吉姆，他不会这么说的。”她红了脸。

“你是这世上最漂亮的女孩。”他说。

他一走，她就想剪裁布样，而不是洗碗。“一贯如此”，吉姆总是这么说，她觉得，他就在身后俯瞰自己。这让她再次陷入了坏情绪，于是她在厨房忙活起来，把盘子摔得乒乓作响。你不知道事情会变成什么样。她喜欢这个房子。客厅挂着的蕾丝窗帘，她花了好几个月才缝好。房间里摆着三把木制扶手椅，坐垫上罩着红布套，还有一台立式留声机。可现在——一切都已就绪时，吉姆说起了升职的事，他想找一份离城市更近的工作。她不知道自己要如何适应更大的地方。

“怎么了？”珀尔穿着睡衣，出现在门口。

“哦，是你。去跟你妈妈说，她需要你。”她惊讶地发现，自己的声音很是尖锐。

“我错过早餐了吗？”

“我给你留了一点。”

“我以为你生气了，弄出这么大的动静。”

“我累了。要是你去穿好衣服，洗好这些碗碟，我倒是不介意。”

“跟在家里一样。”珀尔嘟囔道。

“喏，你最好习惯一下。假期快结束了。”

“我可以在这里上学。”

“不，你不可以。”

“你生气了，是不是？”

埃斯梅突然想哭。她讨厌珀尔回到奎妮身边。她告诉自己，她只是希望身边有个孩子，希望这个家里有个孩子。但这个早上，她只想伴着雨声，安静地剪裁布样。

不，甚至不是这样。她想要的，是坐下来，弄清楚这到底是怎么回事，发生了一些她想不明白的事。

珀尔拿起一块洗碗布，甩来甩去，仿佛不知道该拿它怎么办。埃斯梅按捺住了责备她的冲动。我的小妹妹，她向枢纽站的邻居介绍珀尔时，这样骄傲地说道。她依然拥有乳白的肌肤和金色的秀发。她牙齿前凸，有一颗牙比其他牙齿白出许多，笑起来像一只微微歪头的兔子。她唱歌很有天赋，能唱所有的赞美诗，圣诞节时，她在教堂独唱了一段《平安夜》：

照着圣母也照着圣婴

多少慈祥也多少天真

你能听到教众周围泛起了涟漪：她的高音能让水晶随之颤动。歌声是珀尔唯一让吉姆喜欢的地方。

一切清扫妥当，桌布也收了起来。埃斯梅拿出将要裁制的衣料，那是一块粉色亚麻布，专为邮政局长的妻子准备的。埃斯梅本想告诉诺玛，这个颜色跟她的红发不搭，但诺玛盲信自己的品位。而且，诺玛当即付了钱，还喜欢跟她聊天。埃斯梅把布样摊在桌上仔细端详。她看得出，袖子有点难做，她也许得临时改动一下。

缝纫机是踏板式的，所以她可以一边踩踏板，一边空出双手移动布料，速度很快。

“看，”珀尔说，“好多人在往车站跑。”

“天哪。”埃斯梅说，就在那一刻，警报响彻整个小镇，她的手指伸到了飞速运转的针头下面——针断成了两截，上半截从轴中脱落，扎进了她的拇指。

“啊！”埃斯梅叫起来，“啊，啊！”她手上满是鲜艳的血沫。

珀尔站在窗边，往外张望：“出事故了。”

“哦，我们也帮不上什么忙。”不过，她还是走到门口，打开家门，恐惧从心底油然而生。身着厚衣的男人们朝一辆滑车冲去。“出什么事了？”她喊道，可谁也没听见她的话，他们转眼便消失在铁路上。

“把门关上，进屋吧。”最后，她说。手上被针扎到的地方还在痛，血倒是止住了。她敢肯定，针扎进了肉里，可看不见针的踪影，她又开始怀疑一切只是自己的想象。针尖还在地上，就在它掉落的地方。也许，针的另一截已经飞过房间，掉在了木盒子里。

她又开始穿针引线。手还在疼，但当她按住拇指，以及按压整个手掌时，根本找不到疼痛的源头。她突然想到，那根针可能已经滑进了她的血管。

“我也许该去看医生。”她对珀尔说。

“疼吗？”

“好些了。”有意思，她刚动了看医生的念头，疼痛便止住了。厨房架子的顶层有个罐子，她和吉姆在里面存了一几尼，以防亟须看医生。你不希望在发生紧急情况时捉襟见肘。也许它会派上别的用场，比她看不见、找不到的这根机针更紧急。

而现在，一个新念头闯入她的脑中，她神奇地想清楚了这件非常明显且为人熟知的事——她真不知道自己怎能如此迟钝。

“你想当姨妈吗？”她问珀尔。

“你和吉姆快有宝宝了吗？”

“是的，是这样，我们快有了。”

“我以为你们不会生孩子的。”

“谁说的？”

“我觉得妈妈怀疑过。吉姆高兴吗？”

“他还不知道。”

“你的意思是，你第一个告诉了我？”

“看来是这样。别跟他说我告诉了你。”

珀尔说，假期她会过来，帮埃斯梅给宝宝洗澡、换衣服。

“我很期待。”埃斯梅说。

雨渐渐止住了，蒙面的山峰开始露出真面目，它把结冰的手指插入云霄。光是看着那白雪皑皑的山坡，她就不禁打了个寒战。月台上聚集了一大群人，妇人们全都走出了家门。

站长亚历克·格莱姆斯说，是的，铁轨上发生了碰撞，出事的是两列货车。死了一个男人。

日光号列车迫停，不能再向北行驶，于是乘客与当地人混在一起，显得无助而震惊，蒸汽引擎一直在轨道上嘶嘶喘气。

那天夜里，吉姆很晚才回来，他嘴角发白。控制室来了个新人，这人应该已经受过培训。他是毛利人。如果你了解真相，就会发现他大概不识字。“这不是我的错，”吉姆说，“虽然我是负责人。后脑勺不可能长眼睛。他们不该放了那个毛利人。根本不该允许他接触路牌的钥匙。”

事后，他承认自己不应该说这话。

吉姆的工作没丢，虽然经理们说，险得很。他是公认的好员工，也许不该把错误全怪在他头上。不过，升职暂时是无望了。

埃斯梅和吉姆的儿子尼尔两岁时，她遇见了康拉德·拉森，坠入了爱河——人生第一次，也是唯一的一次。其余的一切都只是因缘际会，境况有好有坏，但不是爱。火车头进站时，他探出车窗，面颊被燃烧室的火光映得通红——煤是他亲手添的，一顶深蓝色的帽子倒扣在头顶。后来，她看到了帽底下的秃顶，看到了他的脑袋在阳光下闪闪发光的样子。他用手擦脸时，嘴边沾上了煤灰，衬得牙齿愈发闪亮。

事情发生在她跟自己的朋友诺玛险些吵架的那天。诺玛有一双蓝色的眼睛和一头红色的细鬈发。埃斯梅觉得，她是个孤独的女人。她的几个女儿都已离家。尼尔出生后，她和诺玛的关系就超越了生意，她们开始到对方家里做客，尽管大多数时候是埃斯梅去诺玛家拜访。她家位于铁道的另一侧，房子很大，有走廊和雕饰。尼尔到了对一切充满好奇的年纪，还喜欢打开柜门。她不得不时时留心。诺玛乐意偶尔帮忙照看尼尔，这正合埃斯梅的心意。吉姆不确定她该不该把他丢给别人，哪怕只是一小会儿。但她出门买菜时，这样做又有何不可呢？她没有告诉吉姆，有时她只是沿着通往大山的小路或通往瀑布的河岸散步。有时候她会怀疑自己是不是当母亲的料。

埃斯梅和诺玛闹翻的那天，正值盛夏，只有山顶尚余积雪，山体四周笼罩着蓝色的薄雾。太阳出来后，屋里越来越热。

诺玛站在灶台旁，将前一晚剩下的烤肉剁碎，准备做炸肉饼。她的目光一直落在尼尔身上，他坐在桌前，吃着饼干。他是个安静的孩子，脸窄窄的，弯弯的眉毛又细又长。“你要是愿意，可以改天去探望你母亲。搭早上的火车去，再搭夜班车回来。我们很乐意，是吧，小家伙？”

“我没法这么做。他会想念自己的食物的。”

诺玛停下了手里的活儿。“你不会还在给这孩子喂奶吧？”

“一天几次而已。”

“恶心，”诺玛边说边掸了掸手上的面粉，“这么大的男孩了。你丈夫怎么看？”

“我们去找爸爸。”埃斯梅说着，将尼尔从椅子上抱起来，没看诺玛。

“这其实不关我的事。”

“是的，”埃斯梅说，“确实不关你事。”她一把抓起尼尔和他的玩具，从屋里逃了出来，仿佛被抓了个现行。她感到乳房沉重而饱满，并且可耻。母亲裸露的身体在她脑中闪过。

“你会回来的。”诺玛停下来开门时，对她说道。埃斯梅立刻发觉，诺玛已经看透了自己，她知道埃斯梅过得并不幸福。她渴望着某种自由，从某种程度上来说，是诺玛给了她这种自由。

时间还早，没到吉姆回家的时候，但她和尼尔还是站在月台上等候。随着一声警笛，一列货车进站了，埃斯梅喜欢这个声音：蒸汽喷薄而出，庞然大物猛然刹车，巨大的引擎像骏马停止驰骋时一样全身绷紧。

吉姆不在车上，但康拉德在。

他多看了她一眼。回首往事时，她觉得，这是多么不可思议。她打扮得像个老妇，头发梳成了髻，还戴着廉价的眼镜，要是没这副眼镜，她就没法穿针引线。不过，是她先看到他的。这是其中一件她喜欢的事：这次，是她选中了他。当他往下看时，她已经应允了。

“你能帮我照顾一下尼尔吗？一个小时就好。”第二天她问诺玛，仿佛前一天什么也没发生。她知道他的车何时进站，知道如果她等在车站里，他就会跟上来。

事情就是这样。

不是“这样行吗？”“你确定吗？”……不存在这样的话。他俩只是单独躺在她和吉姆的床上。她的头发披在脸上，眼镜留在厨房台面，他抱着她穿过屋子，让她的双腿盘在自己腰上，直到他能把她放下，开始做那事。他的皮肤散发着甜甜的油味，她一整天都沾上了这个味道。

她圆锥形的乳房在他身上摇晃，他伸手去摸。她察觉他犹豫了一下。

“别急。”他说。

“我还在哺乳。不会怀孕的。”

他的嘴，接着，身体的每个部位。

他的胸口和手臂遍布隆起的肌肉。火车从怀乌鲁爬上坦吉瓦伊，经过枢纽站，继续驶往劳里穆和岛上的中央高原，从陶马鲁努伊一直开到法兰克顿[1]，这一程中，他把三四吨煤扔进火孔，沿炉口将燃料填到每个角落。他的手腕就是旋转的钢铁。环抱她的手臂如同一道高高的藩篱，箍住了她的身体。

她短暂地想起了那根在体内游走的针。漂在她的血液中，她自己的浓汤里。那根针已经移到了身体的某个地方，也许进了她的心脏。

1 怀乌鲁、坦吉瓦伊、劳里穆、法兰克顿，均为新西兰地名。

诺玛说，次日同样的时间，她可以照顾尼尔，但埃斯梅看得出来，诺玛打量自己的眼神很古怪。她想，我的样子已经起了变化。

整个夏天，房屋四周的天竺葵红得炽烈，他每天都来找她。头几天过去，她便不再请诺玛照顾尼尔。她把尼尔放在婴儿床上，哄他睡着，希望他不要醒来。有时她想表现得像个普通人——一个没有陷入热恋的人，一个捣土豆、煮肉汁，说“给你，你的茶，亲爱的”，晾洗餐巾，晒干后再把它们收回来的人，这时她觉得，儿子会醒来，会发现她干了什么。

她不再去邮局，也不再拜访诺玛。

奎妮捎话来，说珀尔会过来小住。吉姆去陶马鲁努伊站换班时，奎妮见到了他，叫他给埃斯梅带个信。

“她这个时候不能来。”埃斯梅喊道。

“我以为你喜欢跟她待在一起。”

“确实，不是我不希望她来，”埃斯梅小心翼翼地说，“只是，喏，你知道的，我忙着照看尼尔。”

“一个孩子也没那么麻烦。”

“哦，家务的事你懂什么？”这就是爱情对她的影响，爱令她说起话来既勇敢又鲁莽。

“没必要这么说。”吉姆说。刹那间，她以为自己要挨揍了。

然而，她想，他不会这么做的，来自伯明翰[1]、有良好教养和善良心地的吉姆不会这么做。因为，即便他自己并不总是顺遂快乐，即便他对一些小事心存怨言，他也从来没有伤害过她。他的神情让她闭上了嘴。她想，他一定能感觉到，她两腿之间一直肿痛，而他碰她时，只会让肿痛加剧。

“我想，珀尔可以过来待几天。”

“这没什么坏处。”他说。

珀尔来的前一天，她把双腿紧紧缠在康拉德腰上。“我爱你。”她说，舌头在他耳朵里游走。

“我知道，”他说，“我知道的。”他把她拉向自己，这样她便不知道他从哪里开始，而她在哪里停止。

珀尔快十三岁了。她的胸脯已经隆起，比埃斯梅上一次见她时高出了一头。她身材圆润，金发卷成一绺绺，披在脸上。学校举办期末音乐会时，她登台唱了歌。

“想听听我的独唱吗？”来这里的第一个下午，她这样问道。

“想听，”埃斯梅说，“当然想听。”当时是十二点半。火车下午一点进站。

有天清晨，珀尔唱道：

1 英国城市，人口与面积仅次于伦敦。

太阳刚刚升起

我听到一个女孩在山谷里唱歌。

哦，别欺骗我

哦，别离开我……

换作别的时候，这纯澈的歌声一定会打动埃斯梅的心扉，但现在，没等珀尔唱完，她就心不在焉地问道："你能帮我照看一下尼尔吗？就半个小时。"

"你没在听！"珀尔喊道。

"听了，我听了。这首歌你是从收音机里学来的吗？"

"我讨厌你，他们说的那些关于你的事，都是真的，是不是？"

埃斯梅一把抓过她的手腕，紧紧捏住。"他们说我什么了？说了什么？快告诉我，是谁说的，说了什么？听见了没！"

"没什么。"珀尔不高兴地说。埃斯梅松开了她的手臂。珀尔娇嫩的肌肤被她扭出了一道愤怒的印记。"好吧，我会照顾你的臭小孩。"

"谢谢。"埃斯梅边说边走出家门。她打着寒战，匆匆赶往火车站，后悔没有带上自己的羊毛衫。现在是秋天了，这个礼拜，每天早晨都结着薄薄的霜。在山丘的蓝色阴影里，寒冷早早降临。她站在火车站，像第一天那样，只是现在她觉得，月台上的人全在悄悄瞥她，好奇接下来会发生什么。

事实上，什么都没有发生。火车来了，康拉德不在车上，她立刻发觉，自己早就料到了，他不会在那儿的。她再也不会见到他了。这样的事没法清楚地知晓，只能模糊地感知：情况已经过了火，有些事必须改变。她在候车室幽暗的窗户里看到了自己的倒影，衣衫不整，一双手臂紧紧环抱着自己。

她茫然地转过身，离开火车站，徒步穿过小镇。她经过了肉店，应该去那里买点猪肝和培根，给吉姆做晚餐，也许该给珀尔买条香肠，她不吃猪肝。然后经过了蔬果店，一个安静而有耐心的中国女人把苹果和菠菜摆在橱窗前。接着走过了烟草店，她匆匆赶路时，一群男人在里面打量着她。

没人跟她打招呼。那么，是真的了。他们知道她的事，知道她为什么厚颜无耻地在众目睽睽之下等他。

她沿着芒加威罗河边的小路跑了起来，在这件疯狂的事发生之前，她常在这里散步。沿着河床往前走，有一个岩坡，坡底有一汪池塘。她想躺进水里，被水冻住，直到像石块一样，沉入水底。吉姆会想到来这里找她吗？也许会的，但如果他真找来了，她希望吉姆就把自己留在那里。冬天来时，她也许能浮出水面，被巨石和冰川裹挟着，流向更远的地方，流向河水经过的任何地方，也许是海里，也许是某个大湖。她真的不在乎。以如此极端的方式去爱，就是失去理智，失去意识。

这样的事再也不会发生了，她心想，仿佛刚做完截肢手术。她看着自己的身体，像是少了一块。她想起尼尔，他跟珀尔独自待在家里，她想到再过一会儿，这个男孩就会哭着找她。她的胸脯渗出乳汁，她摸摸衣服上洇湿的地方，发觉自己孤身一人，待在灌木丛中，一个满头乱发的疯女人，茫然地倒在树桩和夏天的枯草之间。河水汩汩流过石头，水面与阳光在石头上相接，闪着光芒。她在石头上看见了漂浮的云朵与身体，还有孩子们挥舞的手臂和星星似的脸。也许珀尔可以照顾她的孩子，她很快就会跟埃斯梅一样，习惯料理一个家。然后她想，如果真是这样，珀尔就会跟吉姆在一起，那就不合适了。

她转身往城里走去。太阳已经落下，天上先是殷红一片，接着，在山巅下的黄昏到来之前，光线变成了琥珀色。她开始担心自己即将面对的事，担心吉姆因发觉她把尼尔留给珀尔而大发雷霆，到时自己又该如何应对？“我出门散步，迷了路”，这是闯入脑海的第一个借口。要是他还没回来，她是不是可以带着珀尔和尼尔，赶上那班回陶马鲁努伊的火车？只是，火车还有几个小时才会进站，他会在月台上找到他们。

然后，她告诉自己，一切都是她的想象。没人知道这事。康拉德只不过是请了一天病假，或是调了班。次日他便会出现在火车上。她到家时，已经说服了自己。

屋里点上了煤油灯。诺玛在教珀尔生火。诺玛坐在桌边，把尼尔抱在自己的腿上，尝试喂他捣碎的食物。家里看不见吉姆的踪影。

“抱歉。”埃斯梅对她俩说。

“我不知道你去了哪里。”珀尔不快地说。

“这个女孩找到了我，”诺玛说，“谢天谢地，她比我想象中机灵。”

“吉姆回来过吗？”埃斯梅问。

“他要是跟朋友出去喝上一两杯，也不足为奇。”

“吉姆不会去喝酒的。”这倒是真的。吉姆不是酒鬼——这是他让奎妮满意的原因之一。

“说不定现在会喝了，”诺玛说，她站了起来，拍了拍裙子上的皱褶，“你知道的，埃斯梅，在买面包的地方买肉，可没什么好处。”

“我不明白你的意思。”

“有一封寄给你的信。你最近没去邮局，珀尔来喊我的时候，我就顺便带来了。我丈夫说，拿给她吧，可能有急事。”

“谢谢。”埃斯梅看了一眼信封，再次道谢。信封上用大写字母写着她的名字，她认不出是谁的笔迹。但她看到了信封上用来黏住封口的软胶。她猜，这封信被拆开过。

“你不打开看看吗？”诺玛问。

埃斯梅把信抓在手里，仿佛它并不重要。“可能是份账单。收到的不都是这种邮件吗？”她打开门，用手撑住，诺玛不得不走了出去。

信上说：

亲爱的埃斯梅

你不知道我是谁 但我想你应该知道 有个人被告知他很快就会被杀死 除非他采取行动 让自己不被杀死 他也许会被车碾死 看起来就像一起交通事故 但我保证 这

会发生的 他说他会做自己该做的事 或者说 不再做自己不该做的事。

衷心祝福你的人

埃斯梅的第二个儿子出生时，她差点死掉。孩子是横着出来的，乡村医院的医生和护士给她注射了大量麻醉药，即便分娩没让她丧命，这个剂量也差点要了她的命。

埃斯梅紧紧抱着自己的孩子。她已经能看出来，这不是一个乖巧的小孩，但他浑身完美无瑕，简直不像真的。而且，这个孩子身上有一种她熟悉的味道。

“你想给他起什么名字？”吉姆问。

“菲利普，如何？”她试探着说。这是吉姆父亲的名字，虽然，她根本没见过吉姆的双亲。他们都在那年离开了人世，死讯通过海邮传来，信封上框着黑边。

“好的，”吉姆说，“这是个好主意，你就这么叫他吧。”他用食指轻抚孩子的面颊。“这孩子返祖了，”他说，“十足是个小黑鬼。”菲利普有一头黑色的鬈发，皮肤是浅褐色的。

“随妈妈。”埃斯梅说。

吉姆笑了，逗了逗孩子。事情并不像诺玛说的那样。他从没醉醺醺地回家，也从没提起发生过的事。若说有什么变化，他似乎更平和了，不再像从前那样挑她的错。

世界陷入战争的那一年，吉姆·莫菲特说：“我真希望自己能去打仗。”他并不能去，因为年纪大了，而且，反正基础服务需要他。在奎妮和竹竿·麦克戴维特的八个孩子里，内德排行老五，他说，“我要上战场”，并且学会了毛利军歌。电影放映员劳伦斯·泰瑞则说：“我庆幸能留在这里。”

劳伦斯动过疝气手术，他觉得，这能让他远离战场。他有一头金发，皮肤非常光滑，就像天鹅绒，你简直会觉得他不长胡子，只在一天结束时，他的脸上才会出现一抹驳杂的暗影。战争开始之前，他来到了枢纽站，经营一家电影院，每个礼拜三和礼拜天的晚上营业。

临上战场，内德来这里道别。“你是个逃兵？”他这样问道。那是周六晚上电影中场休息的时间。

“你要是愿意，我可以给你看身上的手术疤痕。”

“好吧，”内德说，“我愿意用两个先令，赌你身上没疤。”

大家都挤到前厅买柠檬水，站在那里看劳伦斯解开腰带。人群中有人发出提醒，在场的还有女人和孩子。

“别麻烦了，”内德说，“我们也不是真想看，伙计。”

劳伦斯耸耸肩，笑了起来，仿佛这是他们的损失，然后接住了内德扔给他的硬币。自此之后，再没什么麻烦了。

“我真希望他给我们看看。”后来，珀尔对埃斯梅说。

“别这么说，”埃斯梅说，“谁也不该向别人展示自己的私处。”

于是珀尔问她，听说她们的妈妈在赛马场给别人看过自己的乳房，这是不是真的？

“别听那些闲话，”埃斯梅说，“有些人就是毒舌，要是吉姆听到你说这样的话，准会让你拿硫黄皂和水把嘴巴洗干净。”

“吉姆没法让我做任何事。”珀尔边说边笑。这些天她常笑，嘴唇包着龅牙，形成一个大大的椭圆形，舌头在粉色的口腔里颤动。

珀尔现在常来枢纽站小住。埃斯梅一个人走掉，把尼尔留给珀尔照顾的那个下午似乎已被淡忘。再过一年，尼尔就该上学了。菲利普是个任性的小孩，总是走来走去。叫他上床睡觉，他会说，“不”；叫他收拾玩具——一辆奎妮在圣诞节送的木卡车和两把他父亲给的玩具枪，他会问，“为什么”。“砰砰，你死了。”菲利普常说，尤其喜欢对尼尔说。埃斯梅忙得不可开交，还好有珀尔在身边。珀尔十五岁了，非常乐意帮埃斯梅做事。她在跟一个叫雷蒙德的男孩交往。那男孩是一名铁路警卫，有深邃的眼窝和女孩似的长睫毛。

“她还小，不该跟一个十八岁的男孩厮混。”埃斯梅说。家里现在通了电，也装了电话。大家想定制衣服时，就会打电话过来。

奎妮只在电话线的另一端叹了口气：“管他呢，他总有一天得应召入伍。”

“我真希望她能继续上学。”埃斯梅说。

“哦，学校。如今政府把人人都赶进学校。有什么意义呢？瞧瞧你自己，过得多好。”

到了晚上，埃斯梅会用碎布帮珀尔扎头发。她喜欢手指穿过发丝的感觉，这是她放松的时间。针线活儿前所未有地忙碌。所有的女孩都想赶在心上人离开之前结婚。她希望自己能快乐一点，不过，至少现在更容易装作生活一切如常。

有天晚上，吉姆跟她说：“真希望能把你带回英格兰。”她吃了一惊。

“什么意思？”

“回家。回英国。我可以带你看看我的故乡。”他们躺在床上，吉姆在抽烟，他把一个空烟盒放在肚子上，充当烟灰缸。

“去度假吗？吉姆，在打仗呢。”

“嗯，我知道。只是，我希望有天我们能回去。在那里生活。事情会好起来的。”

“什么事情？”她原以为他已经定下心来，虽然期盼的晋升从未实现。她脑中闪过一个念头：康拉德也许会回来，也许会想办法见她，而吉姆知道这件事。“别傻了，吉姆。我们的家就在这里。”

“哦，我知道你不愿离开。”他带着一丝苦涩说道。

有那么一两天，她再次对康拉德的事心怀恐惧与希望。没法向任何人打听，也看不见他的踪迹。不上班的日子里，吉姆会四处走动，穿着背带裤，下巴上有灰色的胡碴。事情就是这样，英格兰是吉姆的补偿金，是菲利普的价格，但她并不打算给他。

有天早上，她在泰晤士街拐角处的肉店里遇到了劳伦斯，当时她在挑拣小牛脑。她带着两个孩子。珀尔又走了，先是回家看奎妮，奎妮说，她可以去惠灵顿，这样她就能离雷蒙德近一点，当时他在特伦特姆受训。现在，她去了南方。埃斯梅气坏了，奎妮竟然应允了这事！于是她有生以来第一次，开始跟母亲冷战。

“我下午要放映一部新片子，”劳伦斯说，“《一个明星的诞生》[1]。不如过来看预映吧？”

埃斯梅笑了：“你会被我的两个孩子烦死的。”

“你要是愿意，我可以帮你照看他们，”肉店老板的妻子说，“午饭之前，我的生意就能做完。”琼·斯托特是个娇小活泼的女人，她用烟嘴抽烟。之前她出门度假时，埃斯梅临时给她赶制了几条裙子。

“好啊，如果你确定。”

“你需要休息，”琼说，“你的眼睛都快掉出眼眶了。”

电影由珍妮·盖诺主演，讲的是一位叫埃丝特·布洛吉特的女孩从乡下来到好莱坞，学会了走路、说话和打扮的新方式，她还有了个新名字，当上了明星。一行大字打在屏幕上，揭示她的目的地是“迷人的埃尔多拉多[2]，加利福尼亚的梦幻大都市”。不知为何，这让埃斯梅想到了珀尔，并且想哭。

电影院是空的，只有她跟劳伦斯。劳伦斯架好放映机后，就过来跟她坐在一起。换盘时，他得猫着腰走到后面，但其余的时间里，他都坐在她身边，轻轻倚向她，他们的肩膀碰在一起。

---

1 美国电影，1937 年上映，导演是威廉·A. 韦尔曼和杰克·康威，由珍妮·盖诺、弗雷德里克·马奇等主演。

2 美国加利福尼亚州的下辖市。

“喜欢这部电影吗？”电影结束后，劳伦斯问道。他们依然坐在黑暗中。

“很喜欢。”她叹了口气。

他继续朝她靠过来，呼吸喷在她的脖子上，像一阵热风。他用手指轻轻摩挲她裸露的手臂，她没有制止。

“这是什么？”他问，手指停在她的手肘下面。

“什么是什么？”

他用拇指和食指捻了捻：“一个坚硬的东西。”

“是我的针。”她说。

“你的针？”

于是她告诉他，针是怎么断掉的，又是怎么在她体内游移的，其实不怎么痛，所以她几乎把它忘了，虽然她在医院生孩子时应该把这事告诉医生的。只是有时候，它会出现在一些有趣的地方。要是它真惹出什么麻烦，也许她会把它取出来。

“到时候你可能就死了。”劳伦斯说。

“是的，好吧，非常感谢。”

“你要是愿意，我可以给你看我的疤。”

“反正，你肯定会给我看的。”她说。他平坦雪白的肚子上有一道隆起的红痕，她伸出手摸了摸。这让她想她儿子的肚子。他拉着她的手往下滑，滑过伤疤，滑到他迫不及待的阳具时，她想，有何不可？唔，有何不可呢？她喜欢给予。她度过了一个愉快的下午。

回到家，她看见镜子里自己那张花掉的脸。“你这个傻瓜。”

她边说边情不自禁地大笑起来，为她让自己陷入的可笑境地，还有电影院令人尴尬的座椅——你一动，它们就会在你身后弹起来。

我该离开了，她对自己说。是时候离开这里了。

但现在还不行。

埃斯梅站在门口，跟前来取衣服的琼·斯托特道别。就在这时，她的又一个小孩蹬蹬腿、扭扭腰，静悄悄地来到了这个世界，仿佛出生是一件轻率的事、一个值得讲述的好故事。埃斯梅甚至来不及去客厅的沙发躺下。琼拿埃斯梅的花齿剪刀剪断了脐带。

新生儿跟谁长得都不太像。她眼睛很大，等她再长大一点，就会露出微微吃惊的眼神。有了女儿，吉姆似乎很开心。

“我想叫她珍妮特。”没等吉姆开口，埃斯梅便说。她曾想给女儿起名为“埃丝特”，但它太像她自己的名字，于是，她决定叫女儿“珍妮特”。

亲爱的埃斯梅，珀尔写道：

我在惠灵顿过得很开心。这里到处都是美国人，我们给他们提供娱乐，而他们对我们这样的女孩很友好。我只喜欢海军陆战队员。有天晚上，我戴着他们的帽子，在曼纳斯街走来走去，你真该看看我当时的样子。

笑。我跟我的朋友们笑啊，笑啊。我在一家俱乐部唱歌。替我亲一下小珍妮特，有天我会去看她，告诉她的小哥哥们，要听话，要好好写作业，就像他们的姨妈一样（哈哈）。

爱你的妹妹 珀尔

珍妮特虽然生得轻松，却很爱哭。吉姆抱着她走来走去。他在家里待了一阵子，帮忙照顾几个孩子。他降了薪，所以，埃斯梅开始接更多的活儿。她总是很累。有人放出话来，要烧掉电影院。劳伦斯走了，有几个休假的军人朝他的屋顶扔石头。诺玛和她的丈夫也搬走了，回了北方，这让埃斯梅松了口气。这里总有人离开。

“真遗憾，我们没能离开这里。”一天晚上，她对吉姆说。她一手抱着女儿，一手把他的晚餐摆在桌上。“我以为我们会离开的。”她没有说“事故发生之后”，虽然她心里想着这件事。要是说到事故，实在发生过太多了。已经说不清楚，他们之间为何变得如此疏离。她不觉得是自己的责任。有些事一早就发生了，那时她还没法为自己的生活做决定。在她年幼的时候。在她早年沉睡之际，在某个她没认出来的地方。

“我不想离开这里，”吉姆说，声音既温和又紧张，“这就是我生活的地方。”

他们的心境已经颠倒。从前，她是害怕离开的那个。“大萧条”结束之前，战争开始之前，还有电影出现之前。现在她想走，却不知道该怎么走。

“我以为你安定下来了，你都有孩子了。”

不能再要孩子了，她下定决心。以后她对待自己要更郑重一点。又来了一封信。上面写着，*我想知道谁在亲吻她*[1]——就像那首歌的歌名。她把信揉成一团，扔进了火里，可她每每想起，脸颊都会发烫。她开始晚晚做梦，梦里有疯狂的引擎，它们像飞行的动物，起伏、叫唤，然后消失，空地上只剩下她一个人。这样被遗弃更糟，因为只余寂静。蛛网爬上了她的衣服。醒来后，她躺在床上大口喘气，想把丝线从脸上拂去。

战争后期，埃斯梅接到一个电话，是在惠灵顿霍克街开旅馆的女人打来的。事关她一直住在那里的妹妹珀尔。珀尔如今躺在纽敦的医院里，病得很重。埃斯梅要是能前来看望她，那就再好不过，因为医生们觉得情况不太乐观，“严重的肺炎”，那个女人忧伤地说道。

“我最好今晚就搭火车过去。”埃斯梅对吉姆说。

“还是我去吧。你不熟悉大城市。”

“我去过奥克兰。我可以的，而且，她是我的妹妹。”

他瞄了她一眼，事后回想起来，她觉得那一眼满是厌恶。

---

1 歌名，*I Wonder Who's Kissing Her Now*。

她记住的，是古巴街的旗帜，它们像晾衣绳上的衣服，挂在她下榻的人民饭店外面。还有那些汽车。她数过，有次街上驶过了二十五辆汽车。她去逛了联和服装公司，想给吉姆和孩子们买点什么，不过，最后她想，这些衣服她自己也做得出来。那个时候，她还以为自己会回家。她也记得一辆电车，它载着她前往纽敦，前往那间红砖砌的大医院，医院里的走廊长得没有尽头。

以及去医院收拾珀尔的遗物。东西不多——只有一件睡衣和一块看上去很新的镀金手表，因为她是半夜被救护车送到医院的。签上名字，珀尔就能落葬了。她在殡仪馆看了一眼珀尔，说，是的，是她。肌肤散发着惊人的乳白色光泽，这令她不得不相信，躺在棺材里的就是珀尔。是她，她告诉自己，是珀尔，里面是珀尔。旅馆里还有一些衣服要收拾，裙子的下摆曾在惠灵顿的风中飘荡，其中有几条是她亲手做的。除此之外，还有梳子、化妆品和几件首饰。这时埃斯梅想起了那枚胸针，她母亲打算送给珀尔的那枚，不知它将落到谁的手里。还有几包烟，她给了一个上门找珀尔的美国人，他还不知道她已经死了。一些相片，其中一张是奎妮和竹竿的，还有几张是珀尔和雷蒙德在枢纽站拍的合影。第二天，奎妮和竹竿抵达惠灵顿火车站，竹竿眼神茫然，双目湿润，奎妮拄着拐杖，一瘸一拐，她疲惫不堪，比从前更老，也更胖了。只是有点痛风，她说，没什么好担心的。

后来，乔和班迪也到了，他们开着黑色的哈德逊大车，从泰哈皮[1]赶来，他们在那里捞金。乔已经有了一丝白发。就这样，珀尔落葬时，有家人在场。乔站到埃斯梅身边，她挪开了。

旅馆老板娘找来的牧师说："赏赐的是耶和华，收取的也是耶和华；耶和华的名是应当称颂的。"

"对不起，埃斯梅，"奎妮说，"这样的事不该落在她身上。"

"没事，妈妈。"埃斯梅说，在所有人抵达的前一晚，她已经哭过了。她体内的某样东西起了变化，变得坚硬了。

"对这个世界来说，她太过美好，"奎妮说，"我们的魔法女孩。"

"是的，"埃斯梅说，"魔法。"也许珀尔真的是光的戏法。

"日子还得过下去。"乔说。这让埃斯梅想起：她恨他。

"我没明白这两件事有什么关联，"有天，埃斯梅的一个儿媳对她说，"这就是你离开的原因吗？因为珀尔死了？"

"我想是的，"埃斯梅说，"嗯，她是其中一个原因。"

"但你丢下了子女。"

"我把珍妮特接到了身边。"

"可，儿子们呢？你丢下了儿子。"

人们为何离开？有多少人离开，有多少人把自己的生活与另一个人的生活切断，就有多少个答案。埃斯梅觉得，你要是思考这样的事，迟早会把自己逼疯。她心中自有触动，不管别人怎么看。

---

1 新西兰地名，橡胶靴之都。

男孩们跟奎妮和竹竿一起住过一阵子，因为没等他们长大成人，吉姆就去世了。之后，他们去了埃斯梅的姐姐玛丽家，又从那里搬去了乔和班迪家，不过当时，没人告诉埃斯梅这些事。来来回回，居无定所。

“是的，和珀尔有关，”她对儿媳说，“很难解释。”

3

菲利普喜欢佩特拉的样子：炯炯有神的眼睛，柔软活泼的嘴巴。她留着棕色的短直发，乳房小巧，从某些角度看，胸脯很平，但她身上有一种活力，这让他感到亲切，感到自己仿佛站在一位老友面前。每次见她，他心中都会涌起一阵喜悦。这种喜悦从未消退，即使后来他们年纪渐长，各自忙事业，生活偶尔变得一团糟。

他们相遇时彼此还是学生。她穿紧身裙、黑毛衣、黑丝袜和系带平跟鞋。她在街上向他走来时，会戴一顶贝雷帽，长长的围巾曳在身后。订婚的那年，佩特拉正在大学戏剧学院排练《皆大欢喜》[1]。当然了，她演罗莎琳德[2]。他空闲时会帮忙布景。

“我爸妈会把你逼疯的。”挑选订婚戒指时，她对他说。“当然，我爱他们。”她补充道。谈起父母时，她常常会加上这么一句。仿佛是一句道歉。她是家里的独女。当时，佩特拉这样的年

1 莎士比亚的四大喜剧之一。

2 《皆大欢喜》的女主人公，被流放的公爵的女儿。

轻女子会把传统抛到九霄云外。她是一个摇旗呐喊的人——跟他一样，一个满口豪言的人，一个及时行乐的人，醉心反核、工会，以及诗论。她恋上他时，觉得不妨坦白告诉他。

尽管如此，说出“我们得办一场盛大的婚礼，你介意吗”这句话时，她还是觉得很尴尬。

“只要你在场就行。”他说，试图表达自己的坚定。

“他们要你列个宾客名单。”

“没有名单，只请你和我的朋友。其他的你定。”

“别傻了，亲爱的。你的家人呀，亲朋啊。”

“没有，”他说，“我没有想邀请的家人。”

蓝玫瑰瓷器店幽深雅致，四壁装饰着木镶板。整栋建筑都为玛格丽特·埃利斯和她的牙医丈夫尼古拉斯所有。在店里，玛格丽特更喜欢别人叫她埃利斯夫人。那天她在打电话，帮一位特别的顾客订购餐具，这位顾客她催促不得。这时，她发现有个女人把丹碧[1]雪佛龙马克杯翻过来，对着价格噘起了嘴。那是一个上了点年纪的女人，有些不修边幅。她烫了一头蓬乱的姜黄色鬈发，双脚把鞋子撑得鼓鼓的。

“请问需要什么？”玛格丽特终于放下了电话，问道，“自己用，还是送人？或者，是要买给一场即将举行的婚礼？”

“我的几个女儿早就嫁人了，”那个女人一边说，一边重重

1 Denby，英国的百年陶瓷品牌，1809 年由威廉·德鲁里创立。

地放下杯子，“不过，我听说你有一个女儿要结婚了，是吧，埃利斯夫人？”

“是的。”玛格丽特回答时，努力让自己的声音透露出距离。

“我在报纸上读到了订婚的消息。”报纸上的消息是这么写的：尼古拉斯·埃利斯夫妇非常高兴地宣布，他们的女儿佩特拉·吉恩即将与惠灵顿的菲利普·莫菲特成婚。没提到菲利普的父母。

这个女人自我介绍道，她是个寡妇，丈夫以前在邮局工作，几年前离开了人世。从前他们过过苦日子，不过她已学会知足常乐。她的话更像一番漫长的独白，而非交谈。玛格丽特看向腕表时，她停了下来。“你以为那个莫菲特家的男孩是惠灵顿人？”

玛格丽特差点失去平衡，不过她抓住柜台边缘，稳住了自己：“我女儿的未婚夫？”

“喏，也许有很多叫菲利普·莫菲特的人。但我记得这个名字。他们一家来自奥阿库尼，是吧？”

“我想，菲利普没有提起过这事。”只是，她没法直视这个女人的眼睛。他告诉过佩特拉自己的一些经历，佩特拉也曾向她简单地讲述过。事实是：她不知道。“我们跟他接触得不多。你知道的，这两个年轻人还在上学。菲利普就快拿到他的法律学位了。”

“法律。学法律的小菲利普。哦，天哪，天哪。关于那个年轻人的家庭，有几样事我可以告诉你，我敢肯定你不知道。我在他母亲身上花了不少时间，埃斯梅没向我道过谢，哦，没有。”

“我真想让她说下去，”那天晚上，玛格丽特对尼古拉斯说，“也许我应该让她说下去。”

“也许是谎言。是流言蜚语。”

“她说她是邮政局长的妻子。听起来像是真的。她说：‘我想，他喜欢把事情藏在心里。他跟你提起过他的爸爸，对不？他说他是个怎样的人？’我请她离开。我跟她说，我要去银行，所以得打烊了。她就走了。”

“你做得对。”虽然，她丈夫看上去像是刚吃了一口苍蝇。

“她在做什么啊，嫁给这个男孩？我们对他一无所知。”

“木已成舟，”他说，“我们只能看开些了。”

这件事过去不久，有天晚上佩特拉说：“亲爱的。”当时她和菲利普走在通向凯尔伯恩[1]的山路上，他们跟另外的四个学生合住一间公寓。“亲爱的，你就不能列个宾客名单吗？”

“这事我们讨论过了，你想邀请谁，就邀请谁。”这时他已经解释过，他母亲跟一个叫凯文·普德尼的男人跑掉了，把他和哥哥丢给了他父亲，一切都不顺利，至少他过得很不顺，直到他将这件事抛之脑后，开始独自闯荡。“跟凯文·普德尼跑掉”的那段并不完全真实，不过，母亲再次在他的生活中露面时，凯文的确也在场。

“我父母只是不理解，你为什么一个人也不想邀请。你就不

1 惠灵顿维多利亚大学所在地。

能忍受一下你的母亲吗，一天也不行？”

“不，”他说，“不，我不能，我母亲把一切都毁了。她离开后，我父亲就垮了。”

“凡事都有两面。”

“你就信我吧。我父亲是个圣人。她的离去要了他的命。”

“你说过，他是得了癌症。”

“唔，是她把癌症传给我父亲的。”

“哦，看在上帝的分上，菲利普，”佩特拉说，“癌症不是传染病，癌是长在身体里的东西。”

于是他撇下她往前走，他知道，她会跟上来。他们会向彼此道歉，先是她，然后是他。

4

1964年春天，儿子结婚的那天，埃斯梅·普德尼在陶朗加[1]火车站附近的小旅馆里打扮妥当。空气中弥漫着柑橘花的香味，花园里满是水仙和勿忘我。她穿上了一条蓝色的银纹真丝裙。裙子的臀部打了褶，色彩柔和，她很喜欢。她在胸口擦了薰衣草香水，往雀斑上扑了粉。她和凯文在他们的大篷车里度过了悠长的夏日假期。他们住在营地里，或是郊野的边缘，离湖泊和小溪不远。这都是凯文退休之后的事了，此前他承包围栏安装。他比她

---

1 新西兰城市，位于北岛东海岸，普伦蒂湾西岸。

大十二岁。他们口中的两个孩子都长大了：埃斯梅的女儿珍妮特和他的女儿玛琳，她俩年龄相仿。玛琳是他的幺女，珍妮特也是埃斯梅的小女儿。妻子死后，他便和玛琳相依为命。他们不大宽裕，但隔着烧烤架跟新朋友聊天时，他们会说自己的钱够用。

埃斯梅给凯文留了一张字条，说自己礼拜天晚上会回来。她这么做，倒不是因为怕他，而是因为，他也许会觉得她很傻。他不明白她为什么要操心儿子的事，尤其是她的二儿子。他们跟两个儿子一起生活过一阵子，相处得并不好。他不止一次把菲利普的头按在厨房的水槽里。不是说菲利普不该受到惩罚，他是个鲁莽的孩子，但她希望凯文在发飙之前，能好好跟这个孩子谈谈。可那是凯文，一个体力劳动者。就跟菲利普的父亲一样，也许。虽然她现在想起康拉德，也没多少可说的了。他来自哪里。他是谁。甚至连他多大年纪，她都不知道。她没问过。扪心自问，她真正钦佩的是吉姆。吉姆善良，而且总是尽量抽时间陪伴两个儿子。还有，直到最后，他也没要她说抱歉，尽管，天晓得，她很抱歉。

一群观礼者聚集在教堂门口，就像礼拜六下午那样。埃斯梅虽然站在人群后面，但稍稍偏向一边，这样她就能看个清楚。她从乔的妻子那里得知了婚礼的消息。班迪称乔是个老顽固，没让他过得太舒坦。乔听说了婚礼的事，并且得知自己和妻子未被邀请，当时他对妻子说，算了吧，菲利普早就离开了这个家。他说这话时，声音有些委屈。她觉得，他的妹妹埃斯梅会怎么想，才是真正的问题。

婚车来了，车上系着彩带。新娘走出汽车时，人群中泛起一阵讶异。她没穿白色的婚纱，只穿了一条向日葵黄的绸缎裙，戴一顶宽檐高帽。她随性地拿着三朵百合花，仿佛刚从花园把它们摘下。

埃斯梅立刻被迷住了。一个演员，一位勇敢的女性。

佩特拉露出一抹愉快的、几近嘲弄的笑容。她环顾四周，辨认着周围的面孔，一边抬起一只没戴手套的手。她朝旁边看了几眼，然后转头直视埃斯梅。埃斯梅看得出来，她是在寻找埃斯梅认识她的蛛丝马迹，于是埃斯梅微笑着举起手，仿佛是她的一个朋友。这个年轻女子微微一笑，挽起父亲的手臂。

教堂内，管风琴开始演奏《新娘来了》[1]。婚礼在幽暗的教堂里继续举行，教堂的玻璃窗是彩色的，一排排长椅上点缀着奶油小苍兰。

埃斯梅溜进教堂，坐在后排的长椅上，这里没给不速之客留多少空间。她知道，当这个光彩照人的黄衣女子走上过道时，菲利普无暇他顾。她看到，他一直望着佩特拉，他的鬓发修得一丝不苟，扣眼里别着一朵花，脸上泛起着迷的微笑。接着他转过身，背对人群，挽起佩特拉的手。虽然坐在教堂的后排，埃斯梅依然能听见他的回答，他们开始念誓词时，他的声音因为激动而有些颤抖。

有那么一会儿，她在思索，菲利普要如何应对以后的生活。

1 瓦格纳的曲子，又称《婚礼进行曲》，出自歌剧《罗恩格林》。

他配得上她吗，一个真正的黄金女郎？她快喘不上气了，于是她把双手紧紧按在放赞美诗的架子上。她不想让陌生人看到自己在哭。

她参加完珀尔的葬礼，回到家中，吉姆在陪孩子们玩耍。外面下着雨，结实的雨点夹着雪花，打得她脸颊生疼。他把床单扯下来，披在厨房的椅背上，这样他们就搭好了几个帐篷。尼尔和珍妮特躲在帐篷底下，两人之间放着一盘切好的苹果。菲利普站在旁边，啃着一只手的指关节。他抬头看见她，立刻瞪大了眼睛，眼里满是难以置信的喜悦，仿佛从没想过还能见到她。

“妈妈回来了，妈妈回来了。”他喊道。

那个瞬间，她的决心差点丧失殆尽。她看着吉姆，他的神情冷淡而疏离。他已经看透了她的表情，他洞悉了一切。

“我们在举行室内野餐，”尼尔说，“跟爸爸一起玩真有趣。”

吉姆说：“你要是想带走女儿，我不拦你。但你不能带走我的两个儿子。”

耐心、坚忍的吉姆。他的名字写在每个孩子的出生证明上。

“菲利普。”她刚开口，又停下了，她看到了吉姆的眼神。

“他们是我的儿子。”他说。

这差不多就是他对她说的最后一句有意义的话。她再次离开时，他的脑袋裹在火车引擎的蒸汽里，腰有点弯了，两只手各牵着一个男孩。只有小儿子，菲利普，回过头，哭喊着，希望她能回来。

奎妮去世时，埃斯梅已独自生活了六年。当时竹竿已先走一步。在奎妮的葬礼上，埃斯梅遇到了凯文·普德尼。

那时她是这样过活的：带着珍妮特，赶往不同的农场，她在农场做家务，换取食宿。起先珍妮特不开心，总是哭，后来，她成了一个逆来顺受的孩子。母亲工作时，她就乖巧地待在农场的厨房里，画画，玩橡皮泥和布娃娃。埃斯梅在国王乡打几份工，这让她可以见到家人，还可以时常探望尼尔和菲利普。她本想带上两个儿子，但照她的谋生方式，她所寄住的农舍里从来没有足够的空间给两个儿子住。离开吉姆后，埃斯梅开始学习不同的技能，例如做毛绒玩具、给蛋糕裱花，以及插花。她会亲手给雇主做小礼物，雇主们也喜欢收到她准备的惊喜。“一位心地慷慨的女士。”她的一位雇主写道。她也遇到过几个男人，只是，每当深入了解下去，就会发现，他们的背后往往站着一个女人。这些年也充斥着吉姆寄给她的离婚文件，虽然他的死让她免于出庭。仿佛是最后的礼物。有些事，她宁愿不提。

奎妮下葬的那个早上，埃斯梅最后一次见到了自己的母亲。一家人轮流坐在奎妮身边。不是所有的家庭成员都在。内德·麦克戴维特早早死在了战场上，后来，最小的亨特也死了，就在战争结束前夕。有一个姊妹住在澳大利亚。玛丽把尼尔和菲利普留给丈夫照顾，所以他就没法抽时间来参加葬礼。不过，出席的人依然很多。

最后一刻，来了几个陌生人。他们是毛利人。他们说，虽然奎妮大半辈子都以白人自居，但他们是她的亲人，不能未经告别就让她离去。凯文是他们的老板，他看得出来，那天是没法叫他们干活儿了，于是他说，他可以载他们过来。他们在陶马鲁努伊附近的一座山上安装围栏。

等这群不速之客离开观瞻室，加入了前往教堂的送葬队，埃斯梅再一次溜回观瞻室。这次，她吃了一惊，仿佛生命的另一个角落被翻了出来，接受检阅。有些话她想对母亲说，别人在场时她说不出口。但她想说的话已经哽在喉头。她只是用手指划过母亲的面颊。缩手时，她碰到了一个坚硬的东西，就在奎妮的脖子下面。她弯下腰，俯瞰棺木，发现了之前没注意的东西：那枚金胸针，紫水晶在胸针的中央闪闪发光。也许是乔，也许是玛丽，或者是其他人，觉得应该把它放在那里。

“那是珀尔的。”她在空荡荡的房间里愤愤地说道。

一只忙碌而执着的绿头苍蝇在房间里打转。

她伸手取下胸针，把它塞进自己的手提包。她觉得自己做得对。

守灵一直持续到深夜。当时男人们已经喝了几杯。醉醺醺的乔一直跟在她身后，想跟她聊聊，仿佛她不是他的妹妹，而是某个轻佻的单身女子。为了摆脱他，埃斯梅开始跟凯文聊天。她解释起自己是如何生了三个孩子，其中一个已经十几岁了。

他说这让他难以置信。他说他知道个中滋味，妻子死后，留下一个小孩给他抚养。

“我自己也是个寡妇。”她说。她从未这样看待自己，不过这或多或少是事实，既然吉姆已经死了。她摸着口袋里的胸针。有些事不得不为之。凯文看起来是位绅士。

对珍妮特来说，凯文是个很好的父亲。她叫他爸爸，她和玛琳就像亲姐妹。男孩们来小住时，他比埃斯梅想象中更容易动手。他勉强能容忍尼尔，至少尼尔不会眼高于顶。菲利普在他眼中，是个趾高气扬的小混蛋，需要敲打才能成材。尼尔十五岁时找到了一份农场的活儿，得以离开学校。菲利普回到了他的姨妈玛丽身边。她送他去上学，学校里有个老师对他青眼相加，紧接着，他拿着奖学金进了寄宿学校。

“真没想到，”埃斯梅说，“我儿子居然挺聪明。”

“他们不该给他灌输这些想法，”凯文说，“他以为自己是谁？”

“不知道他遗传了谁的脑子。”埃斯梅心不在焉地说，仿佛没听见他的话。

“这你应该知道，他是你的孩子。”

“是的。唔，他是的。”她转过脸，不理他。他们住在另一个农舍里，地处偏僻。她不需要像过去那样拼命干活了，虽然她还是没闲着。除了提起菲利普时，他们之间从未发生龃龉。这孩子进寄宿学校后，她给玛丽寄了十英镑，让她每逢假期给他一点。

过了一阵子，玛丽写信跟她说，最好直接把钱寄去学校，因为菲利普跟新朋友们一起度假。在漫长的暑假里，他去南岛游玩了一趟，走了一次米尔福德步道[1]。到了寒假，他随朋友一家去滑雪，他们住在奥阿库尼枢纽站的小旅馆里。埃斯梅听说这事时，笑出了声。她没告诉凯文，因为他不会明白其中的幽默。

她和凯文，还有两个女儿，生活得很开心。他们搬到了离城市更近的地方，这样女孩们就无须搭很久的巴士上学。后来，她们俩都修了文秘课，之后又出国旅行了一次。她们从罗马、巴黎和伦敦寄来了明信片。尼尔长成了一个面容瘦削、行事低调的男人，二十一岁生日派对结束后，他立刻结了婚，育有一子一女，两个孩子的年纪只差十一个月，就这样，埃斯梅在不知情的情况下，已经当上了外婆。这些，就是埃斯梅·普德尼在她儿子菲利普的婚礼上想起的事。她知道自己为什么隐姓埋名地坐在教堂后排。她希望事情不是这样的，但她也不知道还能怎样。婚礼结束前，教堂里的人们开始排成凯旋的队伍，她悄悄经过后面的迎宾，走到了春天的阳光下。

5

佩特拉的第一部电影拍完的那天晚上，有一场杀青派对。那阵子的日程安排令人备受折磨，早上五点就得起床，有时会一直拍到晚上十点。他们似乎从来没有足够的时间吃饭睡觉，却有大把的时间互相交流。每个人都是另一个人最好的朋友，有时还是

---

1 新西兰最出名的步道，已有一百多年的历史，全程共五十三公里。

别人的情人。大家互相坦白自己的离谱事迹。他们把生活编成了戏剧，不管那些事是真是假，他们知道，往后他们会相信这是真的。现在，他们突然得说再见。接下来，可能会有一场舞台剧，或是一个电视广告，足以填补几个月的工作空窗期，佩特拉已经接过几份这样的活儿。

菲利普在房间的另一端看着她，他明白他们为什么想要佩特拉的面孔。它有一种野性的活力，此刻，这种活力似乎无拘无束。他也知道，她并不是真心希望他参加这个派对，但同时，她又期待他在场，这是一种肯定，肯定他是她生活的一部分，肯定他接受她的工作。

吃早餐——电影开拍后他们共进的第一顿早餐——时，她问了他这个问题。“你觉得我们可以让保姆过来吗？”她问。她眼下有大片乌青，发际线留有一丝残妆。

“我们最近请了很多次保姆。”有些晚上，他得回办公室加班。

她坐在那里，对着咖啡吹气。“你说过……”她开始了。

“是的。”他说。因为他不想等她提醒自己，上次提起剧院的杀青派对时他说过什么。“有什么办法能让我参与你辉煌的事业吗？”他这样问她。然后她说：“好吧，来参加这个该死的派对吧，别说你没收到邀请。”结果他待在家里，而她直到早上才回来。

“哦，好吧，”他说，“孩子们开始习惯跟黛比待在一起了。”

“别再怪我了。”

“我没有怪你的意思。”他说。黛比是帮忙带孩子的女孩。他们看起来已经不是小孩了：男孩杰西和女孩玛丽戈尔德，一个十二岁，一个十岁。

“我知道你工作很努力，菲利普。”她说。

“的确。”他说，因为这是真的，而且，他想赞同她，想让她回到自己身边。事业占据了他的全部生活。他是一名律师，坚信应该给予穷人帮助，给弱者提供机会。他有好些客户付不起像样的律师费。他为入狱者的亲人送去食物，让他们的子女接受教育。他的西装经常起皱，但他并不在意。法院午休时，他会和朋友们在一家书店的咖啡区碰头，互相交流案件。他总是承接那些胜算不大的案子，为那些没太大魅力但也许无辜的人辩护。无辜的人不见得要长得好看，他说。至于钱，他岳父出钱买了这栋房子。这是他们的结婚礼物：这栋房子的产权。屋里摆满了刚送来的新家具，车库里也停着一辆车。

“我不想要这些东西，”当时他说，“我从没开口要求过。”

“那就还回去，”佩特拉说，“你可以用余生帮富人名流打官司，永远卑躬屈膝；你也可以接受这份礼物，然后做自己真正想做的事情。你的人生你自己决定。”

“我以为这是我们的人生。”

“我没法改变自己的出生。这是我的嫁妆。我嫁给谁，谁就会得到这些。”

他花了好一阵子才克服这个心理障碍，这令他有些痛苦，后来，他又为自己的痛苦感到后悔。有天早上他醒来，想到自己对佩特拉是多么不公平，他需要及时亡羊补牢。他开始享受意外之财带来的自由。我们做好分内的事，他们告诉别人，我们自己做出选择。有时这能奏效，有时却很糟糕。

在派对上，他慢慢走向佩特拉。有人说，我有一个拍电影的好创意。讲的是一个黑皮肤外星人在黑人住宅区被两个白皮肤外星人追赶的故事。

“这主意太恶心了。”佩特拉边说边把香烟刺进空气。

接着，一个叫梅尔的演员想向他们讲述自己一生中最恶心的经历，她在印度尼西亚，被一只驯养的大猩猩爱抚。“他知道我是个女人，”她说，“说实话，你能想象吗，一只毛茸茸的大猩猩用他的胳膊揽着你，然后勃起了。”

“轻而易举嘛。”佩特拉答。大家都笑了。

“那么，你有什么奇怪的故事吗，佩特拉？”梅尔问。

“嗯……”佩特拉吸了一口烟，陷入了沉思。有人拿出一瓶白兰地，大家轮流喝起来。壁炉里已经生了火，是用布瑞赛奶酪盒子引燃的。等她开口时，菲利普发觉自己五内翻腾。

“菲利普母亲的身体里漂浮着一根针，当它移到她的手臂上时，你就能摸到。”

“哦，呸。这怎么可能？她会死的。”

“显然是可能的，”佩特拉说，“菲利普告诉我这件事时，我查过资料。正如被枪击中的士兵体内也许会残留子弹碎片。如果一块金属不锋利，并且没有进入静脉，那么它可以终生在体内漂浮。随着时间的推移，它的周围通常会形成一些增生组织。”

“它不会流经心脏吗？”

“会的，不过这不见得就会要了你的命——也许只是从心脏中穿过而已。但是，它可能会堵进你的肺里。你能在她的手臂上摸到，是吗，菲利普？你能扭动那根针。”

菲利普站了起来，感到自己羞红了脸。

“你没亲眼看到过吗？”梅尔问。

“没有，我从没见过她。”

“什么？菲利普，这是真的吗？”

佩特拉抬起头，发现他刚才站立的地方空空荡荡。“我得走了。”她说。

他们的床上盖着一条巨大的针织被，它由非常精细的纱线编成，是在他们的婚礼之后寄来的。菲利普说，这条被子样式太老气，跟家里的新家具和摩登饰品格格不入。佩特拉把它收进了衣柜，几年后才拿出来用。“我喜欢这条被子，”她说，“我想盖。”

“你昨晚谈论的是我的母亲。”菲利普说。已是早上十点，他们躺在被子里面。孩子们自己做了早餐，打开了电视。

“那又怎样？我是说，真的，那又怎样？关于她的事，我问过你多少次了？但你就是充耳不闻。”

“我跟你说过她的那件事。看看你把它变成了什么，一出大戏，一个笑话。”

“我们的孩子对她一无所知，这对他们不公平。”

“这跟公不公平不沾边，”他边说，边伸手把她拉到自己身边，“遇到你之前，我从没见过什么公平的事。”

“帮帮我，菲利普。我受够了。”

“受够了什么？”他按捺着声音里的惶恐。

“受指挥，被告知该做什么。”

“工作？你可以不工作。”

“但我不想这样。有时候，我只是不知道你到底想要什么，如此而已。”

“我想让你待在我身边。”他说。就这么简单。这就是他想要的全部。

“哦，”佩特拉说，“这样。嗯，这是自然。”

舅舅乔去世时，乔的儿子——菲利普的一位表兄，打电话通知了他。

“你想跟我一起参加葬礼吗？”他问佩特拉。

“你的意思是，你会去？”这些年来，他接过好几通这样的电话，都没有理会。

“是时候了。我们可以今晚开车过去，住在你家。”他已经非常喜欢她的家人，原谅了他们将他收买的行径。事情本可能变得更糟。“所以，你会去吗？”

“当然了。她会在场吗？”

“我母亲？我不知道，也许会。”

“你喜欢你的乔舅舅吗？”驱车北上的路上，她问。

菲利普耸耸肩：“他是个粗鲁的家伙，不过他们多半如此。听说我母亲曾经反对我待在他家，不过她也没得选。”

佩特拉先看到了她，她在墓地的另一端。“那个女人是谁？我认得她的脸。”她在看一个戴着粉框眼镜、染了头发的丰腴女士。

“是她。是我母亲。”

“她在我们的婚礼上出现过。”

“当然没有。”

“出现过的。我在教堂外面看见过她。”佩特拉非常确定。

大家都在。尼尔和妻子，珍妮特和丈夫，玛琳——她冷冷地向佩特拉介绍，自己是她的小姑子，嗯，算是吧。到处都是孩子。

他们回到乔和班迪的住处守灵。树下的小桌上摆着海绵蛋糕、茶和啤酒。

“你当上律师了，是不是？”亲戚们不停地问菲利普，带着一丝惊讶，“好吧，下次我们收到超速罚单，就知道该找谁帮忙了。”他们讲完这个笑话，自己先尴尬地大笑起来。

“你上过电视，对吗？”玛琳问佩特拉，“你的孩子们呢？你一定没把他们留在家里吧？”菲利普不愿让他们过来，杰西和玛丽戈尔德跟黛比一起，待在惠灵顿的家里。

接着，埃斯梅来了，她站在草坪的边缘，看着大家，然后把目光移向了别处。

“可怜的老妈妈，”玛琳说，“爸爸走后，她的日子不好过。”

佩特拉感觉到，菲利普僵住了。“你是说，凯文死了？”

玛琳反感地看着他：“我的爸爸，跟你有什么关系呢？”

“我要过去打个招呼。”佩特拉对菲利普说。过了一会儿，他转身跟了上去。

“你好，”埃斯梅说，“我正准备走。”

“我们也是，”佩特拉说，“我们跟你一起走一段，好吗？”

他们三人并排走着，没说多少话。“乔的事，真让人难过。”佩特拉说，他们站在车旁，准备出发。

埃斯梅眯起了眼睛。“我得见他最后一面。”她说。

回家的路上，菲利普哭了。他一边开车，一边用手背擦拭脸颊。“我不愿再想她了。”

“但你想她，”佩特拉说，“你的想念从没停止。从来没有。”

亲爱的佩特拉，埃斯梅写道，我觉得自己早就认识你了。我想，一定有很多人对你说过这样的话，因为你的面孔是如此著名，但这不仅仅是因为你上过电视。这种感觉来自我内心深处。所以，我明白他为什么会娶你为妻。我小时候被一位魔术师触碰过，这永远地改变了我的人生。魔法有好坏之分，这个人给予我的好坏参半，只是，我再也不同往日。我了解魔咒，也知道如何施咒。有些魔咒无法打破。盼望收到你的来信。爱你的婆婆，埃斯梅。

“我告诉过你，她喜欢说谎，”菲利普说，“魔术师的事，是我外婆讲过的旧闻，这跟她没有任何关系。倒是跟我的姨妈珀尔有关。那个死去的姨妈。外婆告诉过我，那个魔术师来了镇上，她就怀了我的姨妈，虽然当时她已经上了年纪。一个奇迹。你看，她会把一切都当成自己的。”

“我明白你的意思。”佩特拉说。当时她在拍另一部电影。她本想立刻给埃斯梅回信，但过了一阵子才有空动笔。她回信时附上了孩子们的照片。之后，埃斯梅给她寄来一枚胸针，那是一件绞丝金饰，需要维修。

菲利普看到后，把它拿在手里，仿佛在掂它的重量。“有意思，”他说，“我从来不知道她拥有这枚胸针。我见过外婆戴它。好吧，你很受欢迎。我还以为她会把它交给珍妮特。”

“我一定要给她写信。”她又该出发了。

“把它交给我吧，”他说，“我会修好的。”

埃斯梅知道他会来的。她知道，只要她等下去，活下去，他终会来找她。那个女孩（在她眼中，佩特拉还是个女孩）有自己的生活。她并不嫉妒。收到佩特拉的明信片，她很高兴，佩特拉对她送的胸针表达了感谢。*我会永远珍惜它*。她这样写道。明信片是从澳大利亚寄来的，当时她在那里巡演。她跟埃斯梅很像，不过她很幸运：一开始就嫁对了人。

埃斯梅的公寓位于一栋廉租房的二楼。她必须爬过那段裸露的、沾了尿渍的楼梯。入夜后，一些年轻人会在那里晃荡，她有点害怕。不过，她喜欢窗外连绵起伏的山丘，而且，夜里她也不必出门。她的名字列在一楼公寓的候补名单上，她倒不太在乎自己能否如愿。任谁踏进她的房门，都会立刻忘记自己刚刚爬过满是涂鸦的楼梯。她把这个公寓变成了一个五彩缤纷的洞穴，扶手椅上垫着方形坐垫，架子上摆满她长年收集的零碎玩意儿。一位农妇送她的宝石红玻璃杯，那位农妇死时在房间里留下的蓝白碟子，她和珍妮特、玛琳在山上度假时收集的贝壳，还有许多盆栽和照片。

“我可以给你找个更好的地方。”菲利普来看她时这样说道。他带着杰西和玛丽戈尔德，突然出现在她的门外。

“你要是提前跟我说一声就好了，”她说，“我就能给孩子们备点吃的。”

“别担心，”他说，“我们找到了一家炸鱼薯条店。他们准备下楼，去街上吃午饭，是吧，孩子们？”

于是，公寓里只剩下他俩。

“他们真好看，”她说，“很漂亮，个子也高。非常自信。”

“他们像妈妈。”

“也许吧。”她说。

“我能给你找到别的住处。”

“我不需要别的住处。我喜欢这里。”

“你不会的。”他无助地比画着。

“这里有什么不妥？”她环顾四周，目光落在了窗外的山上。春天来了，远处光秃秃的树上缀满了甜美的花蕾。“美得像画。”

“你喜欢过爸爸吗？”他背对着她，问道，仿佛在凝视她在窗外看到的景色。她看得出来，他知道自己的话听起来很俗套，甚至很蠢。但他不由自主地问出了这个问题，并且找不到更合适的措辞："你知道的，你爱过他吗？"

"当然。"她急忙说。也许太急了。她定了定神："他尝试照顾我，可惜失败了。"

"照顾你？"

"保护我。"

"为什么？"

"很难解释。他是个好人。"

他把手放在头上。他的头发剪得很整齐，额头中间垂着一绺三角形的头发，两侧的头皮泛着青光。

"关于珀尔。"

"哦，那是很久之前的事了，"她迎着他的目光，说，"一个姊妹。"不是我的姊妹，也不是你的姊妹。那根旧针，带着遥远的痛楚，颠簸着远去。她不知道他能不能明白。关于从前，关于那个其实并不神秘的魔法，关于闯入她生命的小珀尔——当时她自己也只是个孩子，还有她的坏哥哥乔，以及他对她做的事。伤痛从未治愈——她母亲想让一切好起来，却于事无补。

"她怎么了？"他说，"珀尔死后，你就离开了。"

"你记得她吗？"她没有回答他的问题。

"记不清了。"

"没关系。看，这是她和她第一个男朋友的照片。我想，他大概死在了战场上。"

“她很漂亮。”

“的确漂亮。有点轻浮。她唱歌很好听。你都不知道她能把一个高音唱上多久。”她本可以聊聊自己是如何努力照顾她的，当这种努力告败时，她不再相信自己有能力照顾好其他的儿女。然而，她一直缄默。

“我明白了。”最后，他说。听他的语气，她不知道他明白了什么，不知道他自己想清楚了什么，她告诉他的和没告诉他的真相。孩子们回来时，楼梯上传来一阵由远及近的脚步声。

他们一起离开后，她躺到床上，感到一阵眩晕。这种感觉并不陌生。令她惊讶的是，她从死亡的稳健步伐下逃脱至今，许多人都走在了她的前面。她听到楼下有汽车发动的声音。她那颗老旧的心脏疼痛不已，在它的某个地方，她想，他走了，我聪明的孩子。他来找过她了。

现在，无论发生什么，都不再重要。她见过他了。她心中涌起一阵旧日的幸福。

酿蜜框

教授一看到那封信，就知道里面装着令人不安的消息，当时妻子还没把它递过来。外面热浪滚滚，几乎叫人难以忍受。阴凉处，气温高达九十五华氏度[1]，并且还在攀升。走在河边小径上，他能闻到树木被骄阳炙烤的味道，也能感受到它们精疲力竭的颤动。这是野花开尽的季节，春日里令他眼花缭乱的缤纷色彩已经褪去，鲜亮的花园萎谢了。地位所需，弗雷德里克穿高领、打领带，现在这些东西似乎勒得他喘不过气来。一进砂岩屋，他就胡乱地把帽子扔在门厅的椅子上，然后用力擦了擦脸。

妻子一如往常，已在殷勤地等候，准备接过他的外套。可看到他有失斯文的行为，她不禁皱起了眉头。他们的屋子井井有条，陈设低调素净。这是一个清凉的港湾，百叶窗垂下一半，遮住了明晃晃的太阳。宾客与学生到访时，迎接他们的是新鲜的柠檬水

1 相当于三十五摄氏度。

和宽心的话语。家里的布局精心设计过，大厅面向巨大的音乐室，那里有个高台，上面矗立着一架三角钢琴。大家都说，在珀斯[1]，弗雷德里克的音乐生最优秀，也最勤勉。的确，他们方方面面都拔尖——因为教授只收有天赋的学生。要想成为他的弟子，必须过五关斩六将。

“新西兰来的邮件。”妻子边说，边从大厅的桌子上拿起那封信。

他瞥见上面的漂亮字迹，心脏开始狂跳。一些字母的收笔处有微微的弧度，相当完美，每个字都是一件小小的艺术品。他从前见过这独特的字迹，最后那次也许已是四分之一个世纪之前。信封里装着一位女子的乞求，也许，是恳请让她投奔他。那个少女，准确地说，当初她是少女，刚满十六岁，还是个孩子，不过也已经到了适婚的年纪。

“除了信，里面还装了别的，”他的妻子说，“一件物品，也许是支羽毛笔。”

“嗯。”他只这样应道。他接过那封信，做出一副要去琴房的样子。

“所以，你不打算拆开看看吗？”

“肯定是我哥的儿子寄来的幼稚玩意儿。他们总在涂涂画画，你懂的。”

“小雷克斯应该有四五岁了。”

1 澳大利亚的第四大城市，西澳大利亚州的首府。

“我想是的。你能给我拿杯冷饮吗，还是我得自己去拿？”

“我去拿。”她不高兴地说。她离开房间后，他把信塞进自己的口袋，穿过音乐室，进了书房。再次回到妻子身边时，他已精心调整过自己的表情。

“那么，那封信？”她在他身边放下一只托盘，然后问道。

“跟我说的一样，只是一幅画。”

“摸上去可不止一幅画。”

“孩子们喜欢搜集零零碎碎的玩意儿。”

“他们的母亲能写一手工整的好字。但我不记得她的字有这么优雅。”

“的确，”他说，声音比预想中尖锐，“的确。”

“真遗憾，你的家人住在那么远的地方，”她沉默了一阵后说道，“孩子们要是能见到自己的表亲，该有多好。”

“你讨厌舟车劳顿，”他说，“去新西兰要好一番折腾。等沙漠里通了铁路再说吧。”

“我有生之年怕是没法实现了。”她说。

“听说，他们打算把这条线路延伸到卡尔古利[1]。”第二天，他就要踏上前往淘金小镇的旅程。这旅程一年一度，是为了去那里听窘迫的少男少女们唱歌，然后从中挑出一个，让这个年轻人来珀斯学音乐。他虽想保持镇定，却发觉自己喋喋不休地对平静的棕发妻子聊起了即将到来的旅程，谈论着那列即将载他深入澳

1 澳大利亚地名，也是西澳大利亚州中南部的主要矿业城市和商业中心。

大利亚炽热心脏的火车。妻子只是微笑。他欣赏她的克制。大多数时候，他已经变得跟妻子一样，不再是当初那个刚刚登陆弗里曼特尔[1]的青年。那时他浮躁轻狂，只认得乐谱，身边也只有一袋英镑——钱是祖父悄悄塞给他的。

而现在，家中暗影重重，外面溽热蒸腾，他又看到了那个女孩。“我去散个步。”他说。

妻子奇怪地看着他。

弗雷德里克·费尔伯恩初见埃丝特·吉托斯时，置身的景色已是如此遥远与迥异，他发现自己已经记不清了。在北岛西侧的凯帕拉湾[2]边，坐落着一个村庄，它由柔和的绿色与蓝色组成。许多条通向大海的河流之间，密林遍布。森林边缘有一片灰绿色的红树，交错的根系露出水面，夏日的潮水因此显得滞缓，甚至懒散。下雨时，雨点像石子一样，在水面跳动。雨后的一天，卫理公会[3]的威廉·吉托斯牧师发现了这个年轻人，他独自待在灌木丛中的帐篷里，旁边有一条崎岖的土路，宽度刚好能容牛车驶过。牧师掀起帐篷的门帘，看到弗雷德里克倚在一张吊床上，很难说他俩谁更惊讶。牧师仪表庄严，蓄着浓密的胡须，须尖轻微发白。

1 澳大利亚历史名城，位于珀斯西南十九公里处，是珀斯的卫星城和重要港口。

2 新西兰海湾，位于北岛西北部的塔斯曼海。

3 基督教新教教会，由卫斯理宗的美以美会、坚理会和美普会合并而成，现传布于英国、美国等地。

“我是跟测量队一起来的。”弗雷德里克解释道。

“啊，大北路。嗯，非常必要。我可以告诉你，它会让我的生活便利许多。”就这样，他们开始相互解释起自己为何会在这里出现。牧师讲述了自己在毛利教区的徒步路线——这个教区远及凯帕拉湾，也聊起了他会一连几个礼拜，甚至几个月，出门在外，完成上帝的差事。弗雷德里克则告诉牧师，自己是首席测量员的儿子，不过今天有点感冒，父亲叫他在这儿休息。他的语气暴露了他的兴致索然。

“你不喜欢自己的工作吗？”吉托斯问。

弗雷德里克耸耸肩，作为回应。

“还是说，他对你的工作不满意？”

“我父亲过去觉得，我应该追随他的脚步。”

“现在他不这么想了？”

“我学的是音乐。我很幸运，曾经跟着祖父周游欧洲。我是在米兰的音乐学院上的学。”

“所以，你父亲的期望落空了？”

“他觉得音乐更像一种兴趣，而不是一份事业。”牧师闪过一丝笑意。“我们商量好了，”弗雷德里克继续说，“先在丛林里待上六个月，要是我们对彼此不满意，我就去奥克兰找工作。”

“一顿佳肴会让你振奋起来的。给你父亲留个字条，告诉他你跟我在一起。他知道我是谁。”

就这样，弗雷德里克来到了吉托斯家。雨过天晴，空气清新宜人。传教所离海不远，细碎的浪花凝结在海岸线上。他看到一座用坚实木料建造的大宅子，它有几个宽敞的露台。这栋房屋被一座花园包围，花园外边是一片果园，果园里的桃子和无花果都快熟了，一群鸭子四处游荡。玛丽安·吉托斯和她的几个女儿就站在这片土地的中央。这几位年轻女子和她们的母亲正专心制作小木框。他们朝这群人走去，弗雷德里克猛然听到一阵嗡嗡声，他发觉身边有一排蜂箱，嗡嗡歌唱的正是这些蜜蜂。

“这位是费尔伯恩先生。”牧师大声宣布。

那位母亲举着一个木框，在检查它的做工。

“您好。你说谁，威廉？”她把空着的那只手放在耳后。

“抱歉，我妻子耳背。”吉托斯说。

一个女儿弯下腰，把嘴唇凑到母亲耳边。看起来，她年纪最小。弗雷德里克观察到，她说话时嘴唇灵巧柔软，颜色一如成熟的覆盆子。

“谢谢，埃丝特，”她父亲说，“费尔伯恩先生会留下来用晚餐。你可以问问你母亲，她是否愿意捏断一只鸡的脖子。或是一只鸭，也许。鉴于费尔伯恩先生的父亲正打算给我们造一条大路。”

玛丽安的肩膀似乎一沉，仿佛接到了难以实现的任务。她转身拿起一根羽毛，来回拨弄了一下那些蜜蜂，然后关上了蜂箱。这时，她的丈夫往后退了一两步，重心在两条腿上不停轮换，紧张之情出人意料，毕竟，他在其他事情上是如此镇定自如。

“我母亲擅长养蜂，”埃丝特说，“她在给蜜蜂做酿蜜框。这是个新发明。她想把蜂蜜卖向全奥克兰。”她举起木框，透过框子冲他微笑。

弗雷德里克感觉到，自己的心脏在胸中怦怦直跳。

他回忆起那天时，就是这样看待吉托斯一家的：仿佛透过一个小相框，母亲、父亲和他们的五个女儿轻松地站在一起，当然两个儿子也在其列。尽管，直到当天晚上，所有人聚到钢琴旁，他才与这两位年轻人会面。

威廉·吉托斯知道他热爱音乐，于是请他为大家弹些曲子。他在钢琴前坐下，开始弹奏轻快的施特劳斯圆舞曲。当他看见有人困惑地皱起眉头，便立刻弹起了赞美诗，最后那首是《信徒精兵歌》，这在当时还是新歌。他们的声音一下子高昂起来。

当然，他爱上的是埃丝特。她将黑发从高高的前额梳到脑后，用发卡别好，不过，一些发丝会旁逸斜出，垂成一绺绺鬈发。她眼距很宽，颧骨饱满。他看得出来，她没法将目光从他脸上移开。同时他也小心避免与她目光接触，一则为了让她更卖力地与自己攀谈，二则，省得因贪看她的美貌而招人非议。

夜幕降临，大家一致认为，他绝不该在灌木丛中艰难跋涉，赶回测绘营。第二天清晨，他早早起床，走进厨房。一些家庭成员已经醒来，准备干活。他看到，有个女孩在农场另一头挤奶。吉托斯夫人正在检阅她的蜂箱。埃丝特在他身后开口说道：

“我母亲总在检查蜂箱。我父亲却害怕蜜蜂。”她笑了起来，期待他能领会其中的幽默。

“你们有谁被蜇过吗？”

“只有我父亲。哦，我得说，那非常好笑。这令他小心翼翼。”

“埃丝特，你多大了？”他问道，声音急切。

“再过三个月，我就满十六了。你呢？”

“二十一。”

“哦，好极了。”

“为什么好极了？”

她咬着玫瑰色的嘴唇，红了脸：“哦，我不知道。对一位男士来说，这个年纪似乎刚刚好。”

“礼拜天我有空，可以再来做客。你乐意吗？”

听到这话，她皱起了眉头：“可我礼拜天没时间跟你在一起。得去教堂，你知道的。我要是不见了，他们会发现的。”

弗雷德里克深深地吸了一口气：“你愿意单独跟我见面吗？”难道埃丝特愿意让他们的关系实现他不敢想象的飞跃？他们站得很近。

有那么一会儿，她似乎垂下了头，但当她抬起头时，目光清澈而坚定。“你也见过我的几个姐姐。她们谁都没有情郎。没人敢看吉托斯家的女孩。”她犹豫着，仿佛在等他决定要不要接受这个警告，然后她摊开双手，手心朝上：“我想了解你，这是我在这世上最想做的事。”

弗雷德里克闭上眼睛，她的芳香令他眩晕。野蜂蜜的味道，他想。

接下来的几个礼拜里，桃子慢慢成熟，无花果颜色变深，嗡嗡的蜜蜂在果园里缓缓飞舞，他们总在每个礼拜六的下午两点半准时相会。他父亲最早能在这会儿放他出门，而她也最晚能在这个时候出门散步，再过一会儿，她就会被家务事困住。这成了他们的时刻，两点半的这一刻。他一遍遍亲吻她的嘴唇。一开始他们抿着嘴，紧紧贴在一起，然后，当他们吸气时，发现彼此更加亲昵，两人震颤不已。他感到她就快瘫在自己怀里，于是他不得不停下，提醒自己，她还是个孩子，虽然欲望已令他心痒难挠。

“埃西[1]，我必须告诉你父亲，我们打算结婚。”

“他会说，我年纪太小。”

“很快就不是这样了。你的生日就要到了。”

她趴在草地上。他拉起她的裙摆，把它掀到她的膝盖上。她一动不动地躺着，咯咯轻笑。

“嘘，”他说，“他们会听见的。”他们约会时总是很安静，声音小得像耳语。

“只有我母亲在这儿，你也知道，她什么都听不见。”

一根斑斓的羽毛从鸭棚飘到旁边的地上。他捡起它，用羽毛尖挠她的膝窝。“小蜜蜂。”他说。

就在这时，愤怒的嗓音、世界末日、他自己的地狱之门，一齐降临在他身上。威廉·吉托斯和妻子玛丽安站在果园里，脸色发白。威廉满眼都是怒火。

“我或许听不见，但我看得见，”玛丽安说，“而且我能嗅到面前这个异教徒的味道。”

“你，立刻离开我的地盘，”威廉说，“否则我会杀了你。”

1 埃丝特的昵称。

“先生，我正打算告诉您，”弗雷德里克结结巴巴地说，“我想娶您的女儿为妻。我打算等她成年。她的名誉与我息息相关。”

“赶紧离开，”传教士说，“我在这里有朋友，他们会帮我把你大卸八块。你要是胆敢回来，我保证你会挨鞭子。”他的妻子点点头，紧紧抿着嘴。

后来的岁月里，他回想起这件事，便明白自己早该知道吉托斯一家言出必行。几个月后，他当面去回复埃丝特的信，信上提醒他，她的生日到了，而且已经过了，她恳求他来家里，把自己救走。五姐妹中最年长的那个给他开了门。她一看清眼前是谁，就大叫起来。埃丝特不见踪影。姐姐用力甩上了门。

“埃丝特。”他喊着，再次大声拍门。这回门飞快地打开了，出现的是玛丽安，她手握马鞭，揪住他的外套，把他拽进屋里，动作迅猛，跟男人一样有力。接着，又有三个女孩冲了过来，全都挥舞着鞭子大喊大叫。依然没看到埃丝特的身影。其中一个喊道，萨拉已经去喊警察了。与此同时，她们一直在鞭打他。鞭子落在身上，刺痛犹如被群蜂围蜇，他也对着她们大吼，叫她们停下，他会离开的，但她们就是不停。血顺着他的面孔流下，他头痛欲裂。他抬起头，从鞭打他的人群中间望出去，发现埃丝特就站在门口，她拿手背掩着嘴，瞪大了眼睛。他会记住那双眼睛，目光灼灼，像热病一场。

“埃西。”他喊道，一下子跳起来。他使尽浑身力气，夺过玛丽安手中的鞭子，转身把它举过她的头顶。她龇着牙，等待一记鞭打。

埃丝特伸出双手，向他走来，她的脸如同假面，像在梦游。“把鞭子给我，弗雷德里克。”她说。她的姐姐们站在他们身边，一动不动。

“我是来带你走的，埃西。”

“别打她。别打我母亲。”她说，就像没听见他的话。

“埃西，”他唤着，“埃西。”他垂下了紧握鞭子的手。

“父亲说，你已经跟别的女孩订婚了。”

“谎话，”他说，“那是个谎话。我不认识别的女孩。”

“把鞭子给我，”她又说。他便把鞭子给了她。她将它递给她母亲。他看到玛丽安又要打他，姐姐们也扬起了手臂，他径直跃出一扇玻璃窗，跳进了花园，在墙角的花丛中跌跌撞撞地往前走。可自称治安官的男人们拦住了他的去路。

“我的天哪，”他喊道，“这一屋子都是魔鬼。”这些人随即逮捕了他，几个小时后，他在艾伯特港口监狱里醒来，环境恶劣，并且无处可逃。

事情了结之前，还发生了很多事。一次次监禁与庭审，以及一项“蓄意非法闯入威廉·吉托斯牧师宅邸”的指控。上帝交给这位牧师的差事似乎无穷无尽，他在法庭里匆匆奔走，用严肃的语气跟坐在审判席上的人员磋商。

埃丝特给他写信，是在那个谎言之前，还是之后？没人能告诉他答案。或者，即便他们知道，也不会告诉他。

一位奥克兰的法官驳回指控，释放了弗雷德里克。他对这出闹剧连连摇头。浪费法庭的时间。费尔伯恩先生的一切罪名皆不成立。

尽管如此，他的亲人并不喜欢家族里有丑闻发生。

爱情的部分到此为止。他来澳大利亚不久，就娶了一位富家女。她足以令他心满意足。弗雷德里克想起埃丝特时，只觉得，过多的幸福对男人来说并无裨益。

他站在车尾的观景台上，这班卧铺列车会载他去卡尔古利。宽广、野性而激昂的天空现在是明亮的绯红色，预告着内陆黄昏的降临。他喜欢这个颜色，它令他感到自己还活着。车厢里，前往淘金地的人们喝着威士忌，唱着歌。待会儿他会加入他们，一起唱他们的粗俗歌曲。为什么不呢？然而此刻，火车摇摇晃晃，哐哐作响，他站在那里，双手插在口袋里。他先是将那封信按在大腿上，过了一会儿，才把它抽出来。他已读过了信上的内容。只是一张剪报，宣告吉托斯夫人的死讯。还有一根黑色的羽毛。他把它绕在手腕上。他知道，这位女儿给他发来了一个信号。他想象着她孤身一人，父母都死了，兄弟姐妹都已成婚。她如今快四十岁了。

他闭上眼睛。天空中花瓣似的深色光斑在他眼皮底下跳动。车轮哐哧作响。暮色渐浓，他感到脸颊被寒冷刺痛，想象着自己闻到了蜂蜜的香气。他先松开剪报，然后是羽毛，它飘进了黑暗。世界上所有的悲伤。然而，这，这一星回忆，从遥远的地方寄给了他。

迪克逊太太与她的朋友

宝芬妮已在街边等他。真意外，彼得吃了一惊。他习惯了她的姗姗来迟。这次她却早早到了，容光焕发，前后摇晃着手提包，带着一种愉快的造作，就像一个知道自己的男人总会现身的女孩——只要她一直等下去。她是对的，虽然，他只能当一天她的男人。

“我以为你会在里面等我。”

“现在吃午饭还太早，而且天气多好呀，我忍不住想多晒会儿太阳。这样的天气只会再持续几个礼拜。”

是日晶莹剔透、闪闪发光，正值秋天最好的时候。这样的日子里，彼得·迪克逊若没出门，就会极目远眺，从他办公室的窗口看出去，几乎能一直望到蓝岭。他忘了新西兰也有这样的日子。近几年，多少次他回到这里，尤其是回到这个小镇时，天气总是寒冷阴沉。

“你剪短了头发。”他说。

“是的，终于剪短了。唔，你知道的，就要四十岁了，我觉得是时候了。”

“四十岁！你？”

他们无意中已经离开了餐馆，在街上闲逛起来。现在他却停下了脚步。

她笑了：“这很正常呀。就这么发生了。你也经历过。”

“好几年前就经历过。”

“啊，哈哈，我知道。当时我想到你了……”

“不是吧？”

“真的。我感到十分痛快。很邪恶。你明白吗？”

“可以想象。”

“我当时想，哦，天哪，他一定不好受。”

“确实如此。”

“真的吗？”

“我猜这正中你下怀。”

“哦，我也体会到这滋味了。不过现在没事了。事实上，我不介意步入四十岁。新阶段嘛。”

“所以你剪短了头发，对吗？这个发型很好看，真的。刚才我是不是有点吃惊？我不是故意的。只是我从没见过你不留长发的样子。”

他想伸手触摸她已不存在的长发。余下的头发做了精致的造型，栗色的发丝蓬松靓丽，中间夹杂着些许白发。他欣赏大方展露白发的女性，这种勇气几乎令人兴奋。不过，眼见宝芬妮也有了白发，他还是觉得有些别扭。她总能让他吃惊。一度，他以为自己已全然了解宝芬妮，但他也早已知道，事实并非如此。

他们进了商场，里面有几张座椅、一些枝繁叶茂的大树，以及一座喷泉。这商场看似跟其他现代商业综合体一模一样，实则不然。因为，尽管他曾与宝芬妮一起生活在这个小镇上，但她见证了随后的发展，而他没有。从前他一走了之，以为一切都不会发生变化。他害怕千篇一律的生活会让他变蠢，令他毁灭。我太多愁善感了，他想。本质上一切都不会改变，他永远也没法融入这里。

“不如坐下来看会儿喷泉？”宝芬妮说。

“你不介意吗？”他问，一边坐到她身旁。

“介意？”她挑了挑眉毛，“哦，你是指我们坐在一起？”

“好吧。我只是随便一想。”

他看到，她下意识地耸了耸肩。“现在没人认识你了。就算有人还认得你，他们也不会记得我们结过婚。这勾不起他们的兴趣了。事情不就应该是这样么，如你所愿。”

就这样，他们坐在了商场里。正当她似乎为他的出现而开心时，他们又开始争吵了。商场的一侧有一家唱片店，巨大的乐声从那里轰然响起，有位客人在试音响。

“The Seekers[1]怎么样了？”宝芬妮歪头问道，“我是想问，他们的成员最后去了哪里？我记得他们复出过一阵子，看上去已

---

1 澳洲的民歌乐队，作品主要有 *I'll Never Find Another You*、*A World of Our Own* 等。

到中年——至少男士们如此。就像我们。”她看向地面。他觉得，她这话倒像自夸，毕竟，她看起来完全不像中年人。不过，她有权这么说。“然后，他们再次隐退了。”

“我不知道，我已经好几年没想起他们了。而且，大家说现在六十岁才算中年。”

“还记得他们在奥克兰的那次演唱会吗？”宝芬妮依然揪住The Seekers的话题不放。商店里，朱迪思·达勒姆[1]正唱到高音。

“我们没去，是不是？”

“我们没能去。你妈说，她会照顾孩子。可里奇起了荨麻疹。很严重。”

他沉默了，想着里奇，他们失去的那个男孩。她失去的那个男孩，生气时他会这么想。不过，细想一下，也许是他失去了那个男孩。事情发生时，他已经离开了。

“没关系，那是一段美好的回忆，”她说，她的声音柔和起来，“那个周末过得不差。凯利夫妇造访，我们开了个派对，一夜未睡，反正里奇病着，也没法入睡。我们看着黎明与红红的天空从山那边漫过来，然后雨落了下来。接着，我们吃了早餐，凯利夫妇回家了。里奇退了烧，于是我们上床睡觉，孩子们也都睡着了。午后我们醒来时，一切都好了。那就像一个假日。”

“是啊。我记得那个周末。还有朱莉·菲利克斯[2]，每周二晚上她都会出现在电视上，记得吗？她令我想起你，她留一袭长

1 The Seekers 的乐队成员。

2 朱莉·菲利克斯（1938—2020），美国歌手，演员。

发，总是走在一条路上。我不知道那是什么路。铁路？是铁路吗？”

“我记得那条路，”她边说边点头，“我想那条路会带她去某个地方。是的，也许是铁路，这有点像她的风格。我也想沿着某条路走，去某个地方。但我没能做到。”

“你做到了。”彼得说，声音里充满感情。他确信自己没错。有人转头看向他们，那是一张他从前认识的面孔。那人惊讶地眨了眨眼睛，她认出彼得了，但没能想起他的名字。那个女人转过身，走开了。“瞧，”他说，“你已经走了很远的路。也许比我走得更远。”他费了一番努力才说出这话。

“这次你来做什么？”她问，“不久前你刚来过。”

他一直在担心她问出这个问题。离开的这些年里，他总在情况危急时或是她需要帮助时才回来。如果他能诚实地面对自己，更重要的是，如果能诚实地面对她，那么这次他纯粹是因为觉得自己需要回来。他至少应该告诉她这一点。为了与他见面，她向医院的化验室告了一天假，以为他一定有什么重要的事。彼得不会无缘无故地出现，她大概是这么想的。

他张开手臂，搁在椅背上。叶子从树冠上片片飘落，有红的，也有柠檬黄的。其中一片栖在了她的头发上。他想拂去那片叶子，但她似乎没注意。它像一份善意的小礼物，停在她优美的脑袋上。哦，可爱的宝芬妮。真的要向她倾诉自己的心事吗？他犹豫了。此行变得荒谬起来。他几乎是心血来潮地上了飞机，票是前一晚买的，就像从前遇上危急情况时那样。这次也有危急情况，他想，只不过，是他自己的事。在这个清新的秋日，她也许很乐意见到他，但他已成为她的杂项，一个过去的碎片。她的生活中曾出现过另一个孩子，出现过一个已离她而去的恋人，还出现过他们幼子的死亡。现在他想将自己的麻烦讲给她听，仿佛是为了弥补过去的罪行，弥补自己的始乱终弃。你看，他想告诉她，任何人都可能遇上这种事。我就遇上了，我受到了应得的惩罚。她怎么可能关心这些呢？然而，从机场乘车南行的路上，他仍然觉得自己此番多多少少给她带来了一个礼物。

他打了个小小的寒战，即使身处如此明媚的天气，他还是预感到，几个月后，雪就会从山上缓缓飘下。落叶被一阵微风托起，在嵌于水泥路上的鹅卵石间打转。到了冬天，下起雨夹雪，这条新的人行道如果没像今天这样被人打扫干净，就会显得俗丽丑陋，跟任何模仿城市气派的小镇一样。他心中一阵苦楚，眼前浮现起悉尼的样子，再次自问是否应该来到这里，又是为何要与这个女人坐在街边的长椅上。他已不再视她为曾经的妻子，反而在她身上发现了一丝神秘，这很诱人，撩拨着他的心弦。

她看着他，等着他的回答。他尝试集中注意力，将思绪拉回当下，却发现自己正盯着她柔软的嘴唇，忆起了它的滋味。

“下周就到你的生日了，”他说，“4月19号。”

“聪明如你。没错。”

“复活节。你的生日经常遇上复活节。”

“圣日早晨。”

“是吗？”

“莉比过去常这么说。”

“你妹妹现在开始信教了？”鲁莽的问题，他立刻后悔了。他从没喜欢过她妹妹。

“莉比现在不住在这里了。不过她说的这话很动听。”

“的确。”她转头看他。正午的阳光很纯净。宝芬妮好奇的目光依然落在他身上。她提到妹妹时，目光曾有一瞬的游移。他很难不去揣测，自己缺席的这段时光里究竟发生了什么。

“我想给你买点东西，”他突然做了决定，“一条裙子，为你庆生。是的，你可以接受一份生日礼物。拜托了。你会的吧？快，你知道自己喜欢的商店。我现在就想买给你。”

他拉着她的手，站了起来，动作几乎有点粗鲁，但又不希望引人注意。当他推着她走在街上时，是她在引领彼此的脚步，仿佛她没法拒绝他，甚至鼓励他这么做。似乎他一提出买裙子的建议，他们就达成了一致。

他们在一家商店门前停下。“我的裙子够多了。”她说，仿佛之前他们在街上的拉锯都是白费力气。

“我希望你再多一条。一条你自己不会买的裙子。”

“餐厅的位子怎么办？”

他看了看周围那些在午餐时分买东西的人：“我猜餐厅会为我们保留的。这里吃午餐要排队吗？”

“我可以之后再买。等你走了。”

“我想看到你买下它。”

“那么，这也是给你的礼物。”

“你介意吗？”

她摇了摇头，好像感觉到他陷入麻烦了，也许比起他此行的真正目的，他现在的请求更微小，也不那么吓人。

到了店里，店主匆匆走上前，那是一个上了年纪的时髦女人，他隐约记得，她曾在中心街上经营过一家小得多也乱得多的店面。显然，她后来发迹了，店内陈列的服饰很时尚，且紧跟潮流。几个窈窕贵气的女人一边为出席马赛挑选衣服，一边大声聊着天。宝芬妮身处其中，似乎很自在，不过，他猜她很少在这儿买衣服，尽管她的衣服都很精致。

“嗨，迪克逊太太，见到你真高兴。”那个女人跟她打招呼。听到她被称作迪克逊太太，他吃了一惊。他似乎盼望她有另一个名字，一个不会把他们联系在一起的名字，一个不会将他们束缚在一系列事件中的名字，他们永远没法从那些事件中恢复，无论他们暗暗告诉自己多少次：我已然痊愈。同样令他惊讶的是，宝芬妮在这个镇上是一位受人敬重的女性，她被认了出来，还受到了欢迎。

他本打算像给别的女人买裙子时那样，宣布他们的目的，悄悄给出价格范畴，站在女人身后，让她们以为自己掌控着局面。结果却是，他什么都没说。宝芬妮先开了口，她说自己会在店里逛一会儿，在她挑选裙子时，她的朋友会等着。

他再一次感到别扭，因为这个词。她的朋友。他一边看着她翻看架子上的衣服，一边沉思。然后他确定，比起“丈夫”，自己更喜欢这个词。人们提及过去的伴侣，都会怎样措辞？

宝芬妮从架子上取下一件衣服，若有所思地看着它。那是一条烟灰色绉领羊毛裙，下摆很窄。

“我想试试这件，”她对那个女人说，“你觉得怎样，彼得？”

“让我们看看上身效果。”

“迪克逊太太去更衣了，您不如坐一下？”那个女人边说边扬起一条眉毛。宝芬妮进了试衣间，他便坐下来。在这张位于店面中央的铸铁椅子上，他没有安全感，感觉自己暴露无遗。准备去看马赛的那些女人走了，他至少可以清静一会儿。

宝芬妮更衣的时间仿佛长达一个世纪。他试图想象她脱衣服的样子，暗暗希望自己就在现场，希望因为给她买这条裙子，自己就能全程旁观。他看到，她在与肩带和腰带纠缠，肩膀和手臂从内衣中露了出来，乳房撑起了胸罩的剪裁。那是一对大而下垂的梨形乳房，他们的孩子吮吸过，他也吮吸过。

那个女人站在柜台边，忙着叠衣服，没有看他。她似乎知道在这样的时刻，男人的脑子里都在想些什么。仿佛他点了一场脱衣舞表演。他抬头看向天花板，轻轻地吹起口哨。

宝芬妮终于出现了，她已经穿上了那条裙子。极其合身。“你喜欢吗？”她边问，边在他面前缓缓转身。她的臀部被羊毛面料包裹着，正缓缓旋转，那从平坦腹部边缘延伸出去的臀部，他曾将它钉在身下。

“上身效果很好，迪克逊太太。这条裙子非常适合在冬夜穿。五点钟穿也很棒。”仿佛五点钟是在时间线上的新发现。宝芬妮，美丽的宝芬妮，穿着她的灰色羊毛裙。

他在模特身上发现了一条黑裙子，一条有锈金色和猩红色镶边的高领裙。“那边那件怎么样？”他说。

“你不喜欢这件吗？”宝芬妮问道，显然很失望。

“喜欢。但我还想看你试那件。”

“我不确定那件是否适合我。”

“唔，所以你要确认一下，不是吗？比比看？”

她咬着嘴唇，犹豫着。有一瞬间，他以为她不会试穿了，他又在主宰一切，又在指挥她。就算她拒绝了，他又怎么能怪她呢？

“好吧，值得一试。”这次她很快换好了衣服，出来时穿着那条黑金红三色的裙子。

她在笑，不过他没能一下子看出是什么让她这么开心。他看着她观察镜子里的自己，跟她一起微笑，想起她的嘴唇和她怀孕时总出问题的皓齿。她曾让他用舌尖去触碰一颗牙齿参差不齐的边缘，填充物就是从那里掉出来的。他们了解彼此，好的坏的都了解。没法比这样更亲密了。

“这是我的风格，不是吗？”她在房间里旋转，优雅的裙子在膝盖处展开，丝绸被搅成了彩色的条纹，黑底衬托出皮肤的柔滑。这个上了年纪的、狂野的、陌生的宝芬妮，这个不一样的女人，这个他曾逃离的女人——虽然他觉得事情不是这样，她总是出人意料。她又在镜子前停了下来，兴奋得满脸通红。她在镜子里看到，他的眼睛追逐着她，她睁大了双眼，仿佛沉浸在爱意之中，仿佛沉浸在一种突如其来的、偷来的愉悦之中，就像很久之前那个“假日”般的下雨的星期天。

“那你愿意留下它吗？”

她再次停下，清醒过来，快乐的瞬间消逝了。“我不知道有没有外套可以搭这条裙子，但它真的很漂亮。”她沉思着，看了一眼那条灰色的裙子。

“那就两条都买。”他说。

“不，”她坚定地摇了摇头，“不能这样。好吧，我要这条黑色的。”

出了商店，她说：“我从没想过你会给我买裙子。”

“为了过去的时光。”他说。

“是的，为了过去的时光。”她附和道。他清醒而痛苦地意识到，也许她永远不会穿上他的礼物。也许哪天她会回来买下那条灰裙子，可能先付订金，然后慢慢分期结清。

她在街边一家商店的橱窗前停了下来，里面满是新奇的舶来品。“我想给詹森买点什么，”她说，“帕茜会介意吗？看，牛顿摆！里奇和斯蒂芬也有一个，有一年的圣诞节外公外婆送的。我本以为送这个玩意儿给孩子真是太荒谬了，但是他们爱不释手。”说着，她就走进了店里。

彼得看着悬挂在银丝线上的银球，轻轻碰了碰它们，小球就互相碰撞着弹开了，结合、分离，有着引人入胜的完美节奏，直到再次被触碰，它们才会停下来。被触碰，被移动，都差不多。

“我不知道什么时候才能再见到詹森，”他说，“也许要过好一阵子。”

午饭时，他小心翼翼地说，生怕吓到她，生怕这话会像敲击互相弹开的小球一样敲击着她："结束了，你瞧，帕茜和我结束了，我们分开了。"

"可怜的彼得，"她边说边握住了他的手腕，像在给他计脉搏，"你是不是很难过？"也许她感到惊讶，但她没有表现出来。

"非常。我们分开了，这不好受，你懂的。"他这么说是为了阻止她说出他本想寻求的安慰。现在他明白了，向任何人寻求安慰都不合适，而且，就算他对她说出"我也会遇上这种事，不仅你会，我也会"，她也不会从中受益。我已经受到了惩罚。奖赏与惩罚，那早已是过去的事了。

"当然，我会想念詹森的。"他加了一句，但他不知道自己说的是不是实话。他的澳大利亚金发儿子常发牢骚，对什么都不太满意。真遗憾让宝芬妮花了这么多钱买礼物，但他没法背叛自己的另一个孩子，不是吗？尤其是面对她。他似乎习惯于背叛自己的孩子。要是他抱怨这个男孩，她不会高兴的。

"斯蒂芬和艾比怎么样？"他问，一方面是为了转移话题，一方面是因为真的想知道。

宝芬妮松开了他的手臂："斯蒂芬好多了，也不是说非常好，不过他开始做作业了，应该能通过考试。他很有礼貌。我的意思是，这就是进步。"他们的儿子令她痛苦。

"我真欣慰。艾比呢？"他知道自己说起这个女孩时过于急切，但是在他和宝芬妮有过的所有孩子当中，这些他们与对方生的或与别人生的孩子当中，他最常想起艾比，而她甚至不是他亲生的。

“哦，她还是老样子。”她脱口而出，是他唐突了。他不该拿一条裙子、过去的一瞬间或其他任何理由来交换艾比的近况。他和宝芬妮交换了两件无用的礼物（他会自己留下那个牛顿摆，他突然意识到这正是她所期望的），事情应该到此为止。善良的宝芬妮，此刻她倦眼蒙眬，坐在一家昏暗的餐厅里。她又碰了碰他，于是他转向她。

她的声音很小，他必须仔细听，才能分辨出她在说什么：“好处是，如果我们想这么做，我们就可以这么做。但我们不必因为可以这么做，就非得这么做。不是吗？”

他知道，她是指做爱，也知道，尽管她没有说出明确的决定，却已经替他做好了决定。一个小时后，或者两个小时后，他们就要各奔东西，带着对方送的礼物。前行的路上，总有这样那样的行李，必要时有些行李可以扔掉，或者换掉。妻子也是如此。不过，朋友难一点。

III 迷途

告诉我那爱的真谛

1

7月的这个礼拜五下午，狂风大作，维罗妮卡告诉德鲁·麦奎尔，下班后她要去别的地方。这回她不必跟同事们一起，参加每周一次的酒局。谢天谢地礼拜五到了——可对她来说不是这样。

“我不信，”他们走在学校铺着油毡的走廊上，德鲁说，“你可以坦白告诉我，维罗妮。我知道孤独的滋味。”

维罗妮。年轻时他这么叫她。现在这个名字没人再喊，它跟非洲烫发和抗争运动一起，进了记忆的垃圾箱。离校多年后，德鲁突然回来，短暂地上了一阵子班，那时维罗妮卡穿曳地长裙和厚底鞋。德鲁瘦削白皙，秃顶处只疏疏盖着几根细长的发丝，露出白色的头皮。厚厚的镜片挡在他浅蓝色的眼睛上，正是因为视力问题，他才离开了舞台。

德鲁刚来这所学校时，是个乖张的英文老师。孩子们喜欢他的口音和他肆意欢快的模仿秀。大家说，他太出色了，不适合教书。热爱教学的维罗妮卡不明白其中的逻辑。她向来喜欢粉笔、咯吱作响的黑板，还有雨天穿校服的男孩女孩身上的味道。德鲁一做完白内障手术，就迫不及待地离开了学校。20世纪90年代，他参与过一个电视喜剧节目。上课时他也开着手机，方便接听制片人的电话。

好吧，是的，维罗妮卡想，德鲁或许也曾孤独过——两三次吧。她听说，他目前没有伴侣。但她记得的，是他第一段婚姻的结束。

“真的，”她说，“我要去乡下见几个朋友。”这话听上去像一部俄语小说。至于要见的是哪些朋友，她决定不告诉他。

“好吧，给我打电话，甜心。”他说“甜心”时，语气非常戏剧化。他和维罗妮卡已经走到了走廊尽头。德鲁停下来，在口袋里翻找笔记本。

“你有笔吗？我把电话号码抄给你。”他是认真的吗？她眼中的自己必然和他所见到的一样：一个日渐丰腴的历史老师，太妃糖色的直发里夹了几缕白发，鼻尖上架着半框眼镜。

何况还有从前的事。他必然不会忘记，她曾在他的生命中扮演了什么角色。不过，这也许只是她的习惯：对眼前的每件事和向自己伸出橄榄枝的每个人，都投以长远的目光。也许他不过是把她当成了一个可以发展的对象。可是，她真的想知道，关于莫拉，他记得多少，甚至说，他还记得她吗？

“这下你就可以给我打电话了，”他递给她一张字条，夸张地说道，“以前我们总有话聊，你和我。”她记忆中不是这样。不过这至少是一种认可。他身边的世界起了变化，维罗妮卡想。他自己却没有发觉，仿佛网络世界还没发明出来。她之所以喜欢历史，是因为它是流动的，它一直在变化。也许正因如此，她记得他们生活中的每一个细节，并且一再重新审视。她希望自己有天能想明白一切。她看着德鲁的身影消失在教师休息室的方向，怀疑他还停留在过去，时间流逝，他却以为彼此依然年轻，没有变过。

科林是诗人，皮肤黝黑，嘴唇粉红，臀部纤瘦，笑容率真而甜美。他的书房是一个小棚屋，搭在维罗妮卡依然在住的那栋房子的后花园里。英俊的年轻男子好似圣徒，围坐一圈，跟穿工装裤的苗条女孩一起吸食毒品。维罗妮卡总得从雏菊丛中拔出大麻，这令她厌倦。女孩们讨论的是月经调理、情绪管理和炖菜方子。她们在屋子里进进出出，从不敲门。那时候的惠灵顿就是这样，镇上的诗人和艺术家会在肮脏的房子里举办沙龙，而他们的妻子就着破破烂烂的煤气灶，用铁锅做饭。最后的野孩子。那十年结束时，他们的话题变成了股票和不景气的股市。

维罗妮卡和科林的房子旧得几乎不像样，那是一栋小木屋，坐落在海布里路的尽头。不过，至少他们能看见大海的一角。科林渐渐有了名气，那阵子他开始觉得自己所向披靡。他的照片出现在报纸上，通常开着卡车——这是他的兼职，看上去帅气而随性。《听众报》用跨页整版对他做了专访，他也常常在“音乐会”[1]上，用自己深沉粗犷的嗓音念诗，他会把“th”念成“vee”，带着歌咏般的语调。真正的新西兰方言，但不造作，第二个巴克斯特[2]，又一位格洛弗[3]，一个批评家这样写道。这倒不是他想听的评价；他在风格上跟黑山派[4]诗人相近，他觉得这有损自己的形象。半夜有女人给他打电话。他在诗里写过一个加拿大女孩，说她的眼睛“像冰面上烧穿的洞”。维罗妮卡见过这个女孩，她说，那双眼睛更像是雪地上的尿坑。不过她说这话时面带微笑，因为她信任他。而且，她不觉得有谁会认为那女孩有什么过人之处。

按揭是维罗妮卡在还，但她并不介意，至少不太介意，虽然她希望，作为报酬，礼拜天的下午能独享自己的花园。“我妻子，银行经理的女儿，”科林大笑一声，说道，“我入赘了中产阶级。”维罗妮卡讨厌他这样说话。她的父亲只是普通银行职员，她解释道，不是什么了不得的人物。另外她觉得，科林谈论理财的方式盛气凌人，并不友好。科林的家人都在农场干活。“农场工人从来不需要操心按揭，”他宣称，“他们没机会接触这种东西。”真正的无产阶级。他和维罗妮卡是在师范学院认识的，当时科林已经拿到了学位，不过他在开始教书之前，就已经标榜自己是教师。这让维罗妮卡感到不舒服，但那时他们已经结了婚，

1 电台节目。

2 詹姆斯·K. 巴克斯特（1926—1972），新西兰诗人，代表作有《栅栏那边》《吹着，丰收之歌》《坍塌的房屋》等。

3 丹尼斯·格洛弗（1912—1980），新西兰诗人。

4 黑山派诗歌起源于20世纪50年代初，是当代最有影响的诗歌流派之一，代表诗人有查尔斯·奥尔森、罗·邓肯、罗伯特·克里利等。

魅力四射的夫妇，学院里的派对狂，一毕业就毅然决然地订下终身。当时，维罗妮卡爱他爱得神魂颠倒。

“有时我觉得，我们只是顺水推舟。”维罗妮卡对路易斯说。路易斯是他们婚礼上的伴郎，也是两人交情最久的共同友人。他是医生，正在筹建自己的第一家诊所。“一位可以引用弥尔顿和《公祷书》[1]的医生，”如果让科林形容路易斯，他会这么说，“你相信吗？”大学时代，路易斯和科林住在一起，当时路易斯最喜欢引用的一句话是：“夜晚与睡眠何干？”[2]不过，事情可以追溯到更久之前。在他们小时候，路易斯就爱上了文字。他们来自同一个小镇，住在同一条马路的两侧。如果没有路易斯，科林也许永远不会去学任何东西。

维罗妮卡与科林刚结婚的那几年，路易斯只要周末不值班，就会来做客。他在露台酒店租了一间公寓，公寓很漂亮，里面塞满了这些年他在旅途中搜罗的奇珍异宝——老地图、非洲面具、亚洲雕塑，但他还是喜欢睡在他们的折叠沙发上，而不是独自待在家里。“路易斯跟我们结了婚。”维罗妮卡和科林互相打趣。他们有时手头拮据——其实大多数时候都是如此；有时忽然又有了一点钱，维罗妮卡猜想，他们又得到了接济，而且这钱不是她父母给的。

“你们当然不是顺水推舟。”那个下午，路易斯坚定地说

---

1 英国教会克蓝玛大主教于1549年出版的崇拜礼仪书。《公祷书》不是《圣经》，而是帮助信徒理解《圣经》的典籍。

2 出自弥尔顿的《四首诗》。

道。当时科林在花园里招待客人，他和维罗妮卡在厨房喝咖啡。“你俩是彼此赖以呼吸的空气。走吧，我们去看看那个讨厌鬼在干吗。”

他们一起走到花园里，在人群中坐下来，维罗妮卡很高兴有路易斯陪在自己身边。似乎没人察觉他们的到来。

有阵子路易斯来得少了。她记不清是从什么时候开始的，不过，也许有一段时间了，而她竟没发现。“嫉妒，”维罗妮卡提起这事时，科林说，“他总是嫉妒我的朋友。”

“他不嫉妒我。”维罗妮卡反驳道。

“那不一样。”他说话时带着夸张的耐心，仿佛她忽视了什么显而易见的东西。

科林的话令她不安。这意味着，路易斯有某种怪癖，某种她看不出的缺陷。“我会给他打个电话，他会出现的，等着瞧吧。”科林只是这么说。

科林讨厌学校老师的派对。玩派对游戏的成年人，他轻蔑地说。陪维罗妮卡去派对时，他总是满肚子情绪。那个年代，女性若是独自在派对现身，宣称丈夫感冒在床，总不大合适。要么他也参加，要么你待在家里。

那年——烙印在她心里的那一年——圣诞节将近，只能恳求他参加，没别的办法。她快休产假了，到时她要发表临别感言。唉，她该怎么跟他们说呢，他到底是来，还是不来。这让她费了一番力气，因为这显然关乎别人的看法，而科林总爱说，他根本不在乎别人怎么看。

“我当然会来。”他边说边伸手搂住她，或者说，尽量搂住她隆起的腹部，“你怎么会认为我不来？”

就是在那场派对上，他们遇到了刚从苏格兰搬来这里的德鲁和莫拉。新年一过，德鲁就要履职。你的目光会瞬间被他吸引——他穿着苏格兰裙。德鲁跟每位同事的妻子跳舞，连维罗妮卡也不例外。他俩在清空了的教师休息室里，相隔一臂之遥，跳起了狐步舞。他还把游戏变成了惊险的杂技：他堆了一座椅子塔，然后爬上去，单腿站在塔顶。

“你们不敢吧！”德鲁对其他男士喊道。接着其他人也开始效仿，至少年轻人如此，就这样，派对变得疯狂而混乱。令维罗妮卡惊讶的是，轮到科林时，他没有拒绝，而是爬到天花板上，摇摇晃晃了几下，然后摔了下来，一只脚重重落在地上。“哦，该死，”他喘着气说，“我该死的，该死的脚踝。”但他在笑，而且脚踝没断，只是扭伤，接下来的一个月里，他一直打着绷带。他会优雅地拄着拐杖出现在下一次读书会上。

在丈夫表演这些把戏时，莫拉一声不吭。她木木地坐在角落里，维罗妮卡跟她搭话，她先是一惊，然后才小声对答。维罗妮卡觉得她就像一尊奶油雕塑，心中漠然，脸色也不大好。她是个护士，专攻儿童护理。聊起这个话题时，她说，她觉得自己轻轻松松就能在医院找到工作。

“我当然喜欢孩子。”她吸了一口气，目光从维罗妮卡隆起的腹部移开了，白得惊人的皮肤上泛起深深的红晕，因为她发觉，维罗妮卡注意到了她的目光。维罗妮卡试图想象，莫拉站在孩子们毛茸茸的脑袋中间，俯身看向他们，带着甜美而变幻莫测的优雅。害羞，她想。

一行人最后到了科林和维罗妮卡家，德鲁和莫拉也在内。科林一瘸一拐地走来走去，当起了东道主。他和德鲁当场成了好友。

如今科林参加派对，可以不玩游戏，直接喝醉。他们的女儿最后一次见父亲时除外，当时他喝的是纯蔬菜汁。

整个夏天，科林带着德鲁四处转悠，还用自己的贝德福德卡车载他短途旅行。那辆车是天蓝色的，车门上有科林自己画的蓬松云朵。年轻人都去晒太阳了，或是干起了暑期工。莫拉找到了工作，维罗妮卡在等弗雷娅出生。科林由于扭伤了脚踝，没去上班。德鲁几乎占据了他全部的注意力，除了那些写作到深夜的晚上。

“维罗妮，这就是生活，”他爬上床时会这么说，他红着眼睛，精疲力竭，“德鲁完全明白我在经历什么。”

“那么，你在经历什么？”

“我必须做出改变。我必须发出自己的声音。都是废话，你看不出来吗？我受够了阿巴拉契亚式的废话，我要回归真正的意义。忘了那些孩子吧。我该向前看了。”

“我明白了。”维罗妮卡说，她很想睡觉，因为羊水随时会破，令她没法享受奢侈的睡眠。这个话题她从前听过，他早就变着花样表达过了。他认识的诗人都是老傻瓜和小傻瓜，以及女人。

“我得从头再来。”

“明天吧。”她边说边闭上眼睛。

科林说，他打算跟山姆·亨特联系，但他知道亨特更喜欢独来独往。他也许会给自己安排一次全国巡演。或许德鲁可以跟他同行，当他的经纪人，他俩还可以一起演出。

“德鲁有工作。下个礼拜他就要去学校上班了。”

“假期吧，我想。”

“到时候，我们就有孩子了。”

“凑够钱，就开始。”科林闷闷不乐地说，仿佛没听见她的话。

“我想也是。”维罗妮卡说。

路易斯不在时，维罗妮卡很难解释自己对他的思念。毕竟，他首先是科林的朋友。不过，弗雷娅把他带回了他们身边，仿佛他从未离开过。面对弗雷娅，他几乎像一位慈父。这个孩子降生在夏末的炽热中，她出生时，他去医院探望，发号施令似的提出了许多建议，让医护人员烦不胜烦；等她回了家，他会在做完一场手术后突然造访，只为看看她的情况。一天下午，他出现时，科林正在“上朝”。他站在走廊上俯瞰花园，露出惊讶且不以为然的表情。维罗妮卡看得出来，他在等科林示意——示意自己看见了路易斯。但他始终没能等到。

科林站在那里，大声为自己的听众念诗。他一手抓着一沓脏兮兮的纸，一手把额前的鬈发梳向脑后。

德鲁坐在瑞香丛边，位于人群的边缘，这一次他显得有点疏离，也许是因为比其他人年长。他头上系着红蓝相间的大手帕，下巴上冒出了一片胡碴。

路易斯倚在栏杆上，听科林读诗，他的脸在抽搐。

……于是我来到

你的睡处

轻抚你熟睡的脸庞

便知道

我占了你梦境的全部……

“他还在重复《摩登精神》。”路易斯说。

科林发表的第一首诗。维罗妮卡曾为它骄傲不已。她与他结识后不久，这首诗就写成了。“这是为你写的。”科林说，仿佛她需要这个保证：他的生活中没有别人。大家看着她，知道她被一位诗人钟情。就像当上了国王或总统的情妇。

“我一直很喜欢这首诗。”她说。

“当然，”路易斯过了一会儿才说，他抓着栏杆边缘的指节已经发白，“当然，你应该喜欢。那个家伙是谁？”他指的是德鲁。科林朗诵这首诗时，就像在跟德鲁说话。

“哦，他，德鲁·麦奎尔，”维罗妮卡说，“相信科林会在新人面前炫耀的。他最近很喜欢德鲁。”

“你应该强势一点。”路易斯猛地说道。

维罗妮卡吃了一惊。也许路易斯真的妒火中烧。她记得当时自己大为震动。有些事就这样说了出来，但又好像没说清楚。

“我想，这就是艺术家的生活，”维罗妮卡叹了口气，把自己的不适搁置一边，“他这么成功，我该说什么呢？你不能指望他像你一样过日子，路易斯。”即便这话说得有些过分，她也不在乎。路易斯没这个权利。

粉笔和奶酪[1]，这两个男人曾这样夸耀。但这对搭档开始分崩离析。

“我厌倦了他的小肚鸡肠。他该长大了。”

科林一示意，德鲁就站了起来。他带上了风笛。

“你不跟他打个招呼就走吗，不会吧？”

“你代我跟他说一声。”路易斯离开时说道，他身后响起了《奇异恩典》[2]的开头。

维罗妮卡和科林收到了一份意料之外的邀请，德鲁和莫拉叫他们去家里做客。为了让德鲁高兴，维罗妮卡答应了下来。现在她有了弗雷娅，每天都能感受到幸福的流淌，出门做客会打断这种幸福。她日夜围着弗雷娅打转。婴儿身上的每一寸褶皱、每一个微笑的绽放，还有那种特别的香味——就像熟透的梨子，全都令她沉醉。她有一个隐秘的想法：我不需要历史，我创造了历史。为了这个奇迹，她什么都愿意去做。

---

1 比喻两人截然不同。

2 英国传统民谣，由英国牧师约翰·牛顿作于1779年，表达了对宗教的忠诚。

他们受邀周日共进午餐，虽然德鲁称之为“大餐[1]”。他们的公寓是个一居室的方盒子，被子就挂在破旧的扶手椅上。看不见莫拉的踪影。“她在医院值班，迟一点回来，”德鲁说，“我想她不会耽搁太久的。”

他从冰箱里取出几瓶啤酒。维罗妮卡还在哺乳，喝的是自来水。德鲁播了一张唱片，布莱洛夫斯基[2]演奏的肖邦的《波罗乃兹》[3]，音符叮叮咚咚，午后时光随之流逝。

“早知莫拉在工作，我们就不来了。”维罗妮卡坐在那里，摇晃着弗雷娅，对德鲁说道。

过了一会儿，她又说：“早知道，我们带点吃的过来，带点能派上用场的东西。也许我们该回去了？”

两点过后，莫拉出现了，穿的根本不是护士服，而是她母亲给她缝的印花连衣裙，和一件蓝色羊毛开衫。

莫拉一到家，维罗妮卡便发觉，她是多么讨厌他俩的出现。维罗妮卡心想，也许她害怕给他俩做饭。但他们被困住了，就像肉冻里的鱼，直到有事发生。

莫拉不让维罗妮卡帮忙做饭。“你可以给孩子哺乳。”维罗妮卡提议时，她这样说道。她的口音比德鲁还重。维罗妮卡听说，德鲁为了活跃课堂气氛，逗学生发笑，会故意用苏格兰口音授课；莫拉说话含混不清，在一些糟糕的时刻乡音尤重——这样

1 dinner，一般指晚宴。

2 亚历山大·布莱洛夫斯基（1896—1976），俄罗斯钢琴家，尤其擅长弹奏肖邦的作品。

3 一种波兰舞曲，3/4 拍，速度中等或偏慢，肖邦在创作中期谱写了大量波罗乃兹。

的时刻似乎不少。

这顿饭到了傍晚才上桌，一只看起来跟莫拉相仿的鸡，肤色苍白，皮包骨头，血水渗进了调味汁。

德鲁在门口尴尬地与维罗妮卡和科林道别时，说："她今天状态不好，抱歉。"

维罗妮卡想扇他一巴掌（为什么？因为他没有亲手准备饭菜？因为他试图以此推搪莫拉的不快？也许根本就是因为他邀请他们过来）。但她那时太累了，而且开始觉得不舒服，所以没再多说什么。鸡肉和硬邦邦的土豆不对她的胃口，当时她还不知道自己已经怀上了山姆。一个礼拜后，她才发现。

"谢谢。"她只是这样回答。

等他们在车里坐定，开始发动引擎，她说："真是一场灾难。"

"可以这么说，对吧？"

"唔，不好相处，那两个人。"

"我觉得他可能有点讨厌，"他说，"我早该发现的。"听起来倒像是她的错，不过不值得为这事争吵。不管怎样，接下来的一段日子里，他似乎没怎么跟德鲁来往。

"你摄入的铁够吗？"路易斯再次到访时，忧心忡忡地问道。他虽不是维罗妮卡的医生，却照样对她嘘寒问暖。维罗妮卡已经开始显露出怀孕了。

路易斯坐在餐桌的一端，给豆角掐头去尾，他在胸前铺了一块茶巾，免得弄脏羊绒衫，修长的手指有条不紊地干着活。

科林给他打过电话："你到底去哪儿了，伙计？过来玩呀，我们很想你呢。"如他所料，路易斯不会离开太久。他们喝完了一瓶红酒，路易斯今晚会宿在这里。很难想象他们的友谊会遭到什么严重的破坏。

科林说："路易斯，我选你当弗雷娅的教父。"

"我还以为你不信教。宗教和迷信，你讨论过太多次。"

"喏，这是两码事。弗雷娅需要一个教父。她需要你。"

维罗妮卡看得出来，科林想搜罗一样能送给路易斯的东西，一个对他们之间长久友谊的认证，一个"原谅我"的信号。她屏住了呼吸，希望路易斯能够接受，她对这两人的柔情涌上心头，这柔情由来已久。在她眼中，他们还像她第一次见到的那样：路易斯，年轻医生；科林，对生活还没打定主意的拿奖学金的男孩，两个快乐而忠诚的朋友。

路易斯露出了他那郑重而友善的笑容。"好吧，"他说，"如果维罗妮卡没意见。"

这一切没能持续太久。这个晚上，德鲁不请自来，还带着莫拉。他们进屋时，维罗妮卡一只手把弗雷娅扛在肩上，另一只手空出来搅拌酱汁。莫拉很憔悴，烫过的头发在头上梳成了油腻的小卷。

"她想念自己的母亲，"德鲁说，仿佛莫拉不在场，"她需要一点家庭生活，我是这么跟她说的。"

"太好了，"科林喊道，"我在这世上最好的两个朋友终于见面了。他们必须留下来吃晚饭，对吧？"

维罗妮卡看到，路易斯退缩了。德鲁带了一瓶威士忌，他把酒放到隔在他与路易斯之间的桌子上。

“杯子呢，维罗妮，好姑娘。”他给每个人倒威士忌，虽然其他人在喝红酒。

他们又吃了艰难的一餐，席间充斥着刻意的谈话和踌躇不定。饭后，维罗妮卡坐在沙发上给弗雷娅哺乳。“你想给她拍嗝吗，莫拉？她今天一直有点不顺气。”维罗妮卡问，她以为莫拉会喜欢这么做：毕竟她的工作就是照顾孩子。

“我做客的时候不想工作，只想休息一下，非常感谢。”她说话的方式令维罗妮卡很不舒服。路易斯接过了孩子。

“我很惊讶，你在这么短的时间里接连怀了两个孩子，是不小心吗？”莫拉的声音很小，也很刻薄，故意不让其他人听见。

“我觉得我只是幸运，”维罗妮卡说，“我喜欢当妈妈。”

莫拉哭了起来。她从椅子上站起来，走进浴室，他们隔着墙也能听见她的啜泣。

“我说错了什么，德鲁？”

“她就是想家了。我跟她说过，要克服乡愁，既然已经来了这里。我告诉她，她应该忘记自己的母亲。”德鲁又开始倒酒，仿佛自己才是主人，他想成为大家的焦点。路易斯挡住了自己的杯口。

“人不可能忘记自己的母亲。”维罗妮卡反驳道，她每天都会跟母亲通电话。莫拉走出浴室，坐在客厅一角，假装翻起了维罗妮卡的杂志，但她一直在无声地抽泣，真叫人不安。

“音乐，我们需要一点音乐，”科林边说边到处翻找，“可以来一点布吉乐[1]。”事实上，他拿出了一张舒缓而伤感的唱片。

“我们跳个舞吧？”他邀请维罗妮卡。

“我累了。”她说，她觉得他们的举止都很傻，也讨厌路易斯板着脸看科林的样子。

“我来跟你跳舞，小伙子，”德鲁说，“如果妻子不肯跟我们跳舞，我们就只能自己找点乐子了。”

她看得出来，他俩醉得厉害。科林从来不能喝烈酒。这两个男人不是只在房间里晃来晃去，而是慢慢跳起了华尔兹。德鲁领舞，虽然他个子矮一点。

“也许你可以考虑带母亲过来玩一趟。”维罗妮卡说，尽量不去理会两个男人的滑稽行径。她的话听起来既友好又合理。

可莫拉又开始大哭，先是清晰刺耳的号啕，接着变成了尖叫。

“她得有点盼头，不是吗，路易斯？”维罗妮卡突然失控地说道。

“我觉得莫拉应该回家，”路易斯对德鲁说，“我要去睡觉了。”他边说边转过身。

他们离开之前，德鲁和科林吻别，嘴对嘴，仿佛他是个女孩。维罗妮卡从未见过两个大男人接吻，科林青青的长下巴抵着德鲁白色的瘦下巴。

路易斯曾在欧洲学会了亲吻别人的脸颊，此刻他在门口转

---

1 即布吉乌吉，一种节奏轻快的布鲁斯钢琴乐。

过身来，呆住了。

“真是个小丑。”德鲁和莫拉走后，他说。

“演戏而已。”科林说。他最好的朋友厌恶地看着他。“要是你愿意，我可以吻你。”

“哦，得了吧。”路易斯说。

但这让科林心头一沉。

“抱歉，”第二天吃早饭时，他对他俩说，“我不能喝酒了，有点工作要处理。”

维罗妮卡邀请路易斯礼拜三来家里庆生，每年的这一天，他们都一起过。她原以为他不会来。就我们几个，她对他说，没提德鲁和莫拉。他说他会考虑的。

然而，他来了，进门时仿佛什么也没发生过。维罗妮卡突然想到，她和路易斯也许可以不言而喻地团结一致，在最糟糕的事情过去之后，依然保持友谊。也许，即使是现在，他们也能撑下去。

“科林人呢？”他一边问，一边在厨房里择路而行。

“他说要去城里送个东西。电台吧，我想。”科林已经不开卡车了。当时他拉伤了后背，干脆不再上班，他对她说，这是个机会，他可以专注于自己真正的事业，再也不会回去干那份愚蠢的工作了。她把这事告诉路易斯时，他似乎并不惊讶。她没说出口的是，自己是多么彷徨，因为科林没打算干任何能支付账单的工作。

虽然庆祝的是路易斯的生日，但他反倒给科林带来了一份礼物——一本奥登的诗集。他想立刻打开它。“我可以原样包好。”他说，像孩子一样急不可耐。他穿着一件粗花呢夹克，里面是翻领毛衣。他倚在门口，像从30年代出逃的诗人，而不是医生。

“你说科林去了哪里？”他又问了一遍，把书移远了一点。很快他就需要戴老花眼镜了。

“他不会耽搁太久的。”她拖出烤盘，看了看千层面。

“它会在我挖鼻孔的时候到来吗？你怎么看，维罗妮卡？”她喜欢听他念自己的全名。

“你指什么，路易斯？”

“爱。你不知道那首诗吗？《哦，告诉我那爱的真谛》[1]。有一首歌也是这么唱的。”接着他唱了几句。他的声音悦耳动听。她想，我也许会爱上他。

“这是真正的诗，”他心满意足地说，“你大学里没读过奥登吗？”

“肯定读过。”她慌乱地答道。也许她注定要爱上的人一直是路易斯。

一阵匆促的敲门声打断了他们，有人急吼吼地敲着门。

门外是乔琪，一个非常年轻的女孩，维罗妮卡认出来了，这是鱼尾理发店的理发师，她在那里剪过头发。维罗妮卡见过她上班的样子，一个金发女孩，像麦芽糖一样甜美，皮肤晒得很

1 英国诗人W. H. 奥登的诗，其中有一句是：“当它到来，会事先没提个醒，而我正好在挖鼻子？”

黑，有一双灰色的大眼睛。他们给她开门时，她双手叉腰，满腔义愤。她的牛仔裤紧得像蛹皮，黑色皮大衣里露出一截万宝路。

“你那个朋友，”她径直冲着维罗妮卡说，“你最好过来一下。”

“你指的是？”

“哦，看在上帝的分上，你知道的。那个苏格兰朋友。”

“莫拉？”维罗妮卡依稀记得，莫拉刚来这里时，自己给她推荐过这家理发店，“呃，我不知道。”维罗妮卡说。

“她精神恍惚。”乔琪说。接着，她的自信消失了，仿佛被自己匪夷所思的行为吓了一跳：冲进别人家里，对着两个严肃的成年人大吼大叫。乔琪看上去约莫十九岁。维罗妮卡自己也才二十六岁，路易斯比她们大几岁，科林也是。后来维罗妮卡听说了乔琪的惊人之处，她能用舌尖触碰自己的鼻尖。这事没多少人能够做到。“没法跟她交流，”乔琪说，“我跟她说过，别再烫头发了，但她又烫了，她的头发也许会掉光，到时候她就会怪到我的头上。总之，我现在束手无策，只想把她从理发店里弄出来。”

“她还在那里？”

“一动也不动。我是打车来的。老板气得直跳脚。”

“到底是怎么回事？”路易斯用一种专业的语气问道，“莫拉怎么了？”

“她说，再不来人，她就自杀。她的男人在跟别人约会。”

“她丈夫在跟谁约会？”路易斯的声音铿锵有力。

“哦，我不知道。老板让我们不要打听这种事，你懂的，面对顾客只是倾听，听他们愿意说给你听的，仅此而已。”

“不敢相信，”维罗妮卡说，“他们结婚还不到五分钟。”她看见乔琪挑起了眉毛，便泄气地说道，“哦，那个讨厌鬼。”她的大脑飞速运转。那些草坪上的女孩。她们最近都不来了。德鲁是不是勾搭上了其中一个？

“可能这事也不能怪他，真的不能。呃，他们之间有点问题。”乔琪说。

“什么问题？”

“他们不做那事。她从来没做过那事。她是个处女。听着，她说她没法一个人回家。”

“我不能丢下弗雷娅。”维罗妮卡说。

“你能帮忙照顾她吗？”路易斯问乔琪。

“我要赶火车，我住在哈特。”

“待会儿我可以送你回去。”路易斯说。

不过，科林的出现解决了问题，尽管他眼里满是怒火。

“你们要去哪里？”

“出去。”路易斯向他投去厌恶的一瞥。

科林转身时，双手古怪地颤动着，做了一个同意的动作。

“你没事吧，科林？”维罗妮卡犹豫地问道。

“我没事。”他说。

“快，”路易斯不耐烦地说，“我们到底去不去？”他没看科林。乔琪再次焦虑起来。

维罗妮卡坐进车里，叹了口气：“他又陷入了某种情绪。莫拉和德鲁的事，你确定吗？”她问乔琪：“没道理啊。他们肯定试过……你懂的，做爱。”

“她说她不能被搞。”乔琪说。她坐在前排，跟路易斯一起，落座时没跟维罗妮卡谦让。

维罗妮卡吃了一惊，倒不是因为她的措辞，而是联想到莫拉“被搞”的暴力画面。维系着她和科林的不正是性欲吗？她想是的，他们做了很多次乔琪口中的“那事”。（好吧，在忙碌的婚姻中，如何量化爱的行为？）但她很累，而且怀着孩子，那时她每每想到爱情，就像在法兰绒中穿行。她看得出来，莫拉也许不是做爱的料。她把脸贴在冰冷的车窗上，什么也没说。

“右转，路[1]。”乔琪说。

维罗妮卡蜷缩在后座上。路。多么尴尬。乔琪瞥了一眼他的侧脸，仿佛发现了月球表面。她抚摸着座位上的皮面。

给维罗妮卡剪头发的女人在鱼尾门外踱来踱去，等着他们的到来。店里的灯都关了，只留下一盏夜灯。莫拉一个人坐在椅子上，直直地看着镜子里的自己，仿佛有什么人站在镜子的后面。

路易斯把一张椅子拉到她身边，然后坐下来。他温柔地对她说：“该回家了，莫拉，回到妈妈身边吧。”

过去的悲伤，就让它过去吧

就像叶子落在了草地上

---

1 路易斯的昵称。

科林写下这两行字，把纸倚在咖啡壶上，像一条留言。

“是不是不怎么押韵？”他走出书房时，维罗妮卡问道。

“这不是我写的。”

她没想到。

“一位波斯诗人写的。11世纪的。不过很直白。你不觉得它很直白吗，维罗？”

他们的孩子在她手掌下面动了动。她确信，这次会是一个男孩。科林说得不清不楚。不管这两行诗写的是什么，突然间她都不再想了解，事情已经够乱了。

她没作声，他又说：“我找到了一份报社的工作。下周一就开始上班，你可以不用担心了。”

维罗妮卡一直不知道跟德鲁约会的是谁。

也许现在她可以问问他。但她不会这么做。

那双空洞无神的眼睛。

2

路易斯的宝马平缓地驶进维罗妮卡的车道，与他会面时，她总是这么愉快。她没有责备他的奢靡。礼拜五的下午，能有人开车过来就已经很让人高兴了。

她跪在走廊的边缘，从一片海雏菊上掐掉开败的小小花头，希望这能让自己显得不那么急切，像个常去乡下度周末的人。她坐在脚跟上，手里拿着剪刀，一方面，她庆幸路易斯对她的动向知之甚少，这让她觉得自己很独立，并且有点神秘；另一方面，她又希望经常有男人开车过来，停在她的门前。

“我想，这是我所怀念的事，”在自己的同性友人面前，她若有所思地大声说道，“但是，结识有趣的新朋友也得花不少心力。”她认识几位常去单身俱乐部的女性。“她们跟我不一样，”她说，“我的意思是，你看，我在教师休息室里总能见到男人毛茸茸的耳朵。想象一下，好吧，我就是忍不住，你懂的，想象一下自己的鼻子被那些汗毛包围的样子。”她笑了起来。她慢慢变成了一个怪咖。

当她照镜子时，各种可能性依然映在那里，但它们渐渐消解在一个化着随意的妆容、穿着厚厚的毛衣、在培训日发表论文的女性形象身后。“大家好[1]，”她说，“今天下午我列了一份新的阅读清单，主题是海豹与鲸鱼的捕猎者对我国沿海的影响。”她会穿上舒适的运动鞋。

“这屋子看起来很温馨。”路易斯边说边俯身亲吻她的脸颊。他保养得多好啊，肩膀宽阔，线条逐渐向下收窄，直至结实的腰际。他头发白了，但富有弹性。尽管脸上的皱纹越来越深，可路易斯身上依然有一种随性的少年气。

“都是我一个人打理的。”她说。厨房刚粉刷过，西班牙白的墙，窗户四周装饰着深绿色的线条。早熟的风信子绽放在窗台上的容器里。

---

1 原文是毛利语，Kia ora tâtou，表示问候。

他翻拣着她的瓷器，举起一个克拉丽斯·克里夫[1]壶。

“好看。这多少钱？”

他们总能这样聊天，几乎像一对夫妻，至今依然如此。她为瓷器着迷，他不是，但他能分辨优劣，他喜欢这些东西组合陈列的方式，喜欢它们放在一起的样子，以及它们的产地。

“三百块，拍卖会上拍到的。”

“划算。那么，你把牙刷放进背包了吗？”意思是，她准备好出发了吗。

“放了，还带上了我的汤婆子。”

“我们有电热毯，维罗妮卡。”

“我就是喜欢把汤婆子捂在肚子上。”

他咕哝着：“你的膀胱炎又犯了。”

“现在好多了。健康生活会有一点回报的，对不？我在操场值班时着了凉。好了，我不是来看免费医生的。”

“多喝水，别喝酒，别吃辣。”

“那去玩还有什么意思？”

“你最好快去。乔琪指望加上你，正好凑个四人晚宴呢。”

“还有谁要去？”

他看上去有点不自然：“你不是唯一的客人。他叫迈尔斯。”

“路易斯！乔琪不会又想牵红线吧？”

“乔琪几年前在一门课上认识了他。”他的声音有些不自在。

1 英国著名女陶瓷设计师，风格鲜艳而独特，作品深受大众喜爱。

乔琪画油画，大多数是抽象画。“迈尔斯在奥克兰经营一家画廊。他来这里采购过。乔琪一定提起过他。”

“当然。是我忘了，”维罗妮卡撒了谎，“他是同性恋吗？”话音刚落，她就后悔了。

“可能是吧。”他自在了一点，说道。维罗妮卡愠怒地给准备工作收尾，现在她更希望独自待在家里。当然，路易斯和乔琪永远有客人：乔琪的新朋友——这些朋友是她年纪大一点的时候结识的，或是路易斯的学生。他在医院兼职授课。他是那种能激励年轻人，并把他们带回家吃饭与安慰的导师。亲手喂肥，乔琪说。他们都是可人儿，但饥肠辘辘。

“孩子们好吗？”他端详着她女儿和儿子的照片，问道。

“很好。弗雷娅向你问好。她好像又恋爱了。”弗雷娅二十三岁了，似乎做什么都没个定性。“山姆还在非洲。”

“你想他们吗？”

“我从来没这么自由过。”她边说边拿起外套。她不是有心要把话回得这么简短，但这是个毫无意义的蠢问题。她每天都在想念自己的孩子，就像一种心瘾。有些日子里，她甚至不知道自己能不能抵挡得住给他们打电话的冲动，不管当时他们身在何处。要跟儿子联系上，并不是一件容易的事，一个初出茅庐的植物学家。她能想象他站在非洲炽热阳光下的样子（他是受路易斯的影响吗，孩提时代去路易斯家做客时看到的那些非洲面具），她记得，他小时候很容易被太阳晒伤。至少还有电子邮件，他时不时会向她报平安。路易斯看着一幅裱好的小水彩画，湿了眼眶，画上是云朵下的湖泊，笔触非常精细。

“记得你是什么时候买下它的吗？就是那个周末，我们一起去罗托鲁阿[1]，在温暖的瀑布下游泳。”

“隐约记得。”维罗妮卡在检查门锁。每天晚上，她都要确认三到四次。这要花上一点时间，家里一共有三道门，前门、后门，还有车库门。路易斯越来越不耐烦，用手指敲击着桌面。

“我不敢冒险。十二……还有四五个……”

“你肯定记得，那时我们还在上学。”路易斯在她身后说道。她害怕的不再是暴力本身，不是对身体的侵犯，不是进入——这些事她几乎已经难以想象；而是失去孤独，失去老妇人不为人知的自我。她一定是疯了，才会说要跟这些人一起去乡下过周末。“就是那天，你和科林后来买下了这幅画，在我们逛那个展览的时候。”她不停地瞎忙活，他显然有些恼火。

“的确如此。我还以为这是你买给我们的。”

“维罗妮卡，别这样。拜托了。”

她当然记得那一天，不过这事他没必要知道。当时他们还是学生。在瀑布里游泳的那个晚上，他们唱着歌，喝得有点醉，三个人都在裸泳。

“我们出发吧？”她在他身后重重地关上了门。

“我见你砍了不少树。”他们上了坡，朝他的汽车走去，这时他说。

1 新西兰城市，位于北岛中北部，有许多天然温泉。

“只是打薄了一点。它们把光都挡住了。”

“科林在的话，会怎么说？他一向怜惜花木。”

“哦，谁在乎？”她气呼呼地说，“你这么想知道他的看法，自己去问他呗。”

他没有回答，只把她的包拎进了后备厢。

科林早就走了。他在坎特伯雷平原[1]上钻井，跟他的生意伙伴尼克同住。弗雷娅说，她的父亲真的越来越有钱了，也越来越谨慎，腰有点粗。尼克早餐时会做好喝的拿铁，大部分时间都是他在做饭。他还负责公司的账目。听到这些消息，维罗妮卡皱起了眉。有件事她本来想问弗雷娅，但她最后没开口。

维罗妮卡从没告诉过路易斯，她和科林究竟是怎样分开的。事实上，她没跟任何人说过，因为事情太过疯狂，也实在奇怪。

他们去吉斯伯恩[2]度假，一个拥有蜿蜒海岸和葡萄园的小城，那里的日出时间早于世上其他任何城市。虽是度假，但科林走到哪里都会带上一个小本子，他在磨炼自己敏锐的观察力，去咖啡馆时他总偷听别人聊天，还让维罗妮卡别说话——他在为写舞台剧练笔。报社的工作早就是过去式了。结果这是科林和维罗妮卡最后一次一起旅行。当时孩子们已是青少年，两人决定待在家里，这让维罗妮卡崩溃。她不敢相信，他俩居然不来。为了筹备这次

1 新西兰旅游胜地，有海洋、山脉、牧场等。

2 新西兰地名，位于北岛东海岸。

家庭假期，她付出了许多努力。

“我们住汽车旅馆吧，”科林提议，“好好休息一下，谁还需要帐篷和进沙子的午餐呢？”

到了夜里，维罗妮卡独自在城里散步。科林说，这是写日记的好时候。有时她回到旅馆，发现他坐在那里，呆呆地看着前面。他有本新书会在春天出版，书名叫《摩登精神》，一本组诗，主题是一位艺术家走出后现代的框架，踏入了自己的现实世界。他们现在有一点闲钱了。维罗妮卡又开始上班，科林通常接一些这样那样的散活儿。有那么一两次，他说，喏，你看，亲爱的，人就是没法一直创作。

每天晚上，维罗妮卡都在商店门前流连，走的是同一条路线。汽车在宽阔的街道上呼啸而过，喇叭震天，吓得女孩们尖叫连连。一天夜里，她站在已经打烊的商店门口，对橱窗里的一条裙子心动不已，打算翌日再来。突然间，她感觉自己双脚离地，被人抱进了一辆汽车。

车门在她身后“嘭”地关上。轮胎的摩擦声盖过了她的尖叫。车里有三个年轻人。后座左右各一个，再加上司机。他们都是年轻男子，看上去不是善类，留着脏辫，颈部有文身。司机身旁坐着一条罗威纳犬，它脖子上的绒毛根根直立。

正是这条罗威纳犬救了维罗妮卡。

“你在外面干吗呢？”她身边那个邋遢的年轻人问道。他衬衫上的毛羽贴着她裸露的手臂，像动物的皮毛；他的手紧邻她的膝盖，手上的指甲参差不齐。

“散步。”她说，嗓子都吓哑了，“就是出来走走。”

“想喝啤酒吗，太太？”

“不用了，不过，谢谢你。”她心里想的是，我年纪大了，这种事不该找我。她瞥了一眼那个男孩的牛仔裤，想看看他的阴茎是不是已经开始膨胀，一边强忍着不断泛起的恶心。啤酒的酸味，肮脏的座位，还有狗喷在她脸上的腥臭呼吸。

“这狗叫什么名字？”她问，尽量让自己的声音听上去温柔而冷静。

“暴君。”司机说。他语气里透露出自豪，她看得出来，自己的问题出乎他的意料。

“嗯，暴君。”罗威纳犬安静了下来，用好奇而友好的目光注视着她。“嗯。好孩子。”

它凑过来舔她的脸。

“该死，”司机说，“该死的杂种。你从哪里来的？”

“惠灵顿。”

“沃林——顿，”他模仿她说话，仿佛她是一位戴着花帽子和白手套的女王，正在戏弄他们。之后再回想这件事，她觉得那就是最危险的一刻。

“我们不如去牛奶店给它买点吃的？”她抚摸着狗的脖子。

“好啊，有何不可？”司机说。

也许他们抓她上车的时候，以为她还年轻，那样的话他们会更喜欢她。也许司机只是厌倦了兜风和冒险：“我们是穷光蛋。”

“我可以给你们钱。”

“多少？”

维罗妮卡把手提包里的东西全部倒在腿上，她数了数纸币和零钱，一共五十美元。

他们在城里兜了一圈，又回到了抓她上车的地方。“祝你有个愉快的夜晚。”其中一个男孩说道。

“再见。”她说。这条街空空荡荡，跟十分钟之前一样。她倚在服装店的橱窗上，心中满是凄凉。她以为自己再也没法复原。

直到现在，她依然感到有些羞愧。为自己什么都没做而羞愧。下一个女人也许没这么幸运，她可能没法从容应对不守规矩的年轻人，也可能不喜欢狗。

然而，当她回到旅馆时，科林从日记本上抬起了头，满脸怒气。“你提前回来了。”他说。

“出了点事。”

“哦，这样。”

她拿起汽车旅馆锃亮的茶壶，打算泡茶：“你想听吗？”

“天哪，维罗妮卡，你为什么总要打断我？偏偏在我准备开始的时候。”

她没回答。于是他说：“好吧，是什么事？”

“没什么。”

第二天早上，她说自己要回家了。她说他们不该再一起生活，这似乎毫无意义。在她羞愧的心中，潜藏着一丝感激。自由的代价似乎很便宜。

秘密。维罗妮卡自己也有了一个秘密。

可是，这么多年过去了，如今她早早醒来，依然会检查门锁，其实她非常清楚，自己前一晚确认过门已锁好；有天晚上，她在书店里听到一位年轻诗人念道（因为她发现，对诗歌的爱无须跟对诗人的爱一起抛弃）：“她把手指留在了锁里。”那位诗人说，这个句子经常萦绕在她心头。这首诗仿佛是为她写的。我不想被突然抓住，她说……我不愿冒险。

虽然她从没跟谁提起过自己的经历，但这成了她人生中众多句号里的一个。在她几十年的生命里，这个瞬间她一下子就能想起。

当她把分手的消息告诉路易斯时，他摊开手掌按在办公桌上——她是跑到诊所跟他说这件事的——泪水顺着鼻子流到他的嘴角。事实上，也不是维罗妮卡离开科林。从家里搬出去的是科林。她可以拥有这个地方——她的中产阶级垃圾堆。能离开这里，是他的幸运。

坐在德布雷特酒吧时，他可不是这么跟路易斯说的。

“她需要看心理咨询师。”他说。

“要看心理咨询师的不是维罗妮卡。”路易斯说。

“我献给她的那些诗怎么办？”科林把头埋进了手掌。

“那么，怎么办？”

“我只能放弃它们。我俩还是朋友吗？”

“你还有胆问。”路易斯说。至少，这是他告诉维罗妮卡的版本。

当时，路易斯已经跟乔琪结了婚，在这一切发生的几年前。

他们四人似乎没怎么聚过。不过，路易斯从未抛下她。

维罗妮卡靠在象牙白的皮革内饰上，仪表盘在她面前不停闪烁，他们汇入了往北开的车流。沉默不是周末的好开端，两人之间一贯的轻松融洽不见了。

“他也是我的朋友。”路易斯打破了僵局。

“我知道，我知道。”维罗妮卡答，因为有些话必须要说。关于这个话题，他们这些年来起过好几次头，却没有任何进展。事实上，路易斯的意思是……他们俩的意思是：我们一度都爱着科林。只是他辜负了我们的期望。这似乎有点无情。他们仿佛在背叛自己，背叛自己美好的感情。

“迈尔斯不是同性恋。”路易斯说，虽然她没发问。他们在环岛上等待交通恢复畅通。

“迈尔斯？哦，那个住客。”

“乔琪的朋友。”他的声音有点沉重。

“我不介意交出几张画，”维罗妮卡庆幸能借机岔开话题，“也许我可以跟这位画商聊聊。”

“我喜欢它们现在这样。哦，该死的车况。”他用手指敲着方向盘，“乔琪有的等了。”

结婚后，乔琪目中无人的自信似乎消退了。“做医生的妻子

真寂寞。”她抱怨道，语气既困惑又犹豫。

路易斯一筹莫展。“看在上帝的分上，跟她聊聊，好吗，维罗妮卡？”

“有太多责任了，”乔琪向她诉苦，“这个女人说自己疼得厉害，就快被疝气折磨死了，你觉得她会死吗？”“哦，维罗妮卡，我见不得别人挨疼，但我不知道该不该给路易斯打电话。什么才是真正的紧急情况？”“维罗妮卡，我们那天晚上出去参加晚宴。我确定他的朋友们都在笑我，医生们在芬达顿和康达拉[1]找到的妻子。就因为我来自上哈特。”“维罗妮卡，我想我太年轻了，不适合他。”

有几次，维罗妮卡觉得乔琪可能会因为这些事离开路易斯。她带着耐心与同情跟乔琪谈心。乔琪也喜欢孩子，但很长时间没能怀上，跟她在许多年前拯救的莫拉一样。不过，也有不一样的地方。路易斯和乔琪的婚姻并非没有热度。但它多年来徘徊不前，充斥着路易斯对病人的同情——这份同情叫人精疲力竭，他收集的珍宝，以及他们一年一度的旅行：意大利、法国（有个夏天一直待在阿尔勒）、湖区。乔琪吸收了一些关于音乐、艺术和美食的知识。事实上，她的经历比维罗妮卡更丰富，虽然维罗妮卡如今也有钱旅行了，而且有时候她的确会去旅行。

现在乔琪有了女儿，路易斯也不再频繁值班，他的诊所已经壮大，吸纳了不少年轻医生。四十岁那年，乔琪怀了孕，仿佛

1 芬达顿和康达拉都是惠灵顿的富人区，而上哈特经济发展以农业为主。

荷尔蒙突然被激活了。当时大家已经不会在他们面前提到有关孩子的话题，因为它像尴尬的失言。她的生活变得十分充实，跟维罗妮卡从前一样。那个金发碧眼的女孩已被一位时刻操心的老母亲取代。

她会在安静的海口旁边等着他们，她和路易斯如今住在那里。乔琪从厨房的窗口望出去，会看到一片银灰的水波，水面之上，有斑驳的木桩、漫步的苍鹭、高高的棚顶、一排篷船，还有地平线上一行细细的蓝色山顶。这是一栋房子，也是一种生活方式。两个小女孩会在金蓝相间的明亮房间里看书，房间连着厨房，餐桌已经布好，葡萄酒也开了盖。每个白天，乔琪都会接到两三通母亲打来的电话，她住在一家疗养院里。“你晚饭吃什么？”她母亲会这样问，“你出门了吗？见了谁？”有时乔琪的哥哥会打电话来讨钱。乔琪跟维罗妮卡说过这些烦心事，因为这些问题没法向别的朋友倾诉。“虽然，路易斯人这么好。”她伤感地说，仿佛希望将一个健康的家庭带进婚姻，就像一份嫁妆。

“迈尔斯到了。”路易斯说，他们挤进了环形车道。他提起迈尔斯的语气，就像提起一份礼物，包着花纸，准备就绪。但他是谁的礼物呢？如果他是乔琪的礼物，那么，为什么她会收到邀请？

“我疯了，”维罗妮卡暗自想道，“我这个爱幻想的蠢脑瓜。”她过分沉浸于历史的庞杂线索中，她自己的历史，以及别人的。她还记得自己第一次站在讲台上的样子。“历史是不确定的，”她踌躇地说，“它不是由许多板上钉钉的事实组成的。它更像一个拼图游戏，或是一个神秘的故事，每一片都导向另一片。如果凝视历史中的一片景色或一位人物，乃至一个时期，我们，我们每个人，都能发现一些别人从未看见的东西。”

“就像在厕所里找死老鼠[1]。”坐在前排的女孩说道，一个长着鹰钩鼻和雀斑的自负女孩。

“不错。”维罗妮卡没有理会班里此起彼伏的大笑，用年轻而真挚的声音说道，“有无穷无尽的联系与线索。”

然而，在事业与生活上，她一直能闻到死老鼠的味道，却没能找到它的来源。

她在这个家里的地位非常明确。她成了孩子口中的阿姨，受到大家的悉心呵护。路易斯和乔琪对她很好。

野兽派——乔琪所说的“野蛮的动物和明亮的虚无”——让她浮想联翩，话已到了嘴边。我觉得它更像是，在未知世界的心灵之旅，她告诉迈尔斯。他点着头，摸着自己的胡须。他比维罗妮卡想象中年长一些，比他们都年长，胸膛宽阔——像啤酒桶，柔软、灰白的头发齐齐剪到领口。他穿一件棕色的生丝夹克，里面是黑衬衫，光着脖子。在这个时节，这副打扮未免显得有点清凉，但在火光下看起来，他风度翩翩、精力充沛。他有一双强壮而有趣的手。不过，维罗妮卡察觉，他心有防备，不肯流露太多真实的想法。

---

1 smell a rat，字面意思是闻老鼠的味道，比喻感到有可疑之处，这里用的是字面意思。

“要是能拥有一幅夏加尔[1]，”乔琪兴奋地说，“夫复何求呢？”

这时迈尔斯皱起眉头，叹了一口气：“艺术或许会流向上流社会，但我不得不痛苦地承认，我亲爱的乔琪，我觉得夏加尔你根本难以企及，或者说，我的画廊也没法拥有。”

乔琪红了脸，就像小孩在玩耍时被大人抓了个正着。维罗妮卡已经好久没见过她了。她把褐色的头发梳到脑后，细细的金链子栖在锁骨上，颈上的血管像缎带似的不停跳动。她微笑时，上唇咧得太开，露出了牙床，仿佛在卖力地做着什么。

“不是以那样的方式拥有，”她说，“你没明白。只是为了醒来能看看它。想想心灵之旅。”

“心灵之旅，哦，是的。”迈尔斯说。

“艺术肯定不只是拿来买卖的。”维罗妮卡帮乔琪说话。

“他说的不是这个意思。”乔琪答道，声音尖锐。她开始放音乐，企鹅咖啡馆乐团[2]的《奥斯卡探戈》，强劲而激烈的音乐让维罗妮卡脑门直跳。

应他们的要求，她换了身衣服。她靠在椅背上，穿上这件外套似的灰毛衣和窄窄的黑长裙，再戴上长长的土耳其耳坠，她觉得自己多多少少变美了一点。不过，她在乔琪和迈尔斯身边，依然有点不自在，就像一个游离的陌生人，试图闯入一个群体，却不知道他们对什么感兴趣。

---

1 马克·夏加尔（1887—1985），超现实主义画家，代表作有《我和村庄》《椅前维特巴斯克的景色》等。

2 英国乐团，核心成员是西蒙·杰夫斯和海伦·利布曼，作品曲风多元，充满活力。

路易斯自进家门起，注意力就一直放在孩子们身上。两个女孩分别叫希拉里和艾瑞莎。她们抓着他的腿，想骑到他的背上。母亲一声令下，五岁的希拉里立刻跑上了床，比希拉里小两岁的艾瑞莎却不肯离开。乔琪开始上菜，她还盘在路易斯的脖子上。

“她得去睡觉。我放她们下楼玩了一晚上了。”

“好了，去吧，亲爱的宝贝。妈妈说现在该睡觉了。只能带你去睡喽。”维罗妮卡看得出，他对孩子们的爱意是如此炽热，平日的冷静一丝不剩。

“我跟你一起去，”她说，“我去跟希拉里说晚安。”

她坐在希拉里的床沿，看着路易斯给艾瑞莎盖被子，他把她的布娃娃放到她身边。如果这两个孩子出了什么事，路易斯会活不下去的。想到这一点，她打了个寒战。

“唱呀，爸爸，快唱，”艾瑞莎说，“感谢上帝之歌。”

“为了美好的一天，”他小声说，“我还要唱什么？”

“我想起来了，是：上—盎—帝保佑我。”女孩们跟着路易斯一起唱道。

“有时候我会担心，”回餐厅的路上，他说，“我想，等她们长大成人，我就老了，对她们来说毫无用处，我没有足够的时间去了解未来她们会怎样。但有时我又很自私，庆幸她们没有早点出生，不然的话，乔琪和我现在会是什么样？”

维罗妮卡打开门，正想说“跟我们其他人差不多吧”，却看到乔琪和迈尔斯肩并肩站在一起，她犹豫了一下，什么也没说，暂时挡住了路易斯进房间的路。迈尔斯端着一锅汤，乔琪从锅里拿起一只勺子。这没什么，维罗妮卡告诉自己。帮忙做家务而已。可他们的手指碰在了一起。

这顿饭简单明了：清淡的菠菜汤，巴斯克鸡肉，这道菜放了一点辣椒，中和掉了胡椒粉和橄榄的味道，法式面包，新鲜的蔬菜沙拉，奶酪。

整个下午，暴风雨一直在天边打转，终于在他们吃饭时骤然降下。屋外电闪雷鸣，暴雨如亚洲季风，笔直地劈下来。停电了，乔琪和路易斯拿来了蜡烛，他们在半明半暗的烛光中继续用餐，鸡肉变凉了，乔琪为此抱怨不已。他们多吃了一点沙拉，虽然维罗妮卡觉得沙拉有点苦。路易斯也这么觉得，而且说出了口。

"里面放了芥末叶。"乔琪说道，试图捍卫自己的领地。

"一份极简抽象派沙拉。"迈尔斯说。

"谢谢，迈尔斯。"

"一份智性沙拉。"路易斯阴郁地说道。又一道闪电劈了下来，一瞬间，他的脸变得又皱又老。

那个瞬间过去了。他们没有聊艺术，反而开始闲谈，讲起了风暴和灾难。迈尔斯率先讲了一个住在他家（当时他还有家，他说，当时他还是个有妇之夫）隔壁的老妇人的故事。老妇人爬上一棵苹果树，然后消失了。就像杰克爬上了豆茎，然后钻进了天上的洞里[1]。

最后上来的是漂浮岛，即雪花蛋奶。简直太丰盛了，维罗妮

1 出自童话故事《杰克与魔豆》，其中有个情节是，男孩杰克种下了一棵高耸入云的豆子树，顺着豆茎一直爬到了天上。

卡说。语气大概有点浮夸。

“她卡在树上了吗？”乔琪困惑地问道。

“她消失在雨中了？”维罗妮卡想到了鬼神之说。

“像熟苹果一样，从树上掉了下来。而且，正好掉在了我的围墙里——在绣球花下，一直躺在那里。”

“心肌梗塞，”路易斯言简意赅地说，“我去看看女孩们有没有醒。”

路易斯离开房间时，乔琪还在笑，因为喝了酒，脸上红彤彤的，动作也很随便。她爱上了这个男人，维罗妮卡看得出来，她观察着乔琪落在迈尔斯身上的目光。她知道乔琪陷入爱情时是什么样，她从前见过乔琪这副模样：无助地睁大双眼，鼻孔微张，仿佛在闻香，就是路易斯在理发店里跪在莫拉身边时那样。这不可能，这种对路易斯的可怕伤害——正渐渐现形。

之前她觉得自己收藏的那点艺术品在迈尔斯面前不值一提，但是现在，她改了主意。

“我考虑买几张新画，”她说，“我想看看画廊的目录，你带了吗？”

“当然。”迈尔斯边说边把目光从乔琪身上移开。维罗妮卡看得出来，他已察觉乔琪尚未察觉的事：他们的眼神被她拦截并破译了。

乔琪突兀地说道：“很晚了。你们为什么不等明天再谈？”

“好的。”他们几乎异口同声地说道。

“等我们把早餐送到你床上之后再说。我们喜欢宠着她。”乔琪对迈尔斯说，仿佛维罗妮卡需要溺爱。

就这样，整个礼拜六，迈尔斯和维罗妮卡除了陪孩子们玩蛇梯游戏，其他时间都在看目录和幻灯片，同时等着雨过天晴。外面细雨绵绵，天气很冷。维罗妮卡带着鉴赏的目光，看了几幅霍特[1]和伍拉斯顿[2]的画，一幅阿尔布雷希特[3]的画——她非常喜欢，一幅斯宾塞·鲍尔[4]的画——她欣赏了许久，以及很多别的令她眼花缭乱的作品。听迈尔斯的口气，似乎这些艺术家他全认识，他知道无数他们的奇闻逸事。她给自己有意细看的作品贴上黄标。有一幅画她特别感兴趣，画的是一个向上的神秘动作，似乎是舞蹈动作。艺术家的名字她却从未听过。

“受组诗《摩登精神》的影响，当时这组诗被谱上了曲子。”

维罗妮卡猛地吸了一口气。

“你知道那组诗？天才之作。”

乔琪就在耳力所及之处。她一整天都在附近打转。维罗妮卡决定不说谎话。“那是我丈夫写的。前夫，确切地说。”

“你跟科林结过婚？”

“是的。”

他用全新的目光打量着她：“我知道那是一次肝肠寸断的离婚。”

“并不是，就是一次离婚而已。”

---

1 拉尔夫·霍特（1931—2013），新西兰极简主义艺术家。
2 托斯·伍拉斯顿（1910—1998），20 世纪新西兰最重要的画家之一。
3 格雷琴·阿尔布雷希特（1943— ），新西兰抽象派画家。
4 奥利维亚·斯宾塞·鲍尔（1950—1982），新西兰著名画家。

“它是。科林再也没能写出那样的作品。我是后来才认识他的，在你离开之后。他跟我说过这事。最后，他放弃写作了。好吧，我想这些你都知道。”

乔琪转身离开，似乎忙着做别的事。

“这取决于你听到的是谁的版本。科林放弃写作，不是因为我。”

“你为什么这么肯定？”

“我不是科林的幸运女神。早在我们分开之前，他就不写诗了。他转投了新闻业。”

“那《摩登精神》呢？伟大的情诗之一？”

“那是早年的作品。他经常会朗诵这首诗。”

“所以，诗没了，你就离开了？”

“你已经说得非常直白。”

“你他妈的为什么这么冷静？”他们离婚后，弗雷娅曾这样质问自己的母亲，“你根本不在乎吗？”

维罗妮卡不知道。她为各种各样的事情责怪过自己——比如弗雷娅来来去去的男朋友，比如山姆在他们之间隔开的地理距离，比如自己的止步不前。她不知道这一切是怎样发生的，那次突然的散步，她拒绝回头再想。她知道，大多数时候，她很满足，她用各种小珍宝和不留一丝时间去反省的工作量淹没自己。只有来这里时，她才会被一种从前的不安攫住，她怀疑自己是不是不该再来。

但是，有那么一两次，她翻阅家里的老照片：科林，她自己，还有孩子们。她惊讶地发现，照片上的自己已经与科林微微站开了距离。这就是历史之所以是历史的原因，她想，我们当下没能看穿发生了什么。

“或许是我唐突，”迈尔斯说，“但科林提过，有一位旧日的挚爱抛弃了他。这听起来很悲惨。”

“哦，挚爱。”她说，语气跟他否定乔琪的心灵之旅时差不多。

“我只是猜测。万分抱歉，维罗妮卡。”

“接受你的致歉。”她感到有什么东西在周围合拢，从前的法兰绒，以及蝙蝠在头发里振翅的感觉。

“不管怎样，你喜欢那幅画。”他执着地说。

“一个巧合，剩下的我之后再看。”她一边说，一边推开他的目录，打了个哈欠。这个哈欠不是装的，维罗妮卡的确感到筋疲力尽。迈尔斯把目录放在一边，有点懊恼。

“你俩相处得还好吗？”路易斯经过时问道。他把艾瑞莎扛在肩上，手里牵着希拉里。天开始放晴。“谁想一起出门散个步？”

“我们都想。”乔琪牢牢地看着坐在沙发上的迈尔斯和维罗妮卡，说道。

于是他们一行六人，穿过渐浓的暮色，散起了步。云朵有深琥珀色的，有金色的，雷暴雨后通常如此。他们的靴子在草地上留下了凌乱的痕迹，海口在他们身侧延展。一群尾部有白色褶边的黑色涉禽把橙色吸管似的细长鸟喙伸进水里，又拔出水面，仿佛在啜饮。

打滑，啜饮。科林会喜欢的。有那么一会儿，维罗妮卡怀念起从前。

乔琪走在迈尔斯身边，他们步子很慢，乔琪谈兴正浓。另两个人跟在后面，跟孩子们一起，跌跌撞撞地在沼泽地里跋涉。风吹着他们的脸颊，推着他们不断前行。路易斯望着前面那两个低头交谈的脑袋。他不是愚钝的人，维罗妮卡心想，很快他就会弄明白的——如果现在还不明白的话。她心中掠过一阵对他的同情，或许还有更复杂的感情。

“我们得赶上他们。”她说。

但是，迈尔斯和乔琪已经远远地走在了前面，他们爬上一个山脊，轮廓映在夜晚的天空上，像地平线上的黑色木偶。

“我觉得孩子们走得够远了。”路易斯说。希拉里一直在抱怨胶靴进了水。

“你能帮我跟乔琪说一声吗？我要回去了。”

维罗妮卡出现时，乔琪吃了一惊。迈尔斯倒没那么惊讶，仿佛有点期待她的出现。

“我想我也得走了。”听维罗妮卡解释完孩子的事，乔琪噘起了嘴。

“也许迈尔斯和我可以再往前走一点。”维罗妮卡大着胆子说。

即便如少女般陷入热恋的乔琪，此刻也明白了，凡事适可而止。她转过身，大步穿过农场。她呼唤着自己的家人，然后跑了起来，抱起希拉里，让她骑在自己背上，就像路易斯把艾瑞莎背在自己身上那样。他们看上去像一个充满欢笑与幸福的完美家庭。维罗妮卡的心都碎了。她想，也许这次他们能逃过这一劫，但往后会有一次又一次的劫难，因为乔琪已经不再满足。

迈尔斯几乎是下意识地把她的手放进了自己的口袋，并且在她把手抽出来之前，与她十指相扣。他们的手指缠绕在一起，这种亲密令人欣慰……就像跟一个与别的女人跳过舞的男人共舞，而那个女人也曾与别的男人一起跳过舞。

“你跟我想象中不一样——如果说我曾期待结识你的话。”他们继续散步时，迈尔斯说道。

“那么，你以为我是个什么样的人？”

“一个心肠很硬的人。”

“哦，我心肠是硬。”

“不，你不是。你喜欢拯救别人。除自己以外的人。”

“这太自以为是了。有些人本不该被拯救。”

“啊，乔琪。我在想，什么时候能听听你的课。科林说你是老师。一位很好的老师，他说。”

“我不想再听到科林对我的看法了。”

“跃入黑暗时你叫我带着信仰……”他改变了策略，吟诵起来。

“是的，是的，”她说，“《摩登精神》。我知道。”

“好吧，你当然知道。哦，天哪，夏日里烂漫野花的香气，全在诗里，那么性感，沉醉在那种芬芳里的恋人。某样东西走到尽头的感觉。不过，当然了，它对你来说一定只是个开始。”

“那是很久之前的事了。”

“爱，总有代价……”

“是的。”她再次说道，声音比预想中尖锐。她拂去脸上的发丝。

“他的确是写给你的，对吗？”

“你才是懂这首诗的人。”一种绝望的不安浮上心头。

“那么，他是为谁写的，维罗妮卡？”

“哦，谁知道呢？我的意思是，诗歌是绚烂的创造，跟绘画一样。”这话从她口中讲出，显得世故而智慧。

“或者说，跟历史一样？”

她踌躇着问道：“路易斯知道你认识科林吗？”

“我们从没谈起过科林。我要告诉他吗？”

“也许不要。”

“那么，路易斯在这个故事里扮演什么角色？”迈尔斯问道，语气很随意。

“什么也不是。我就是随口一问。”

只是，这个话头是她起的。路易斯。路易斯。

路易斯和科林，还有过往夏日的狂野香气。

科林和德鲁。

“路易斯是我俩交情最久的朋友，”她生硬地说，“他和我一直彼此关照。”

“我明白了。”

在那个惊愕而可怕的瞬间，维罗妮卡意识到，他真的明白了，而她，终于，也明白了。路易斯和科林从未离开过对方，至少在德鲁出现之前没有。

“听起来，人人都想照顾路易斯。”迈尔斯说。

“为什么这么说？”她的声音依然哽在喉咙里。

“乔琪有次跟我说，是她拯救了路易斯。他被甩了。唔，我想你都知道吧。”

“当然。”她小声说。

科林和德鲁。不再是路易斯和科林了。甚至不是路易斯、科林和维罗妮卡。一路走来，在某个地方，她就是爱情必须付出的代价吗？为什么她从没想到过？

“他欠我的，乔琪是这么说的。”迈尔斯身形优雅，陪着她慢慢走过农场。跟她说这些话时，他一直看着前方。

乔琪。连乔琪都知道她没能弄明白的事。更糟的是，乔琪早就洞悉了所有的事，自莫拉坐在理发店的椅子上哭泣，将一切对她和盘托出的那一刻开始。坚强的小乔琪，出生低微，却洞若观火。她早已知道自己会陷入怎样的境地。

迈尔斯突然有些懊悔，温和地说道：“我猜是某个路易斯认识的女人吧，也许已经结婚了。大概如此。”

“是的，大概是的。我该回去了。”她想着，今晚我要回家。我快生病了。要么对他们说，弗雷娅需要我，得有人载我回去。

“我下次进城时，希望能见到你。”迈尔斯说。冷空气扑在她滚烫的脸上。

维罗妮卡丝毫没有察觉，他们已经走进了山上的松林，并且钻到了树荫下面。“我想和你做爱。”他说。

“不要。”她吓坏了。

“或许会很愉快。我俩都会。”他们挨得很近，呼出来的雾气模糊了对方的面孔。他俯身吻她。

“停下，请停下。”她的腿在颤抖，甚至在回吻他时也是。她看得出来，是他把自己带过来的，他知道目的地在哪里。他之前一定和乔琪来过这里，甚至在今天下午，他也许依然以为维罗妮卡和路易斯会一起回家。

“把衣服脱掉。”他贴在她耳边说道，手指急切地解着她的纽扣。维罗妮卡觉得自己已是赤身裸体。她又遭到了伏击。只是，一团炽热的欲望之火正在舔舐她的胯下，这熟悉的往日火苗一直潜伏在她的记忆里。他可以的，她想。就像分享一个不断变幻的球，那些孩子们吮吸并传递的棒棒糖。他光滑的阳具躺在她的手中。

在雾气中脱衣服很麻烦，裤子黏在皮肤上，短裤不体面地缠住了她的脚踝；他迅速地将她放倒在地，于是在昏暗的紫色灯光下，他再也看不见她白皙的双腿。他们什么也没做，什么也没有。他说哪里出了问题，哪里不对劲。有味道，他说。

像是腐肉。他俩不是独处。

这一点，他们在分开时才发现。有条手臂躺在他们身旁。只是一条手臂，不是整个身体。从毛发和厚竹片似的手指来看，那也许是男性的手臂。没法判断它为何会出现在那里，也没法知道它是怎么从身体的其他部位——如果一个完整的身体可以被这样描述——脱落的，虽然维罗妮卡觉得上面沾着一点医用纱布。

他们整理衣衫时，排练了一下该怎样向路易斯和乔琪描述这件事。他们还没熟稔到能相信对方的谎言。“我们在松树底下散步。”他们会说。为什么在松树底下？乔琪会明白，但没法宣之于口。路易斯会猜测，也会说出来——至少会对乔琪说。

这些事，以及其他会接踵而来的事。

厕所里的死老鼠。

那座房子孤零零地矗立在远处，在灯光和柴烟中闪闪发光，就像彗星的尾巴。维罗妮卡会站在光圈之外，路易斯和乔琪则惊恐地靠近彼此。

后来，乔琪会离开路易斯一段时间。孩子们会很难过，接着，她又会回到他的身边。路易斯会在城里买个房子，于是她有更多时间去过自己的生活；有阵子，大家会撞见他跟其他女人长时间共进午餐——仿佛是为了说明什么，但维罗妮卡不在其列。

维罗妮卡以为自己会想念路易斯和乔琪，但她没有。至少，没有非常想念。分道扬镳一开始的确令人痛苦，之后，他们只会在每年的圣诞节给对方发一封祝福邮件。一些冷言冷语已经讲过了。她与路易斯对峙时，他一心回避。*别这么幼稚了，维罗妮卡，*他说，*有些人选择视而不见。*

路易斯，她的路易斯。她是一个从未真正懂得爱情的女人吗？她扪心自问。有时她会想起，他们三个人，她、科林、路易斯，他们分别爱着另一个人的时候。倘若这个铁三角没被打破，他们也许会永远在一起。

她会有一段愉快的恋情，跟一个年纪小一点，但也没有小到离谱的男人。重新点燃的欲望没那么容易熄灭。他紧贴着她的皮肤摸起来就像月季。她抱着他时，感觉他肋骨纤细，身上隐约有异国气息。是她儿子叫这个男人——一位海事研究所的访问科学家——来拜访她的。“请让他宾至如归。”他写道。

好吧，山姆。

最终她觉得，她还是最适合孤身一人。朋友们问起时，她会说，回忆是个好东西。我一个人就很好。

有天晚上，科学家走了，维罗妮卡突然想到，莫拉也许早就死了。她不会去问德鲁·麦奎尔，他突然重新在学校出现后，没过多久便再次消失了。她时不时会想，他为什么要回来，他的出现就像一个神秘的恶作剧。

她脑袋里全是老歌，那些挥之不去的歌词，他们年轻时唱的：《轻歌销魂》《玻璃之心》《我的故事》……其中有一句，关于生命的开始和结束，跟谁一起？跟某个人……只是，她的生命不会跟任何人一起开始或结束，或者说，不会跟某个特定的人一起。她开始小心翼翼地尝试写属于自己的诗。她这样开头：

从前在青葱岁月

　　我开始……

这些诗会把她带回遥远的过去。短暂的爱情，或漫长的天真？她接着写下去。

她得知，自己的女儿就快分娩，这跟爱一样吸引着她。哦，也许，爱真的在向她走来。

香气浮动

游　泳

总理的毛巾是绿色的，两端各有一条窄窄的粉色条纹。一条女士挑中的毛巾。现在它躺在池边，总理踏进泳池前，随手将它扔在了那里。他身穿羊毛泳衣，背带勒在肩上，像一只黑色的海豹，在水中来回穿行。强壮的手臂不停拍打，肩膀抬起、下压，再抬起，蝶泳的姿势完美无瑕。虽然速度与活力如影随形，但他将这一刻用来沉思。这里没有秘书，没有喊他开会的铃声，也没有推到眼皮底下的文件。在这个地方，没人能闯入他的疆界，至少，在他脑中如此。

他并非没有观众。有些人喜欢亲近强权，声称自己见过戈登·科茨[1]穿泳裤的样子。我离他很近，一伸手就能摸到他，他

1 约瑟夫·戈登·科茨（1878—1943），曾任新西兰总理，任职期间为1925至1928年。本篇小说由菲奥娜·基德曼根据科茨的真实故事改编而成。

们回家后会这样说。他们多半来自乡下，来城里是为了观光。他们爱戴他，因为他是自己人，一个飞上枝头的乡下孩子。他学历不高，他们继续说，跟我们一样，没在学校待上太久，但看看我们是怎么过活的——我们的名字后面同样没有花哨的字母，他却已经攀上了巅峰。觐见国王时，他身着镶穗外套和白色马裤，脚蹬搭扣皮鞋。这些赶来观摩总理锻炼的观众，没有站在有瓦遮头的走廊里，而是挤在池边低低的小道上，因此总理游完泳后，必然会经过他们。瑟顿泳池的更衣室上方有一座方形塔楼和两个装饰性穹顶。冬日将近，风中有了寒意。你或许以为这会让总理却步，但他无论晴雨，每天都来，就连惠灵顿的南风席卷港口时也没停下。男性观众穿上了假日里最体面的长裤，裤腿有点松，膝盖处磨得发亮，上身罩一件夹克，里面是高领单衣，围巾在身边飘扬。女士们攥着自己的披肩，专为这天而穿的簇新短裙下，一双腿瑟瑟发抖，钟形羊毛帽罩在耳朵上。

他从水中抬起头，在这个5月末的清新早晨，他闻到附近民宅里袅袅升起的柴烟，喉咙深处突然一阵疼痛，眼前不再是蓝色的池底，而是一道浓重的绿光，阿拉帕瓦河潮起潮落，长满红树林的河岸间咸潮滞缓，绿光匆匆扫过大地。他敏锐地捕捉到一丝香气，这香气从露天农场的柴火堆里升起，燃烧着的也许是一棵倒下的大果柏，也许是果园里的老苹果树。高耸入云的火焰后面，一座房子贴地而起，阳台低悬，柱子上爬满藤蔓。笑声和歌声穿过绿色的田地，从凯帕拉[1]宁静的空气中传来，他知道，毛利邻居崭新的一天开始了。他侧耳细听。

抬头的瞬间，他看到了那个孩子。一个小女孩，眼睛黑得像动物园里黑豹的毛皮，肌肤却是暗淡的深褐色。她大约五岁，穿一条破旧的黄色棉裙，冻得发抖。她似乎不清楚自己身在何处。总理知道，这个地区住着一些贫困儿童，不过他们通常在悉尼街和阿斯科特街出没，他们的家在那里。那一带挤挤挨挨，全是工人的棚屋，如果孩子们把手伸出窗外，就能牵到对方的手。这个孩子好像迷路了。

有点不对劲。一瞬间，他想：不可能，不可能是她——她们当中的一个。她怎么可能找到他？然后他想：当然不是，这孩子年纪还小。他游到池边，泳兴已过，于是站起来，飞快地抖落身上残留的池水。他抓起毛巾擦眼睛时，胡须上的水珠在胸口洒下一道道弧形水雾。一个男人走上前，用自己的布朗尼相机对准总理的高大身躯。

“不，”他边说边举起毛巾，挡住自己的脸，“今天不行。”他认出了那个男人的鸭舌帽，帽檐朝后扣在头上——记者特有的浮夸。他见过这家伙太多次了，即便这家伙是自由党安插的眼线，他也不会觉得奇怪。这人给总理拍照片都挑在最奇怪的时刻，例如当总理以最绅士的方式与一位内阁部长的妻子跳舞时——出于善意，他才担起这样的社交责任；又如他在餐厅抽雪茄时——当

1 新西兰重要港口，位于北岛西北部。

时他吃完了肉和土豆，在等甜点。他心下怀疑，那人至少想把他拍成一个小丑，或者，更糟糕的是——想把他拍成一个色鬼。

“科茨先生，”一名仰慕者扬起手里的纸和笔，喊道，“签个名吧，先生。”他目不斜视地擦身离去。“他十分高大，有点傲慢，”之后他们会这样说，“他要操心的事情太多了。比如经济。最近形势不大好。他应该是念着我们的。那天他只是没看见我们。”

到了更衣室，他均匀地深呼吸，试图恢复平静。然后仔细擦干身体，像掀起女孩的裙子那样，轻柔地将睾丸提到腹股沟上方，在褶皱处撒上滑石粉。穿戴整齐后，他站到镜子前面，整了整自己的波点领带，扣好背心的纽扣，检查了一下口袋里的白手帕，然后从内袋的烟包里摸出一根卷烟，吸了一口。

外面下起了雨夹雪。人群已经散去。只有那个孩子站在原地看着他。也许，她只是在看前方，仿佛想找到自己应该待的地方。

“怎么了，孩子？”他自己也有女儿。她依然没有作声。他脑子一热，在她面前蹲了下来。

“你刚搬来这里，是吗？”

她点点头。

“来了几天了？”他举起一只手，张开手指，一边把大拇指弯进掌心，一边大声数数，接着依次屈起其他手指。刚数到二，孩子便伸出自己的手，把他的手指包进手心。

“两天，嗯？才来两天。你是从哪里来的？”

她默默地摇了摇头。

“你叫什么名字？”

“珍妮。”她小声说。

“珍妮，姓什么？”

“珍妮·麦考。”她的声音略带喉音。

“你知道自己住在哪里吗，珍妮·麦考小姐？”

她又一次摇了摇头，但他下定了决心。这个名字已经向他提供了足够的信息。现在这里没多少毛利人了，虽然他们曾经遍布全镇。

这孩子就住在某间工棚里，也许就在阿斯科特街。母亲是毛利人，父亲则是苏格兰人。因为，如果父亲是毛利人，他们就租不到房子了。我有一位妻子，还有个孩子，那个男人是这么说的。在他们搬进来之前，谁也不会知晓妻子的情况。今天，来这里的第二天，珍妮要去上学，现在却迷了路。科茨先生站起来，紧紧牵着珍妮的手，他已经把一切都想明白了。半个小时后有一场内阁会议。倘若速度够快，他刚好有时间把珍妮·麦考送回她母亲身边。他的毛巾有点潮，但没湿透，于是他把毛巾裹在孩子身上，为她抵御寒风。事实上，他好奇心大作，想见见这位母亲，他已在脑中勾勒出她的形象。他俩手牵着手，沿着蒂纳科里路轻快地往回走，准确地说，珍妮一路小跑，才能跟上自己的保护人。他经过自己家时，加快了步伐，不想被人撞见。他们路过了许多商店和牧羊人之手酒吧，在那里，有些人喝上了今天的第一杯酒：下班后的醒神酒。他们也许开粪车，负责收集人类的屎尿；也许是面包师，刚做完早晨第一炉面包；或者是铁路工。他们疲倦不已，穿着脏衣服，挥舞着拳头，点上一品脱啤酒。这时你根本分不清谁是谁，面包师除外——他们浑身都是白色的面粉。有人大声跟他打招呼，科茨摸一摸帽檐，目不斜视，一心想着给自己布置的任务。俩人陡然左转，拐进了阿斯科特街。

“是这里吗，珍妮？你觉得自己住在这条街上吗？”

孩子点点头，伸手指了指。这里的房子又小又破，油漆已经斑驳，在惠灵顿咸涩的空气中起了泡，但这里依然弥漫着体面的氛围，一排排晾洗衣服在潮湿的空气中翻飞，冬天的蔬菜排成了行——有卷心菜和胡萝卜，土壤黝黑，刚刚经过翻耕。只有珍妮拉着总理走近的那间疏于打理的屋子，窗户上斜斜地挂着一道窗帘，往昔的花园里杂草丛生。这家人刚搬到这里，科茨先生心想。他们很快就会把这个地方收拾得井井有条。

小女孩挣脱他的手心，在小路上飞奔起来。没等他反应过来，女孩已经消失在房屋一侧的洗衣棚里，接着，门“嘭”的一声关上了，女孩没了踪影。

这不尽如人意。他执意敲响那扇勉强能被称作前门的东西。一个女人的脑袋从栅栏上方冒了出来。“怎么了，总理，什么风把您吹来了？”

“我发觉这孩子迷路了，”他生硬地说道，像被抓了个正着，仿佛几分钟前，妻子走出了总理府邸，“孩子的母亲在哪里？”

“啊，”那个女人说，“她没有母亲。上个礼拜，一个叫乔克的男人带着这个孩子来了这里。他说孩子的母亲死了，她得了流感。”

“我以为这孩子还离不开母亲的照顾呢。”

“哦，谁知道呢，这都是他说的。她自己照顾自己。您走哪条路来的，阁下？从牧羊人之手那儿吗？您竟然没看到她老爸，也许他已经喝醉了。晚饭时分会有人把他送回来的。”

总理在裤兜里摸索着。“如果您能帮我关照一下这孩子，我将不胜感激。”他掏出一张一英镑的钞票，塞进了她的手里。

他犹豫了一下，然后弯下腰，捡起那条从珍妮·麦考肩膀上掉落的粉条纹绿毛巾。

治　国

“大家好啊，人都到齐了。”总理冲进内阁会议室时喊道，仿佛是他准时恭候各位内阁部长，而不是别人在等他。他在头顶挥舞着一沓文件。

围在桌边的这些男人本在研读当天的议事单，现在他们抬起头，情不自禁地在烟圈后面微笑起来。事情总是这样：每每情况变得棘手，收支难以平衡，科茨就会闯进来，沉重的国家事务一下子变得轻松起来。但这个早上，总理没心情开玩笑。

“我有个新主意，”他宣布，“我会提出一项新法案，给年轻的毛利人提供更多教育机会。”

“这不在议事单上。”阿尔伯特·戴维说，他是党内的顾问。最近，戈登·科茨对他起了疑心。从前戴维似乎一直是他忠诚的朋友，但这些天生出了一丝狡猾的意味，仿佛心中有所保留。有时戴维咄咄逼人。前一晚，他和科茨在贝拉米餐厅共进晚餐。正当他们吃着猪排、喝着威士忌时，戴维先生带着一丝不快说，尊敬的总理为了争取毛利人的选票，损害了大多数人的利益。“你不觉得吗？”他说，“倘若银行没钱了，你的欧洲选民也许有理由抱怨，消失的资金没花在他们身上。”当初就是他想出了“跟着科茨可劲儿干[1]”这个绝妙的口号，让总理在选举中大获全胜。

“我有毛伊·波马雷爵士的支持，”总理当时说，“而议会的另一边，阿皮拉纳·恩加塔爵士也将全力支持我，虽然我们分属不同阵营。”

“这就是问题所在，”戴维说，“你总在错误的地方交朋友。你是个农民，却跟毛利人和劳工联合会的人混在一起。这个国家的其他领域，你已经不上心了。”

“戴维先生，您最好记住，说话时要礼貌一点。”科茨说。他刚刚点燃一支雪茄，把烟喷在了戴维先生的烤土豆上。他真希望自己没这么做。

“我想毛伊爵士已经知晓此事，”戴维转向身边的内政部长，平静地说，“但这位尊敬的议员是卫生部长，不是教育部长。”

毛伊·波马雷转动自己硕大英俊的头颅，看着顾问，露出轻蔑的表情。他当过医生，在美国待了很多年，讲话时带些许鼻音。“健康、教育，两者密不可分。就算你找个傻瓜问问，他也会告诉你这个显而易见的道理：毛利孩子不只需要健康的体魄，当然，健康是一切的基础，但他们如果不去学习与了解白人的世界，终将失去立锥之地。”

---

1 原文为 Coats off with Coates，Coats 与 Coates 同音，朗朗上口。

“也许毛伊阁下比我们早一步了解了您的想法，总理。”

科茨迎向戴维的目光。“我是在上班路上想出来的，”他说，“这关系到父母的责任，他们应该确保孩子们按时入学，无论是进当地的学校，还是其他学校。”

“那么，如果这是您早上刚想出来的，我们就不能把它放在今天的议事单上。法案必须白纸黑字地写出来。”

科茨耸耸肩：“这件事会提上日程，还会向大众公开。”他笑着捋了捋自己赤褐色的头发。辩论厅在等候他的光临，那里有华丽的家具、厚实的地毯和绿色的皮椅。他为观众席——民众可以旁听——做好了表演的准备。女士坐在单独的包厢里，不过她们需要排队买票，男士则不必凭票入场。总会有一些女性观众露面。她们大多穿着华丽，肩上随性地搭着裘皮披肩，头上戴着斜檐帽，嘴唇像红红的弯弓。他不时抬头扫视，要是有哪位女士想引起他的注意，他立刻就能发现。

他要让内阁继续揣测。他跟他们一样了解规则。至于想不想打破这些规则，完全由他做主。

瞄　准

总理府邸最叫他喜欢的，是车道旁郁郁葱葱的大树。它们是土生土长的新西兰树木，叶子油亮，颜色深沉，枝繁叶茂。在这样的夜晚，树上结着挂满露水的蛛网，屋内洒出的灯光将它们照得闪闪发亮。他沿着车道往上走，想起了北方的那片土地，地上残留着灌木树桩，而草籽已被密密播下，旁边是烧焦的大地。他是那片土地的主人，这一点他只想忘记，可它恍如梦境，不停在他脑中浮现。那里灌木丛生，非常茂密，倘若不时刻保持警醒，不出一分钟就会迷路。他在自己的府邸种了一棵贝壳杉，一千年后，会有人对着它啧啧称奇，惊叹它是如何长在了这座城市里。

位于蒂纳科里路260号的总理府邸坐落在路边，是一栋两层木屋，也被称作Ariki Toa[1]。右侧入口处掩映着一条巨大的封闭式玻璃走廊，走廊尽头是会客区，凸窗由漂亮的彩色玻璃和引窗组成，枝形吊灯闪闪发亮。它的华丽阵仗将他包围。他一直坚信，自己会在这个世界上拥有一席之地。仿佛这是他的宿命。

扑过来迎接他的先是孩子们的声音，然后才是孩子们自己，一个抓住他的手，一个扑向他的膝盖，一阵手忙脚乱。伊瑞·朗吉——他获许给她起了个毛利名字，虽然她的皮肤白得像牛奶，发色跟他一样，是隐隐的赤褐色。还有特丽夏和约瑟芬。“爸爸，爸爸，”她们喊道，“你去哪儿了？”

他告诉她们，今天工作很忙。接着保姆发话了：“安静，安静，女孩们，现在听爸爸的话。”年长一些的女儿——他觉得应该是希拉——在远处弹奏甜美而梦幻的曲子。也许是《致爱丽丝》，年轻的女孩都喜欢弹这支曲子，她们刚摸到音乐的窍门，不再用琴键敲击音阶和童谣。一屋子女人：五个女儿，她们刚洗过的雪白身体上散发着甜美的香气；还有保姆，她也非常年轻，

1 Ariki 意为“酋长，首长”，Toa 有“帮派”之义。

头发和眼睛都是黑色的，很会穿衣打扮，虽然她的脚踝不好看。从她身边走过时，他很想拍她的屁股，看看她的反应。以及，在某个地方，这里的某个地方，在迎接他的喧闹声之外，还有玛吉，他漂亮的妻子，她有一双含情脉脉的蓝眼睛。

“她人呢？”他问保姆。她看着他，皱起了眉头。他心中一沉。他忘了，保姆喜怒无常。玛吉告诉过他，保姆一直情路坎坷，因此在她情绪欠佳时，他们得和气一些。只是有时他担心，保姆会代妻子表达不满，而这些不满玛吉自己永远不会表露。他这会儿做错了什么？

“躺着呢。”保姆说。

“她不舒服吗？

“你的爱尔兰血统作祟了，”这个女人答道，“全都疯了。你从来没停下来想一想，是不是？”保姆是苏格兰长老会教徒。在决定来这里工作之前，她考虑了很久，虽然总理夫妇是新教徒。当时她说，爱尔兰人永远没法成为她这样的新教徒。这话逗得总理哈哈大笑。现在倒是没人觉得这话好笑了。

玛吉披头散发地朝他走来，她双颊通红，面带泪痕，似乎真的躺在床上哭过。她手里抓着晚报。

“戈登，”她说，“你怎么能这样？”

报纸头版刊着一张照片：他和珍妮·麦考手拉着手，走出了瑟顿泳池。

求 爱

芬芳。一开始，吸引他的是玛乔丽·科尔身上的香气。他初见她时，这个可怜的英国姑娘刚满十六岁，她不顾父亲的劝阻，来新西兰投奔姐姐和姐夫。她父亲是医生，见过人生百态。这孩子本可以在家里过舒坦日子，却非要奔赴殖民地，简直荒唐。但她的姐夫病了，正如玛乔丽对她父亲说的那样："如果可怜的奥特病情恶化，巴布斯要怎样在那些毛利人中间生活？"她姐姐在信中写道，他们打算去海边一个叫凯帕拉的地方租间小屋。那里天气很好，果园也已经种妥，水里都是鱼。玛乔丽曾在书里读过，那里的第一批移民站在岸上，听到港口的鲷鱼把贝类咬得咯吱作响，她大声把这些资讯读给他父亲听。生活会很轻松。

"那些毛利人怎么办？"她父亲问。

"毛利人不多，"玛乔丽毫无惧色，"凯帕拉的毛利人自相残杀，已经所剩无几了。"

她的船驶入奥克兰时，巴布斯和奥特已在岸边等她。三人一刻也没耽搁，立刻乘坐火车和渡轮，前往他们在海边的家。对他们这次的冒险，玛乔丽已经没多少把握。航行途中，一些北方人告诉她，凯帕拉港入口处十分凶险，不少人死在了那里。旅途的最后一程，轮渡颠簸倾斜，她觉得自己随时可能丧命。

那间小屋，跟英国的小屋没有任何相似之处，它更像园丁存放工具的棚屋，只是更宽敞一点。一道帘子隔出了一间所谓的卧室：卧室一侧是一张双人床，另一侧是她的单人床。几位旅人出发时带了一只羊腿，抵达的第一晚，玛乔丽把它放进冰冷的炉子，试图生火。奥特上床睡觉了，他在旅途中发起了高烧，巴布斯在给他擦拭身体。外面微弱的光线中，一个男人骑着马走近。那是戈登·科莰，他听妹妹说，新住民已经带着大包小包的行李抵达凯帕拉，便骑上马背，从卢阿图纳的家中赶来这个路边小屋。

“一切还好吗？”他对站在门口的女孩喊道，她心烦意乱地拨弄着自己的鬈发。显然，一切都不对劲，于是他下了马，走到她身边。她低着头，这样他就看不见她的眼泪。他用手指托起她的下巴。如此湛蓝的眼睛，他从没在别的女孩脸上见过。虽然她很是狼狈，但他还是闻到了玫瑰香水的味道，混合着女孩身上清新的体香。他这辈子一直等着这个时刻的来临。

只是，她还是个孩子。他明白，这是不可能的。

后来，奥特离世，巴布斯又嫁了人，搬去了澳大利亚。他发现玛乔丽在惠灵顿的大百货公司“柯尔克卡迪&史丹斯”上班，她在香水柜台当售货员。不，事情不是这样的。巴布斯写信告诉他，她的妹妹去了首都。她不想给他添麻烦，也知道他忙于国家大事，只是玛乔丽还是个小女孩，也许他可以到她工作的地方看看。这事发生在他成为总理之前。不过，他在众议院的演讲震撼人心，给穷人带来的变化如此巨大，因此人人都认识他。当时他即将赶赴战场。门卫见他走进商场，向他脱帽致意。二楼钢琴奏出的优雅音符，顺着楼梯飘了下来。女士们朝茶室走去，那个地方他以前进去过，他知道里面有成排的蛋糕、司康和小黄瓜三明治。

此刻，从许许多多花园里提炼出的香水朝他袭来。玛乔丽正全神贯注地往一位顾客的手腕上涂香水。她抬起头时，漂亮的粉色嘴唇冲他微微一笑，仿佛她早已知道他站在那里。裙子从她的胸口优雅地垂下来，托住老人手腕的双手柔软洁白，小小的指甲是贝壳形的。他想拥她入怀，想和她一起躺在床上。他想，这就是爱。虽然他拥抱过很多女子，她们也曾对他说“我爱你”，但他从未跟任何女子讲过这话。他觉得自己的心是一块冰冷的石头，但它现在不是了。有那么一瞬间，他不得不稳住自己，情感上涌，令他头晕目眩，何况空气中一直弥漫着茉莉花和薰衣草的香味。柜台主管立刻同意科尔小姐与自己的绅士客人提前共进午餐，眉毛都没有皱一下。只因他是科茨先生。

“我们好多年没见了。”他突然表白时，玛乔丽这样说道。当时他们还没坐定。

“这并不妨碍我对你的感情，”他说，“十几年了吧。这无关紧要。”他们走进茶室时，他对一位服务员说了几句话，现在，就像变魔术一样，这位女士端着茶和装满点心的银架子出现了。

“你都不认识我。”她咬了一口黄瓜三明治，没吃那些涂了果酱和奶油的司康。

“我当然认识你，”他说，“你以为我在北方没有留意过你吗？”

“我可听说你留意的是别人。”

他登时涨红了脸：“小地方总有流言蜚语。”

“那么，那不是真的？”

“都过去了，”他顿了一下，“无论真假，早就过去了。要不是这样，我现在肯定已经结婚了。”

“你确定吗？”

“在政治上，我跟毛利人的福祉结了婚。”他生硬地说道。

“但在你心里不是这样？”

“在我心里当然也是如此。面对不公，谁也不该袖手旁观。我得忠心不二。”

“对谁，科茨先生？你要忠于谁？”

“人民，”他说，“你看到凯帕拉的现状了。我要忠于凯帕拉的人民。”

她摩挲着膝盖上的亚麻布，将粗糙的布边捏出了一道道褶子。

“我们的家会安在那里吗？”

“最终会的。”他说。他把自己的手放在她的手上，感到她已臣服。“但是现在，你要待在这里，上帝保佑我能从战场上平安回来——终有一天，我向你保证，你会住进总理府邸。”

接下来的那个礼拜，他给她买了一套琥珀色香水瓶当结婚礼物，那些瓶子能摆满整个梳妆台，瓶身倒映着黄色的光焰。他会要她，再要她，在他起航之前。他还会给她留下一个女儿。不过，那时戈登·科茨常给女人遗下一个女儿。他会以英雄的形象回到她的身边，女儿们也会接踵而至。

土 地

在北方，消息向来传得飞快。一天早晨，在凯帕拉上空，一群扇尾鸟围着特马特·马努卡乌家门口飞来飞去，虽然他和妻子竭力阻拦，还是有一只鸟飞进了屋里。特马特·马努卡乌对妻子说，南方出事了。声音很是苦涩。

鲁阿瓦伊平原上那块面山的土地曾经属于酋长，女儿诞下第一个孩子时，酋长把这片土地送给了自己未来的女婿。当时，他以为这个男人会成为他的女婿。更多的孩子出生了，酋长始终不改信念。这个男人会娶他的女儿，他为此自豪。这个男人自己也是酋长，是天之骄子。

至少，酋长当时是这么想的。如今他已不再觉得这桩婚事能成，虽然有时心中仍会涌起一丝残存的希望。扇尾鸟飞进家门，这不是好兆头。自从放弃了那块土地，他总会想起这事，想起自己是怎样失去了珍贵的土地。那个本会和自己的女儿结婚的男人变了心，跟另一个女人生了更多的孩子，并且同样抛下了她们，其中有一个孩子已经死去。

他的思绪飞到了外孙女身上，她们在不远处嬉戏。只不过是希望破灭了，他想。他知道，他最期盼的事不会发生了。

他看见女儿站在远处。瞧她的站姿，她应该已经得知了什么消息。很快，他自己也会知晓个中细节。眼见着她低头走过农场，来到了河边，他厉声呼唤她的母亲。

她的目光穿过女儿走过的路。他们看见，女儿跪在水边的泥地里，被红树林包围，身上的每一处线条都透露着绝望。“拦住她。”特马特向妻子发出命令。妻子比拄拐的他跑得快。

“她会回来的。”

特马特打起精神，催促着妻子。

“她很快就会好起来的。”她说。

“你怎么知道？”

“她知道他走了。早就知道了。别吓着她。”

那么，事情如他所料，虽然没人跟他们说过；跟那个男人有关。

过了一会儿——其实只有一两分钟，却漫长如永恒，他们的女儿站直身体，沿原路返回，一边用沾满泥土的衣袖擦拭面庞。她的大女儿跑向她，拉起她的手。

阿罗哈[1]，我亲爱的，亲爱的，要幸福。

的确，她曾想滑入河中，让河水把她冲出凯帕拉港口。自然，父亲一直在生气。美丽的土地，依然密密生长着灌木、高树、深绿色的蕨类植物，还有一片托塔拉树。

但父亲的怒火有什么用呢？戈登是不会变的。他没有为她变过，也没有为同样给他生了孩子的安妮·恩格波变过。今天早上在店里，船夫告诉她：他结婚了，消息登在报纸上。那个脸如

1 毛利语，这里是“再见”的意思。

蛋白的白人女孩，她从前在这里住过一阵子，你知道我说的是谁吧？她立刻明白，这是真的，对此她并不惊讶。她从来知道，他壮硕的胸膛里盛满雄心壮志，这个胸膛曾无数次抵着她的乳房，压在她的胸口。他们从小相识，深谙对方的脾性，也熟悉躺在一起时彼此身上的气味：贻贝和鳗鱼，威士忌和烟草，还有浓郁的泥土味。安静的时候，她能听见他思考的声音。

所以，当他们最后一次在一起时，他问她："你想要什么？"她知道，他相信她不会说出真相，不会说出让他留下的话。她可以把他的心撕成两半，但她没有。半颗心对她来说有什么用呢？她没有说："只是你，永远只是你。"因为他想要的是自由，而这话会束缚他。她只是说："我亲爱的，亲爱的，要幸福。"又一个孩子在她的子宫里蠕动。

后 记

许多年以后，老人们都已离世，戈登会回到凯帕拉，权势不再，舞会和派对都结束了，钱也没了——这东西永远没有想象中多。他想把土地还给他们。大家却说："不，太迟了，现在办不到了。"于是他提议让自己的一个女儿嫁进那个家族，这样他们就可以永远跟这片土地紧密相连。女儿对此似乎并无异议。

但她的母亲是英国人。她会说："绝对不行。"

神奇八人组

娜塔莉·索姆斯当上编剧的那天，人生似乎彻底改变了。当然，罗马不是一天建成的。但在此之前，生活中的种种变化并不直接意味着她取得了巨大的成就，只代表她在朝目标进发。接着有一天，事情就这么成了，仿佛撞大运。

这些年，她一直劝说芒特伍德的小剧场排演她的剧本，可他们说，没人会对本土戏剧感兴趣。后来，记者问及她早年的经历，她付之一笑：他们还在追捧国外的诺埃尔·科沃德[1]。此后她和蒙蒂搬到惠灵顿发展。在丈夫同事举办的晚宴上，她遇到了一个人。当晚出席的都是政府部门的土木工程师。那人说，他在经纪公司有熟人，相信能为她引荐。她没有当真，这样的好事不会落到长久生活在芒特伍德平顶路的年轻女性头上。而且，就算真能得到推荐，她也相信，如果芒特伍德没人想了解她的作品，那

1 诺埃尔·科沃德（1899—1973），英国演员、剧作家、作曲家。

么，惠灵顿就更没人想了解了。

但她错了。公司最先把她举荐给了一位名叫维克多的电视台制片人。他立刻给她打电话，叫她去见他。

“很棒，”维克多这样评价她的剧本，“未来这是大势所趋——女性的声音。”

“是吗？”她礼貌地问道。她对女权感兴趣，但不觉得自己能成为这方面的专家。

“听着，你的作品很优秀。如果你能在作品中直面这些议题，我会让你成为家喻户晓的人物。”维克多坐在桌前，身体前倾。他额头很高，有一头金发，眼睛炯炯有神。据说，面对女士他会有些腼腆。“你在他那儿不会遇到潜规则的。”经纪人叫她放心。“社会上有很多女性在受苦，”维克多说，“你知道，我也知道。难道你不想为她们发声吗？”

“我想我愿意。”她的回答听起来并不坚定，因为从前写剧本时，似乎把男性角色塑造成中心人物才是明智之举。但她觉得，他是对的。她当然也受过苦，现在依然在为那件事受苦。她和蒙蒂在婚姻里遭了不少罪——缺钱；为了带孩子，彻夜难眠；生活在新郊区的广袤土地上，难免生出孤独、无聊之类的负面情绪；以及在他们最需要车的时候，却没能拥有。一切看似走到尽头时，彼此又因为没能尽情说出心底话而深感痛苦。

维克多显然期待她继续说下去。于是她说：“我觉得，这不能全赖我。是的，我当然写过很多男性导向的狗屎。”

“你很聪明，”维克多说，“顺便说一句，我能喝酒。”

“我也是。”这是真的，虽然她最近才发觉这一点。

“去酒吧吧。”

他让她想起阿莱克——她在芒特伍德的情人，大家通常叫他阿尔。不过，她没跟维克多上过床。接下来的一年里，她始终忠于阿尔，或者说，忠于蒙蒂。她不知道，他俩谁更需要她的忠诚。至于那件事，维克多从未过问，反而把她介绍给了一位名叫桑尼·伊曼纽尔的导演，并且委派她给电视台写剧本，这也是她写的第一个电视剧。桑尼有一头浓密的黑发，留着胡子，是个近视眼，戴厚厚的眼镜。他在攒钱，打算去基布兹[1]待上一年，如果能赚到足够的钱，他也许会带上孩子。

她的剧本写完了，维克多很喜欢；部门的每个人都看得入了迷，他跟她说。剧本讲的是，一个女人拒绝随丈夫出席一份重要工作的面试，并且搞砸了与丈夫未来老板的晚宴，从而引发了婚变。我是一个独立的女人，这个角色说，我不是专职妻子。当她看向自由的微弱曙光时，支持她的女性朋友全都欢欣鼓舞。维克多向娜塔莉支付了稿费，但是制作费方面，他在上级那里碰了钉子。这部剧令他们不安。“我们得做好他们的思想工作，”维克多说，“给它一点时间，迟早会开拍的。”

娜塔莉又写了一出戏，主角是一位乘船游览惠灵顿的年轻女子和一位上了年纪的艺术家，两人之间发生了一段悲惨的爱情

1 以色列的乌托邦式集体社区，曾以农业为主，后来也发展工业和高科技产业。外人可以自愿加入，也能自愿退出。社区成员不占有私人财产，工作也无薪酬，但衣食住行、教育医疗均免费。

故事。这个剧本维克多也很喜欢，但最终，这出戏也没能争取到足够的预算。（船戏太多了，亲爱的，桑尼对她说，要是搬到室内，又会毁了这出戏。维克多没告诉她吗，他们只承担得起三套服装、两个角落、四分钟的外景。）“恐怕是没戏了，娜塔。”维克多在电话那头大声说。不过，她还是可以为他们写秋天的新连续剧，这一定会让她一举成名。

他和桑尼正在筹备这部连续剧。他们俩和好几位编剧，在德布雷特餐厅的吧台交流各种想法，身边弥漫着午餐的味道。剧名叫《神奇八人组》，是一部关于女心理咨询师的喜剧，每位编剧各写一集，情节独立，刻画咨询师一天的生活。

“我不会写喜剧，”娜塔莉说，“而且，嘲笑心理咨询这事有点恶心，你在嘲笑别人的烦恼。”

“没错，幽默就是冲苦难咧嘴一笑。”

“这话是原创的吗？”

“当然不是。电视也不是。现在，去写点什么吧，别他妈的太把自己当回事了。”

最终，她交出了一集剧本，讲的是一位年过六十的妇人想找到与子女的相处之道，于是来看心理咨询师；而她四十出头的孩子们也来寻求心理咨询，期望找到跟她的相处之道；她的几个外孙女刚过二十（娜塔莉有点不安，感觉自己缩短了代际年龄差，但维克多觉得这能说得通），同样来看心理咨询师，想学习如何跟其他人相处。她们的兄弟，一个异装癖，正在接受心理咨询师培训。当主角请他当助手时，情况变得非常复杂，她不知道自己在为助手所有的女性亲属提供心理咨询。

“黑色幽默。极富喜剧意味，非常黑色幽默。”维克多说。

“原型是谁？”他们围在酒吧里。

“虚构的，”娜塔莉说，“这违反规定吗？”

她敢肯定，当时他很惊讶。

“事实上，写都写了。不过我原以为你会写一段婚姻故事。”

“等我的婚姻变得好笑时，我会告诉你的。”她说。她看出来了，他们一直把希望押在她身上。“让桑尼写写自己的婚姻吧。”她听说，桑尼有个情妇，他妻子气得把家里的锅碗瓢盆全都砸在了他身上。她想，这大概就是他想去基布兹的原因。

“我可应付不过来，”桑尼说，“谁再请我喝杯啤酒。”

那个夏天始于1970年，一直持续到1971年深秋。从那时起到现在，芒特伍德一直没怎么变过。这个小镇建在山脚下的平原上，冬天的早晨无比冰冷，夏日的午后热浪沸腾——仿佛骄阳下的热蜜。晴朗的夜晚，漫天都是热烈明亮的粉红霞光，太阳落到了黑色山丘的后面。城郊有河水流过，岸边修建了河滨公园。主街两侧坐落着服装店、熟食店和微型百货商店，许多小街与之相连，其中一条横穿主街，在大路中央形成了一座商场，不过当地人称之为“角斗场”，那里真的成了一个随时可能上演械斗与暴力的地方。

那年夏天，娜塔莉和蒙蒂，萨沙和杰夫，达尔茜和阿尔，都住在芒特伍德。后来有些人离开了，有些人依然生活在那里——也许会永远留在那里。他们都住在平顶路，那里曾是农田。他们的小区整齐地排列在一起。长势迅猛的银元桉为这片土地投下了温柔的光影。水果、蔬菜在花园蓬勃生长。女士们购置殖民地风格的梳妆台，拿出被母亲雪藏的外婆的瓷器，服用避孕药，而不是戴子宫帽，参加读书会，抵御电视的侵袭。男士们轮流搭对方的车上班，这样他们的妻子就能拼车去幼儿园。蒙蒂和几个男人在自家的车库下面挖了坑，方便躺在车底修车，省点开支。娜塔莉依然记得蒙蒂撒着雀斑的沙色面庞。他皱着眉，盯着手里的轮毂螺帽，苦苦思索，尖细的头发一簇簇地披在脸颊，跟他们认识的大多数男人一样，蒙蒂也留着鬓角。他偶尔抬头时，看到她在看他，或是瞧见孩子的身影，眼底便闪过一丝喜悦。

随着时间的推移，平顶路的人丁愈加兴旺。一些住户一起庆祝跨年夜。达尔茜和阿尔也在其列。他俩比大部分夫妇年长，孩子已上中学。那是娜塔莉第一次与他们正式见面。达尔茜拉着她不放，谈起她在筹备的手工俱乐部。娜塔莉却说，自己的爱好是写作。她显得很失望。

“写作成果很难向别人展示。”达尔茜在继续高谈阔论之前，说了这么一句。

阿尔站在妻子身后，笑嘻嘻地扬了扬眉毛。

那天夜里，他们伴着披头士的音乐跳起了舞。事后谁也记不起彼此的舞伴是谁，但夏天剩下的日子里，他们说，那年大家热络起来的方式很有趣。到了冬天，娜塔莉和萨沙谈起了改变。她们觉得，芒特伍德需要注入活力。她们常常身穿定制套装，头戴宽檐礼帽，打扮得像要参加婚礼似的，去商场的茶室喝咖啡。萨沙说，她打算离开这里，娜塔莉不大相信。杰夫从事空中施肥，赚得很多，应该舍不得离开。萨沙说，她是吉普赛人的后裔。这也许是真的：她的确肤色黝黑，从英国移民来这里时不到二十岁，显然是一时兴起。

萨沙和杰夫比其他人更了解达尔茜和阿尔。有次喝咖啡时，娜塔莉向萨沙打听起他们的事。她得知，阿尔在当地的一家报社当摄影记者，那家小日报社经常面临收购危机。他私下里醉心种植蕨类植物，还创办了相关主题的杂志，有环保运动撑腰，他期望自己能很快以此营生。娜塔莉建议大家再聚一次，但萨沙说，她觉得达尔茜有点太活跃了，娜塔莉不得不认同。也许明年夏天吧，萨沙喃喃道。

有天早上，娜塔莉打电话邀约相聚，接电话的是杰夫。当她提出跟萨沙通话时，杰夫的声音凄凉而疏远："别装糊涂了，你明明知道她已经走了。"

"别说傻话了，她人呢？"

"你自己知道，"他又说，"你真是个贱人，特地打过来幸灾乐祸。"

但她不知道，萨沙没告诉她。

"我还以为自己了解她，"几个礼拜后，娜塔莉对阿尔说，"你知道吗，她现在住在奥克兰。"他们在学校外面的停车场遇上了，阿尔在那所学校的夜班教授园艺课，而娜塔莉在上一位英文老师开设的创意写作课。私下里，她觉得自己比老师懂得多。他坚称她的作品永远不会成功，因为里面有太多角色。莎士比亚写了几百个角色，她反驳道。“你想让我按套路出牌？生活中到处是人，生活就是这样。”她对他说。

“想喝杯咖啡吗？”阿尔问。她想，为什么不呢？嗯，为什么不？她想不出在那个时间点还有哪家咖啡店开着门，但她脑子里思索的依然是：为什么不呢？他俩驱车离开时，她自己的车看上去像是被遗弃了。

“萨沙一直有位情人，”汽车驶过芒特伍德空荡荡的街道，她带着一丝困惑对阿尔说，“有些下午，他会从奥克兰赶来见她。”

阿尔摇摇头，思索着萨沙的出走。他已经把车开到了河边。

“我结婚早，娶了达尔茜之后，再没与别人交往过。二十年的忠贞。”他看着娜塔莉，惊叹道。她并不关心他的过去。他眉毛浓密，眼窝很深，蓝色的眼睛上散落着绿色的斑点，鼻子太大，嘴巴也宽，有点阴柔。去野外寻找蕨类植物时，他把手臂晒成了棕色，指背仿佛荷兰排包。

“你让我觉得自己很年轻。”他吻了她，喃喃道，然后伸手发动汽车，结束这次冒险。

“等等。”她说。

“我不希望有谁受到伤害，”她的手在他大腿内侧游走时，他说，“我不希望再有婚姻破裂。”他说话时，像一个溺水的人。

接着，他又说：“会被人看见的。”仿佛把车开到这里的人是她。

“这样就不会被人看见。”娜塔莉边说，边把头埋进他的大腿。

没有人为他这样做过。

“我决定赌上一切，”娜塔莉在给萨沙的信中写道，“我爱上了他。河上的新桥已经建好，蒙蒂被调去了惠灵顿。我在这里的工作也没什么起色。我们很快就会离开。管他呢，我敢肯定，阿尔会跟我一起走。”

她没说出口的是，离开芒特伍德令她如释重负。他们变得鲁莽而愚蠢，在光天化日之下彼此逐猎，午餐时间、黄昏时分都去河边幽会，甚至下午也会编造拙劣的借口出门私会——例如去图书馆还书。回家的时候，她嘴唇瘀青，衣服也脏了。她避开蒙蒂的目光。这里的人大半知道：那是谁的车，去了哪里，为什么去。娜塔莉试着提醒自己，阿尔也参与其中，一个巴掌拍不响。话虽说得豪壮，但这件事消耗着她的精力——内疚、筹谋、借口，一切的一切。

《神奇八人组》在奥克兰一家由仓库改建的录影棚里拍摄。娜塔莉作为团队一员，也跟去观摩，不过他们说，也许拍摄时需要现场对剧本做一些调整。娜塔莉住在萨沙那里，如今萨沙住在一间迷人的公寓里，花的是杰夫给的赡养费。这表明，她能掌控自己的生活，而其他收拾包袱走人的朋友却不能。

娜塔莉最近离开了蒙蒂，有点捉襟见肘。蒙蒂什么都不会给她，甚至连孩子都要留在自己身边。那是1974年，男性几乎没法争到抚养权，虽然娜塔莉有时觉得，她那长期受苦的母亲认为，孩子们跟着他也不错。目前她母亲在惠灵顿照看几个孩子。

当然，娜塔莉不会嘲笑自己做过的事。她夜里喝很多酒，会哭着从沉睡中醒来。前一天晚上，蒙蒂给她打过电话，当时她在和萨沙吃晚饭。她母亲有她的电话号码，如果出现了紧急情况，孩子们需要她，打这个号码就能找到她。无疑，母亲站在蒙蒂那边。“回家吧，”他说，“回来，一切都会好起来的。”

“我怎么回得了家？”她答，“我还有工作要做，整个礼拜都得待在这里。”

“我知道。我是说，等你做完工作，就回家吧。”

他们说话的时候，仿佛还是夫妻，仿佛她只是暂时离开几天。

然而，娜塔莉没有做好回家的准备。她从不觉得自己还会回家。

住在萨沙家的那些日子里，她睡在萨沙留给儿子的房间里，除了待在寄宿学校和到芒特伍德见父亲，他也偶尔回来小住。萨沙的卧室几乎占满了这栋公寓楼的顶层，从窗口能望见朗伊托托[1]。她不时与新情人共享自己的大床。真假混杂的珠宝优美地散落在珠宝盒和梳妆台上。素馨与甜豆油的香气飘浮在每个房间。娜塔莉泡澡时，得先拿出浴缸里的玻璃鹅卵石，然后把或猩红或

1 新西兰岛屿，位于奥克兰，岛上有火山。

柠黄的石头堆在浴缸边；淋浴当然更方便，但她选择泡澡，这能让她放松，而且，她还需要做不少准备。她躺在浴缸里，数着鹅卵石："他会来见我，他不会来见我。"她剃掉腿毛和腋毛，擦干身体后，又给每一寸肌肤涂上了乳液。

她安排了与阿尔的会面，要跟他在一家旅馆共度两晚。今天她会离开萨沙家。为了筹备这件事，她整整花了几个礼拜。令娜塔莉焦虑的倒不是自己所做的事，而是担心他不会赴约，担心他没法摆脱达尔茜。他要来奥克兰应该很容易，但他太不擅长说谎，她敢肯定，他会把借口搞砸。她还有一种隐隐的恐惧：被人逮个正着的恐惧。的确，她已经离开了蒙蒂，但是她不希望被捉奸在床。失去孩子的念头始终困扰着她。她和桑尼、维克多喝酒时，一直在设想坏事降临在他俩身上。

早晨，她刚准备离开萨沙家，外面就下起了瓢泼大雨。萨沙看了看娜塔莉的手提箱。

"你不能一整天带着那个东西到处转悠。"她说。行李箱有半人高，表面是闪亮的焦糖色塑料。箱子里装着一条崭新的白棉布睡裙，上面洒满蓝色花朵，娜塔莉还为它搭配了一件外套，吃早午餐时可以穿；娜塔莉唯一的晚礼服，不是黑色的，而是奇怪的淡紫色——当时很流行这个颜色，娜塔莉担心它会衬得自己气色不佳；以及一些白天的换洗衣服、四双足以应对各种天气的鞋、一大包化妆品，还有几本剩余的《神奇八人组》剧本。

"谁都能一眼看见你。大家会怎么想？"萨沙说。

娜塔莉不明白为什么萨沙这么担心这一点。别人怎么想，娜塔莉不太在乎。虽然她们此前熬了大半宿，尖锐地讨论着彼此的不检点之处。萨沙笑得很开心，她们又喝多了，娜塔莉记得，天快亮的时候，她们看着对方，陷入了沉默。她太累了，不想去思考这一切意味着什么。

娜塔莉的行李箱是父亲某次越洋旅行的收获。随身携带巨大的行李箱，显然是个错误。她筹谋了这么多，怎么就忽视了这件显而易见的事？一天下来，她待在录影棚，而这个愚蠢、丑陋的东西会站在演员休息室，将她的打算广而告之。她拒绝了报销酒店住宿费的提议。事实上，她不知道该怎么解释，自己需要的不是双床房，而是大床房。

娜塔莉对这个手提箱束手无策。萨沙跟她吻别，看上去忧心忡忡，她要赶去帕内尔精品店上班，她刚找到这份工作。

"你真的能照顾好自己吗？"

娜塔莉耸耸肩，急着出发。她叫的出租车没有现身。于是她给出租车公司打电话，他们说，车已经来过了，但按喇叭时没人出来。她说出租车一定走错了地方。调度员没心情与她争论。除非她能在外面等着，否则他们不会再派车接她。等车时，雷声大作，她担心自己会被闪电击中。雨水从她红色塑料雨衣的领口灌了进去。等她赶到录影棚，已经迟了半小时，头发黏在脸上，鞋子咯吱作响。她跪在演员休息室的地板上，与行李箱的卡扣搏斗。箱子的塑料表层底下全是纸皮。水从一条裂缝里漏了进去，行李箱塌了一个角。她取出一双备用鞋，这时，桑尼·伊曼纽尔站到了她身后。"你迟到了，"他说，仿佛她自己不知道，"我能看见你的奶子。”

整个录影棚就像一个谷仓，只是里头砌了砖墙。高高的屋顶上有一扇天窗，光线穿过那扇窗，漏了进来。吊杆的影子被录影棚的灯光反射到天花板上。

“该死的，”桑尼喊道，“我的女主角呢？”

“她在厕所，拉肚子了。”剧务累坏了。

“好吧，把她从该死的厕所里弄出来，告诉她我有一出戏要拍。去给她擦干净屁股，做点什么，把她给我弄进来！”

十点钟了，女主角还是没有出现。“我们先来排练一下。各就位，各就位！娜塔莉，你来演心理咨询师，好吗？”

“我从没演过戏。”娜塔莉抗议道。

“那你正好可以学一下。”

“但我是编剧，不是演员。”她听见自己的声音拔得老高，于是试图压低嗓门。

“你是什么？”桑尼瞪大了眼睛，额上爆出一条青筋，就像愤怒的虫子，“你是他妈的工会吗？你是吗？我是说，如果你是工会，就给我滚！谁需要编剧？我的意思是，你知不知道，为了拍你这个废话连篇的无聊肥皂剧，每分钟要花多少钱？”

“我来演，桑尼，我来演。”我一定不能哭出来，她想。

“行，好孩子，你当然会这么做。好了，所有人准备，从第一个场景开始。”桑尼突然装出兴高采烈的样子。

娜塔莉在桌前坐下，身体前倾，用拳头托住下巴。

“太好了，”桑尼说，“你看上去活脱脱就是个心理咨询师，太棒了，连衣服都很合适。非常令人欣慰，太他妈的尽责了。”

“衣服并不合适。”娜塔莉一边说，一边低头看了看扣好的绿裙子和精心挑选的黑披肩。

“闭嘴，”桑尼说，“跟米克说话。”米克长得像个小精灵，扮演接受心理咨询师培训的兄弟。他戴着假发，穿一条粉色的裙子。

娜塔莉拿起剧本，念了起来。

娜塔莉：那么，告诉我，你觉得自己能给这份职业带来什么？

米克：我的灵魂。

娜塔莉：那么，你的灵魂有什么特别之处？

米克：我能见别人之所不能见。

娜塔莉：告诉我，你能在我身上看到什么。现在，看着我，直视我的眼睛，你看到了什么？

桑尼：妈的，娜塔，这一点也不好笑。我以为会很好笑的。我读剧本的时候以为会很好笑的。怎么回事，我错得离谱！

米克：我看到一个温暖、美丽的女人，跟我一样。

娜塔莉：这太自恋了，而且恐同。

桑尼：这就是你写的东西。

娜塔莉：维克多叫我这么写的。桑尼，我演不下去了。

（娜塔莉暂代的演员终于在片场露面了，她看上去非常憔悴。）

桑尼：没人要你成为格伦达·杰克逊[1]，啊该死，请原谅我的措辞，女演员来了，欢迎，亲爱的。天哪，别哭了，娜塔莉，我早就告诉过维克多，要是让你来片场，你准会哭鼻子。

距娜塔莉与阿尔上一次见面，已经过去了将近一年。刚离开芒特伍德时，她天天盼他来。她的梦光怪陆离，肉欲横流。在她离开蒙蒂之前，他的确在惠灵顿与她见了一面。那次重逢不太愉快。回想起来，她怪自己太过心急。他又退到了那些一开始就定下的规矩后面。她的爱情宣言让他再一次惊慌失措。回到芒特伍德后，他给她写信："我现在不能离开达尔茜，你必须明白这对她来说意味着什么。"另外，还得顾及孩子，他继续说。他必须顾及孩子，即便她抛下了自己的孩子（她花了很久才原谅了他的这番话）。达尔茜步入了更年期。娜塔莉以后会发现，更年期可以持续十到十二年。

但他还会给她写信，似乎她是荒野中的情报站。很久之后，她才发觉，这是多么不公平。仿佛不加掩饰的语言与他们的行为比起来，没那么有杀伤力，没那么有失体面。事实上，这些话更糟，话语可以被重温与回味，一次又一次，在秘密的地方。最终，他的话让她相信，她的生活就是一个谎言。我已经彻底离开了蒙蒂，她在给他的信里写道，别以为我这么做是为了你，这只是我

1 英国女演员，代表作有《恋爱中的女人》《史蒂维》等，曾获奥斯卡最佳女主角。

必须为自己做的事。

事实不尽如此。有一天，蒙蒂对她说，如果她再不振作起来，他就没法忍下去了。于是她收拾好行李，本来她没打算离开，但事情发展到这个田地，两人谁也不肯让步，不愿说这是个糟糕的主意。他一度希望她赶紧回去，后来他不提这茬了，再后来，他开始在财产和抚养权上为难她，而她坚信自己所做的一切都是对的。娜塔莉告诉自己，她已经永远离开了他。她也是这么告诉阿尔的。

有两个礼拜，她冲到邮局取他的信，却次次落空。

最后，她给报社打了电话。阿尔已经不在报社工作了。“我能在哪里找到卡特先生呢？”她竭力让自己的声音显得波澜不惊。她发现，正如他期许过的那样，现在杂志成了他的全职。

她冒着更大的风险，打电话到他家里，是达尔茜接的，娜塔莉挂掉了电话。她像过去那样，小心翼翼地计算着达尔茜的行动。达尔茜去超市的时间，今年会上的课，女子壁球场开放的时间。她仿佛再次回到了芒特伍德。娜塔莉终于在第四次打电话时逮到了他，那时已经过去了快一个月。

“我现在不能离开，”阿尔说，“达尔茜跟我把一切都投进了杂志。”

“你在这里一样能闯出一番天地，”她说，“你可以在这里一边打零工，一边继续办杂志。”

“我不能。”

“你的意思是，钱袋子归她管。”

“亲爱的，你不明白。你还有一生的时间去做想做的事。”

过了一会儿，她问：“你究竟爱过我吗？”

“我是爱你的。”他的声音很疲倦。

事后想来，她以为当时他又一次决定放手。但他的信又来了。这事他也有责任。他钓着她不放，是因为虚荣吗？她读了太多小说，她想，自己当时过分钟情文字（虽然现在也不遑多让），她想要相信爱情。

他们约好，午休时在史密斯&考希商场的扶梯旁见面。娜塔莉脑子一热，带上了行李箱，打算让他下午把这个行李箱带去酒店，这样它就不必杵在演员休息室了。

外面的雨已经停了。娜塔莉早早抵达。她故意早到，就是想看到阿尔焦急地寻找自己的样子，以及他看到她时眼神一亮的样子。

商场里的香水柜台上摆满了样品。她一边等待，一边犹豫，不知该试哪一款。如今娜塔莉是一名编剧了，开始担心香水的问题。她记得，弗吉尼亚·伍尔夫对凯瑟琳·曼斯菲尔德[1]的香水做出过刻薄的评价。她暗暗发誓，从现在起，要么用最好的香水，要么不用。售货员给了她几张试香纸。她在五张小纸片上喷上不

1 凯瑟琳·曼斯菲尔德（1888—1923），新西兰作家，代表作有《花园酒会》《幸福》《在海湾》等。

同的香水，然后把它们放进了手提包。后来她想，莲娜丽姿[1]准不会出错，就往手腕上喷了一点。一点钟早已过去，她终于忍不住抬头去看商场的钟。

她回到录影棚时，扮演祖母的演员也病了，而那位主演又开始腹泻。一个娜塔莉没见过的女人坐在心理咨询师的椅子对面，桑尼在录影棚里踱来踱去。

“你到底去了哪里？”

“我只是来观摩的，记得吗？”

“哦，是的，我记起来了，你只是编剧。你闻起来像一泡尿。”

“是莲娜丽姿的味道。”

“也许不是她的错。好了，你能坐下吗？那是苔丝。跟她打个招呼。”

“你好。”娜塔莉说，像个听话的孩子。

“你还好吗？”那个女人问道。娜塔莉注意到，她的手指纤细修长，皮肤细腻，近乎透明。苔丝娇小匀称，颧骨很高，黑色的头发梳成了扇形，右耳上方有一绺灰发。焦糖色的羊毛裙是贝壳形的，勾勒出她臀部的曲线，裙摆离膝盖至少有四英寸。年龄介于二十五到三十五之间。

“还好，谢谢，”她喜欢苔丝的声音，“桑尼惹我生气了。”

“他无论跟谁一起工作，都会惹毛对方。你之前没跟他共事过吗？”

---

1 法国美妆品牌，成立于 1931 年。

“没在录影棚里共事过。你是演员吗？”娜塔莉问。

“不是，我在交响乐团拉小提琴。”

娜塔莉满心困惑：“那你为什么这么了解他？”

“别聊我了。我觉得很尴尬。”桑尼说。

“他来我们乐团拍过影片，当时我们在演奏巴托克[1]的曲子。”

“小提琴的部分太精彩了，”桑尼说，“现在我们来排戏吧。”

“既然毫无意义，干吗还要排？”

“你想来管事吗，娜塔莉？你觉得自己是导演吗？”

“他在安排镜头，”苔丝说，仿佛一辈子都在从事影视工作，“这样他明天就能赶上进度。”

“我紧张死了。”娜塔莉想幽默一把，却不太成功。

“他也是。”苔丝温柔地说。

桑尼走过来，端详着她俩。他的目光落在了娜塔莉身上。令她惊讶的是，他伸出手，轻轻摸了摸她的脸颊。“好了好了，”他说，“念剧本，你俩，好吗？”

“好的。”苔丝拿起剧本，桑尼回到控制室，示意可以开始了，于是她们开始念剧本。

苔丝：（扮演奥茨太太，即祖母）我一直在观察孩子们，想看看她们有没有进步。

娜塔莉：（扮演心理咨询师）她们多大了？

---

1 贝拉·维克托·亚诺什·巴托克（1881—1945），匈牙利作曲家。

苔丝：一个四十九，一个四十三。（放下了剧本。）娜塔莉，这剧本真不错，我喜欢。我母亲也依然期待我能变得更好。你的意思是，她永远不会停下吗？

娜塔莉：可能不会。我母亲已经彻底绝望了，特别是现在，我跟丈夫分了手。我们是不是应该继续念剧本？

苔丝：是的，大概是的。到你了。

娜塔莉：好的，嗯……你都是怎么跟家人相处的，奥茨太太？

苔丝：我把每一天都当成崭新的一天，正念的力量，就是这样……（哈哈大笑）（注意，按照剧本，奥茨太太在接受咨询时，一直在不慌不忙地织毛衣，她不停从塑料线轴上扯出毛线。）

娜塔莉：挺好，你的两个女儿怎么想？

苔丝：哦，谁管她们怎么想？（奥茨太太用毛线织了一个猫窝，苔丝用自己裙子上的羊毛腰带惟妙惟肖地模拟了一下。）

苔丝：这有点滑稽，不是吗？也许你可以直接叫我苔丝，会更自然一点。反正我们可以假装这就是她的名字。

娜塔莉：她在剧本里叫薇拉。

苔丝：她是同性恋吗？

娜塔莉：不是，她的孙子才是同性恋。呃，他看上去像同性恋。

苔丝：难道编剧不是……我的意思是，你是以凯瑟[1]的名字

1 薇拉·凯瑟（1873—1947），美国女作家。代表作有《我的安东尼亚》《一个迷途的女人》《教授的房子》等。

给她命名的吗？

娜塔莉：不是，我没有读过她的作品。你读过吗？

桑尼：（打断道）女孩们。

苔丝：（责备地）是女士们，桑尼，如果你不介意的话。（对娜塔莉说）是的，我读过。

娜塔莉：那你是吗？

苔丝：什么？我是什么？

娜塔莉：嗯……像薇拉那样？

（苔丝精致的脸上闪过一丝惊讶。她犹豫着，不知道该不该向娜塔莉吐露心声，而且她知道，桑尼在听着。她关掉了自己的麦克风，伸手把娜塔莉的也关掉了。）

苔丝：当然不是。我跟桑尼在一起。

娜塔莉：你是说，你跟桑尼是一对？你就是他的女朋友。

苔丝：女朋友、情妇，我想总有个叫法吧。（她大笑了一声，这声音更像是木管乐器发出的，她的大眼睛闪闪发亮。）甚至我愿意称之为爱人。

娜塔莉：你看上去不像……嗯，好吧，你是个音乐家。

苔丝：这倒是说得通。你是作家。

娜塔莉：谁稀罕艺术。我倒想多个姐妹。

苔丝：你的意思是，你现在缺朋友？

娜塔莉：我有萨沙。哦，天哪，我今晚不能回萨沙那里。

苔丝：他没来，是吗？

娜塔莉：你怎么知道的？是因为行李箱吗？

苔丝：什么行李箱？

娜塔莉：没事了。我就这么明显吗？

（桑尼拿起扩音器，对她们喊话。）

桑尼：要是你俩不念了，我们就都回家去。苔丝，你可以把麦克风打开吗？

（苔丝打开了麦克风。）

苔丝：马上就好。（她又把它关掉了。）你会好起来的，你会度过这一天的。喏，我不知道发生了什么，但是情况看起来很糟糕。不过，事情往往会好起来的，你不觉得吗？

娜塔莉：你凭什么这么说呢？你有桑尼。（疑惑地）你幸福吗？（苔丝转头看向桑尼，他的耳机亮着，她突然忧伤起来。）

苔丝：哦，曾经很幸福。你也许会觉得好笑。他不是一个完美的人。桑尼有两面。

娜塔莉：曾经？

苔丝：这是我们在一起的最后一天。明天我就要去英国了。也许再也不回来了。（她坐在椅子上，身体前倾。）我有自己的事业，而他想要一个妻子。不妨坦白告诉你，这让我吃了一惊，虽然我已经跟他交往了四年。

娜塔莉：他已经有一个妻子了呀。

苔丝：没错。（她犹豫着。）他想离开她，跟我结婚。大致如此。（她冲动地拂去脸上的一缕头发。）我还没想好，所以离开比较合适。

娜塔莉：我以为他会搬去基布兹。不，别告诉我，他去基布兹是因为你不肯嫁给他。或是其他什么原因。

苔丝：差不多吧。

（娜塔莉站起来，猛地将剧本扔到一边。）

娜塔莉：你太幸运了。你太他妈的幸运了。

苔丝：为什么？因为他想要一个妻子？你想让别人这样看你？这是娜塔莉，某人的第二任妻子。

娜塔莉：（坐下来，拿起剧本）不如你扮演心理咨询师？我来当奥茨夫人。（她们打开麦克风。）

苔丝：（看向桑尼，确定他在听）你可以跟他在一起，跟桑尼在一起——如果那就是你想要的。如果你想要某个人的丈夫。

那天晚上，他们去了赫恩海湾的一栋房子。那是一个古怪而花哨的地方，窗户上挂着打褶窗帘，德累斯顿瓷像立在脆弱的桃花心木家具上，房间里铺着厚厚的鲑鱼粉地毯。似乎没人知道这栋房子的主人是谁。之后的一些事，娜塔莉已经记不清了，但她记得，那天晚上，苔丝真的突然毫无征兆地离开了。

来了几个女演员，之前生病的那两位也来了，还有一位摄影师和其他剧组成员。他们带了红酒和成箱的啤酒。派对开始了，娜塔莉很快发觉，第一杯红酒的醇厚雾气在她脑中弥漫开来。外面又开始下雨，有人说，恩古鲁霍山[1]即将喷发。

“你为什么要走？”她问苔丝，后者在给出租车公司打电

1 新西兰的一座活火山，位于东加里罗国家公园。

话，“既然已是最后一晚，你怎么能在这个时候离开他？”苔丝似乎在丈量眼前的距离，仿佛它很远，远到她俩都看不见。她像拨弄乐器那样拨弄着电话线。

“我去找桑尼，”娜塔莉说，“你还没告诉他你要走了，对吗？”她感觉自己的话在旋转，她讨厌这样。

苔丝欠了欠身，亲亲她的脸颊。“当不了你的姐妹，真遗憾。”她说。

桑尼在厨房里，身边围着一群非常年轻的演员，男女都有。有人在做海鲜饭。“你不能让她走。”娜塔莉边说边扯他的袖子。没人注意到她。周围弥漫着埋怨的气氛。“有人看见维克多了吗？”演心理咨询师的女演员问道。娜塔莉惊讶地环顾四周。维克多应该在惠灵顿。

“他不会来的。”灯光师说。

“肯定的。”大家附和道。

“他为什么不会来？”娜塔莉问道，一时间忘了自己需要吸引桑尼的注意。

出现了一阵短暂的沉默。

“你不知道吗？你这个蠢女人？”女演员说，“他们要叫停这部剧了。我们得卷铺盖走人了。谢谢你那没用的剧本。”

她再次回到门口，看到出租车的尾灯在雾中慢慢隐去。娜塔莉失去了方向感，不知道城市在哪个方位。在她身后，人们坐在地板上，用白色的韦奇伍德餐盘吃海鲜饭。桑尼走到门边。

“进来吧。”他用胳膊揽住她，把她抵在墙上。

“这是谁的房子？”

“我不知道。”

“我们应该在这里吗？”

他耸耸肩：“在哪里都行。”

“我得走了。”她说。他的呼吸喷在她脸上，坚硬的黑胡子摩挲着她的面孔。眼镜后面是一双悲伤而湿润的眼睛。

“你要拿你的手提箱怎么办？”他嘲讽地问道。

“我叫了一辆出租车。”她撒了谎。

“我们可以叫它走。”他说。

“我好像得了大家都染上的那个病。我觉得自己快吐了。”

“看在上帝的分上，别吐在地毯上。”他边说边放开她。

她拿起过道里的行李箱，走到外面。“你没事吧？”他喊道。

“是真的吗？你跟苔丝？还是你俩一起编出来的故事？”

他跟着她出了门，她担心接下来他要做些什么。但他只是弯下腰，亲了亲她的脸颊。“去门廊上等着，我保证很快会有出租车过来。”

一上车，她便忘了自己报给司机的是哪个地址。她以为他们的目的地是她订的酒店，但出租车停在了萨沙家门前。

娜塔莉·索姆斯来了，大家会这样说。阿尔真希望自己能

陪在她身边。多年以后，在某个地方。就像《红菱艳》[1]里马留斯·戈尔林思念莫伊拉·希勒那样。当围在她身边的人群散去后，他会追上她。“怎么了，你好吗？”她会说，仿佛才记起他是谁。“你好吗？”他会充满渴望地问道——虽然很明显，她过得非常好。

这是她在几天后收到他的信时想象的场景。

亲爱的：

当时我坐在屋顶上，修理一块被暴风雨刮走的铁皮，突然听到一声大叫。是达尔茜。我还没来得及爬下去看看是怎么回事，她就跑出去了。她手里挥舞着一封信。我立刻明白了，那是你的信。我怎么能这样对自己，这样对你？我把那封信忘在了花呢夹克的口袋里。达尔茜本想把它洗干净。当我在屋顶上蹒跚爬行时，达尔茜大声念了几段信上的话，邻居都听见了，她还把梯子拿走了。“你自己想办法，”她喊道，“叫你的情妇把你弄下来。”我庆幸你已经离开了芒特伍德。她上了车，发动引擎，轰隆隆地驱车离去。“别丢下我。”我听见自己大喊。隔壁的琼——你知道我说的是谁——笑得嘴巴咧到了耳朵根，她走过来，把梯子放回原位，我这才爬下了屋顶。“她去姐妹家了，”她说，“会回来的。”

---

1 迈克尔·鲍威尔埃和默里克·普雷斯伯格执导的电影，于1948年上映。马留斯·戈尔林演男主角，莫伊拉·希勒演女主角。

我泡了一杯茶，端着它走进了花园。我发现葡萄藤需要修剪，不知道自己为什么之前没有注意到。我决定明年再处理。于是，我突然想到，我应该留在这里，我没法从这次或下一次危机中脱身。

我给你发了一封电报，亲爱的，请电视台转交《神奇八人组》，但邮局把它退了回来。琼给我带来了一些烩菜当晚餐。电话是她接的，因为当时我在喂猫。他们把电报念给她听，上面有你的名字。没有什么叫作《第八区》的东西，她说，这到底是怎么回事？《神奇八人组》，我傻乎乎地说，邮局弄错了。“他们从没听过这个名字。”她带着得意的神情说道。只有琼这样的邻居才会露出这样的表情。我知道，她会把这一切告诉达尔茜。

希望我未能露面时你没有太伤心。也许我们可以再约个别的时间。

你的，

艾力克。

又及，我想我的芭蕉树——西栅栏旁边的那一棵，明年可能会结果。我会给你寄一箱（可真乐观），我敢肯定，它们既甜蜜又疯狂，跟你一样。

艾力克，不是阿尔。

甜蜜。疯狂。没有半个字跟爱情有关。

娜塔莉和蒙蒂在惠灵顿参加一个圣诞派对。他们的事业蒸蒸日上，中年已到尾声。他们度过了辉煌的一年。那个遥远的春天，他们再续前缘，后来生活并不总是这般美好，但是比想象中好，而且随着时间的推移，变得越来越好。

娜塔莉没有立刻回到蒙蒂身边，等她开始考虑这个可能性时，他几乎已经打消了这个念头。当时在她看来，他们的生活艰难粗糙，黑白分明，就像电视机有色彩之前。

“你为什么会回到他的身边？”有次她女儿问道，倒不是因为女儿不爱自己的父亲——事实上，他俩很亲；而是因为她记得父母分开过，并且觉得自己受到了伤害。她觉得，这样的痛苦与破裂背后，必然事出有因。为什么她母亲如此不了解自己的想法？母亲回来是不是因为，在内心深处，她只是个寻常人？

“不，”娜塔莉心中刺痛，立刻回答，“那是因为，我再次拥有了选择的机会。年轻人不会一下子得到这样的机会。至少我年轻的时候没有。你被无法控制的力量绑架了。但我选择回来。事实上，”她说，“这一点也不寻常。”

她从女儿的表情中读出了怀疑，于是带着一丝怒气说：“我所做的，并不比离开容易。”不过，她们谈到这里便停下了。爱情太过复杂，没法向子女解释清楚，她想。她怀疑，选择从来来之不易。

《神奇八人组》被叫停后，娜塔莉接不到什么影视业的活儿了。维克多不回她的电话。一开始，她找了一份坐办公室的普通工作，下班后自己写舞台剧。后来，她遇到了一个制片人，剧评一片大好。过了一阵子，她又接到了给电视台工作的邀请。

维克多和桑尼死了，这一行已经发生了翻天覆地的变化。娜塔莉现在为独立电影公司写东西，只要她愿意，就有接不完的活儿。他们参加的派对由一位制片人举办，场地设在录影棚一楼的会客区，有人打开了折叠门，于是这个房间暴露在大街上。职员和宾客一起，坐在扶梯旁边的台阶上，挤在真人大小的政客玩偶中间。一年将尽，每个人都憔悴不堪，没有谁能保持光鲜亮丽，这些日子里，撑下来的人都在拼命工作。大多数人跟娜塔莉一样，穿着李维斯弹力牛仔裤和锐步运动鞋。充斥着遗弃与失去的奥克兰的那天，她有好几年没再想起了。

一个年轻女子坐在娜塔莉身边，向她提了一个关于作品的问题。她们开始交谈。这位女士在人群中很抢眼，她热情美丽，肤色白皙，一袭红发垂至腰间，穿着皮短裙、绿丝袜和黄鞋子，鞋头微微上翘。她是和一位摄影师一起来的，周围全是聊天的声音，大家都在谈论工作。她说自己是交响乐团的小提琴手。

听到这里，娜塔莉一时间说不上话来。这些年她听过许多场交响乐。她看着乐手们演奏，却从没想起苔丝。现在，突然间她看到苔丝交叠的双手，出现在桌子的另一端。这个年轻女子的手，跟苔丝的一模一样。

没等娜塔莉想到要说的话，街上发生了一件事，分散了她的注意力。八个圣诞老人穿着道具服，在十字路口等绿灯。他们红彤彤的，大声对周围的观众喊着“嗬嗬嗬”。灯变绿了，他们朝派对冲来，一个剧务跑了出去，嚷着要请他们喝酒。混乱和欢乐同时爆发，有人起头唱《铃儿响叮当》，接着，大家都唱了起来。

圣诞老人无法久留，他们再次一边大喊一边挥手，顺着街道跑远了。

蒙蒂兴致勃勃地转向娜塔莉："一群克劳斯[1]。这个名字怎么样？"

"哦，好名字。"剧务无意中听见了蒙蒂的话。这名字立刻传开了，烙在了大家的记忆中，平安夜在街上奔跑的一群克劳斯。

"神奇八人组，"娜塔莉笑了，她一直在数，"哦，神奇八人组。"

蒙蒂迷惑不解地看着她，突然间，他警觉起来。

"一共有八个圣诞老人，"她犹豫地说道，"神奇八人组。"她真希望自己没有说出口。这是应该在记忆深处严严实实藏好的东西。

她立刻转过身，向蒙蒂介绍那位小提琴手。如今他不介意电影界的这些人了。他头发白了，看上去稳重可靠，大家可以向他倾吐心声。

小提琴手走了。娜塔莉看到，在街道的对面，小提琴手轻快地穿梭于车流之间，明亮的红发像一面旗帜。接着，娜塔莉的目光被另一样红色的东西吸引了，又一位圣诞老人，他在奔跑，想

1 原文为"a clutch of Clauses"，是"圣诞老人（Santa Claus）"的化用。

追上其他人；他的胡子出了点问题，于是停下来调整。没人注意到他，除了蒙蒂。

“看，”蒙蒂说，“一共有九个圣诞老人。”

娜塔莉笑了，心情也明媚起来。

那天是怎样结束的，她又是怎样被救出了自己编织的牢笼——她一早意识到了，并且心存感激。现在她明白了，总会有别的因素出现，未知而难测的因素。一封信、一场事故、一次与陌生人的会面、一些命运的急转弯，它会打破平衡，将人们从自己的期待中释放出来。

蒙蒂摇摇头，不愿再想起那段时光。但他已经看到了证据，第九个圣诞老人，另一个维度。她没法向他解释自己也看到了。而且，这没关系，一切都没关系。

Ⅳ 本色

一路到夏天

从医院驱车回家时，安妮·派尔一直盯着眼前的挡风玻璃，孩子睡在她的臂弯。她抱着他，就像抱着篮子里的蛇。破旧的轻型卡车哐哐当当地驶过坑洼的路面。深黄的阳光浸透了周围的一切，它在树叶间闪烁，在路边干枯的基库尤草上流淌，几乎刺瞎了安妮丈夫的双眼，驾驶这辆卡车的就是他。

“我动手术时吸了氯仿。”我说。我挤在安妮和副驾驶座的车门之间，父母安排我出院时搭他们的便车回家。之前我患上了肺炎，后来，肺炎好了，医生说，喏，不如把她的扁桃体也割掉——一劳永逸。医院离家很远——二十几英里，而且，因为我父母没车，所以在我住院的三个礼拜里，他们没来探望我。有天我母亲已经走出了家门，却因为天气太热，只得作罢。我当时七岁多，就快八岁了。

车里没人答话，不过安妮·派尔的丈夫伸手摸了摸自己的一头直发，仿佛给了我一点反应。

“我在医院读了十四本书，”我说，“医院的老师说，等我回到学校，也许能升一级。”

“让她安静点，科特。”安妮对她丈夫说。她跟丈夫一样，也有一头直发，但颜色黄一点，用发卡别在耳朵上方，就像玉米穗上绑了扎带。她的脸颊粗糙皲裂，颜色不匀，仿佛有人在她眼睛下面按了几个指印。

“我妻子太累了，”男人说，带一点外地口音，“刚生完孩子。”

我想摸摸宝宝的手指，不知这样会不会让他开心一点，但转念一想：没用的。于是我看起了郁郁葱葱、令人咋舌的风景，卡车正在往城里开。熟透的金黄色香蕉和百香果一串串地挂在灌木丛中。我把头靠在车窗上，棕色的马尾辫抵着窗玻璃。身体晃动时，我能感觉到头发在脸上留下的印痕，我的脸像被绑在了缆绳上。

终于开到了我住的那个小农场门口，我父母肩并肩站着，已经等在那里，欢迎我回家。我母亲穿一件棉衬衫，下摆塞进了粗布工装裤。她个子娇小，不到五英尺，而且很瘦，但她精力充沛，因此显得高大。我父亲穿着夹克，打了领带，一双英式巴洛克鞋擦得锃亮，皮面微微发红。他高挑精瘦，浅褐色的两颊微微凹陷，眉毛像倒悬的轮胎印，还长了一只鹰钩鼻。他身边放着一个行李箱，似乎也刚从旅途中归来。

我下了卡车，母亲搂住我细细端详，抚摸着我的头发和脸颊。“玛蒂，亲爱的。”她喃喃道。父亲朝我低下了头，肩膀有点僵硬。

科特从驾驶室爬下车，跟父亲握手。“一个假期，”他说，“挺好。”

“去奥克兰待了几天。”

“哦，好吧。你去那儿干吗的？”

我父亲显然想说，关你什么事呢，但他及时想起，自己欠科特一份情。“看了几部音乐剧。”他点了一支烟，把烟雾含在嘴里。

“吉伯特和苏利文？我听说那里正在上演几出他们的戏。”科特嘴角微微上扬。

我父亲往静止的空气中吐出一个完美的烟圈。“《考克斯和博克斯》。至少里面有一两个很棒的笑点，不全是你喜欢的贝多芬和阳春白雪。我朋友跟我都笑得很开心。”

“很好。为你开心。那我们先走啦。”

“让我看看你的小家伙。一个男孩，嗯，值得高兴！”

安妮依然直视前方，仿佛谁也没看见。她丈夫看着她，就像在看一个深不可测的巨大谜团，他害怕自己被卷入其中。不，比这更糟，因为他身在其中，却不明白困住自己的是什么。他年纪比安妮·派尔大，但那个瞬间，他像一只刚出壳的麻雀，幼小而脆弱。我母亲走到车旁。

“安妮，你给孩子起了什么名字？”

“乔纳森。”

“好名字。他要是愿意，还可以将它缩短。名字很重要。”她探进卡车，伸手把毯子移开了一点，想看看孩子。安妮抢回毯子，孩子又被盖住了。我母亲脸一红，站直了身体。“谢谢你们捎玛蒂回家，希望她没给你们添太多麻烦，安妮。”

“她该学会少说点话。”安妮说。

“我想，她是因为能回家，所以太兴奋了，”安妮没作声，我母亲接着说，“要是有什么需要我帮忙的，尽管开口。”

卡车开走了，车后扬起红色的尘土，父亲低头看了看，担心鞋子被弄脏。“没礼貌的傻帽。派尔，跟我的姨妈芬妮一样。他活脱脱就是杰瑞，你知道的，他本来叫皮尔森。他们会改名字，这些家伙，你懂的。”

我母亲说：“他们的孩子不大对劲，看得出来。”

“哦，老天，”我父亲说，“好吧，这太惨了，唉。”

“我们很幸运。”我母亲说，她一手接过我的包，一手拉起我的手，牵着我走上小路，路的尽头就是我们的小屋，屋顶很低，一共两个房间。父亲迟疑了一下，也跟了上来，走到母亲身边。

我母亲心满意足地说：“你回来了。”她指的可能是我，也可能是我父亲，但我知道，这话是对我说的。那一刻，我们又团聚了，母亲、父亲和我。

如今对某些事，我们有了新的说法。我们会说，那个孩子身患唐氏综合征。我们会说，不管怎样，那对父母总会在他们的儿子身上找到快乐。可当时是当时。在代尔夫特蓝[1]似的天空下，金雀花豆荚在热浪中噼啪作响，我们一家三口暂时为自己所拥有的一切庆幸不已。我母亲，正如你在这张照片里看到的那样，是

1 代尔夫特，荷兰一座历史悠久的小镇，以蓝陶烧制闻名世界。

那么高兴，因为我回了家；而我父亲常常缺席，虽然这让她感到困惑，但她会将其归咎于战争，那种男人特有的躁动不安，然后，她便不再去想这件事。

战争结束后，我们搬到了北方。此前我父亲在军队当通讯员。他是个英国人，无法理解我母亲的亲戚，或者说，他们不理解他；这完全取决于你怎么看。他穿得不一般，谈吐也“漂亮”——我的亲戚过去常这么说。

“我受不了这里了。”他回来后说——回的是我外公外婆家，我和我母亲也住在那里，“我们得冒一点险。”

“我不想冒险，”我母亲说，“我存的钱已经够买一栋属于我们自己的房子。你为什么不安定下来，跟别人一样找份工作呢？”

我父亲并不想这样。他听说了北方的这个地方，从前军队里有几个战友提起过。他们无法想象自己在郊区定居会是什么样。

“我们会以土地为生，”他兴奋地对母亲说，声音里满是激情，“你会发现，这不是一份朝九晚五、除了养老金什么都不能指望的闲差事。”

接连几个礼拜，他围着她打转，求她讲讲道理。之后，他一走了之。等他再回来的时候，我母亲说，她愿意离开。她把邮局存折交给他，里面有她的全部积蓄，她让他把这笔钱跟他的退伍金凑到一起。“去吧，”她说，“买块地，我来经营。”

打从一开始，我父亲就很喜欢奥尔德顿。但我母亲讨厌这个地方。很多人从中国搬到了这里，那些曾驻扎在上海和天津的帝国军队的残余成员。他们移民到新西兰，而不是回到英国，是因为习惯了温暖的天气，希望往后的日子能像在中国时一样过下去；他们种植果树，打算靠土地吃饭。但也有一些叫他们失望的地方：这里的生活成本不如他们想象中低，而且几乎不可能找到仆人。条件好一点的移民给自己建了大宅子，其他人只得在摇摇欲坠的小屋里凑合，不过他们的做派倒像是住在宫殿里。你穿过一道歪斜的门框，也许会走进一间摆满玉器的房间，华丽的丝绸屏风隔开了厨房和餐厅。一群饱经风霜的男男女女，生平第一次自己弄脏自己的双手，入夜后在棚屋里摇摇晃晃的木头走廊上开派对，跳舞，喝杜松子酒。那时，战争结束了，他们是你能看到的最与众不同的人。我父亲和科特·派尔这样的人——虽然他俩截然不同，很可能变得爱幻想、神经质或悲伤。不过，没人在意。移民有自己的世界，你如果不是其中一分子，就一定入不了他们的眼。我父亲觉得自己也许能打入他们的内部，但我母亲觉得他是自欺欺人。他的确当过兵，也出生在英国，可他来自另一个阶层。从没当过军官。他们知道。

一开始，我父母尝试饲养家禽，本想赚快钱，可花了几年才站稳脚跟。他们养了几头奶牛，每天给它们挤奶，然后用手动阿法拉伐离心机分离出奶油，乳清拿去喂猪。最后，他们种起了成片的柑橘与番茄，还在花园里种满了蜜瓜、茄子（当时他们称之为“蛋果”）和辣椒，以及一切当时罕见的外国作物，例如表皮光滑、果肉有烟熏味的茄瓜，例如无籽火龙果。问题在于，今日事必须今日毕。我母亲能接受这一点，但我父亲不甘心总是待在那里。他在本该给奶牛挤奶或给果园除草的时候去了南方，我母亲只得出门工作，这样才能维持生计。他经常成日写信或读书。描写英国乡村的书籍是他的心头好，它们能唤起他的思乡之情，似乎那里的5月没有尽头，云雀的歌声也从未停下。

有阵子，我母亲的工作是给一位军官的妻子做饭。这个女人叫格洛丽亚，戴长长的珠串，拿丝巾当头巾，在脑后打个结，让它垂在肩头飘来荡去。她抽特制的烟草，用的是一个象牙烟斗，烟草抽光的时候，就抽卷得大大的木通花蕾，花蕾燃烧时，味道很像埃及烟草。我母亲每天早上七点就去报到。厨房建在一座大宅子的花园尽头。格洛丽亚在大屋与厨房之间系了一根绳子，靠近我母亲的那头拴着一个铃铛。她拉一下铃，就是要现泡茶，拉两下，则是要热吐司。

“如果我拉三下铃，就是有紧急情况了，”格洛丽亚咯咯笑着对朋友们说，“我知道厨娘会来救我的。”

每天早上，我母亲跟我父亲一起挤完牛奶，就会去上班。喊我起床、送我上学本该是我父亲的任务。可有些日子里，他完全忘了这回事，只会说一声：站直，孩子。他心里似乎隐约觉得自己仍在军队，虽然看他的样子，真瞧不出来。在这样的上午，他那些时髦的衣服都收在衣柜里，身上穿的是宽松的吊带裤。他还是个烟鬼，看书时，烟雾在他头顶缭绕，除了眼前那本书，他什么都不会理会。

他不知道的是，我一直在观察他安静的生活。正是在偷看他洗澡时，我第一次知道了男性的身体长什么样。一扇拉着帘子的窗户隔开了大屋和披屋，披屋里有一个锡制浴缸和一个铜盆，铜盆是用来烧水和洗衣服的。通常我们轮流洗澡，为节约用水，用的是同一缸灰色肥皂水。有天早上，他出了一趟门，回来后开始烧水，突如其来地洗了个澡。我拉开窗帘，他正在阴暗的房间里擦干身体，屋里只亮了一盏灯，还有铜盆上反射的火焰。我年轻的时候去看《恋爱中的女人》，里面有个角色是奥利弗·里德演的，看到他我便想起了自己的父亲：同样苍白的英国皮肤，跟去皮土豆一个颜色。他身材修长，胸口微微凹陷，然而在闪烁的光线下，我发现他很神秘，并且有种奇异的美。

我知道父亲有个叫弗兰克的战友，我母亲出门后，他常给弗兰克打电话。“请打个长途电话。”他打给转接台后，会紧张地说上这么一句。接着，他顿了一下，“我想打一个对方付费的电话。”他将一个南方的号码报给接线员。“8A，亨特维尔。”我依然记得他说这话的样子。长长短短的摩斯电码。他与电话另一端的某人交涉了一阵，不时出现短暂的沉默，然后我会听到他的声音，愉悦而轻快：“弗兰克，我的老伙计，你好吗？就是想打个电话跟你聊聊。”

这时他会突然看看我在哪里。“等一下，老伙计。”他看着我，对电话另一端的人说道。“你不是应该去学校了吗？”最终，我厌倦了这些无所事事的早晨，自己穿上衣服，走向学校，不过我经常迟到很久，老师给家里打电话，偶然被我母亲接到了。

“为什么？”她放下电话，质问我父亲，“为什么自己承诺过的事却做不到？”

“你为什么这么唠叨？”他的声音里又带着恳求的意味。

“我怎么能跟一个说我唠叨的男人生活在一起？你干脆叫我泼妇得了！”

“泼妇。”他在舌头上试了试这个词，大笑起来。她没跟他一起笑。

然后她说：“听着，我知道，从战场上回来不容易。我知道发生了一些我无法理解的事。不如我们今天休息一下，然后一起做家务？”

“那你的工作怎么办？”

“哦，那个，”她快活地说，“昨天我把铃铛从绳子上扯了下来，扔进了河里。”

“你干了什么？你是在开玩笑吗？”

“当然不是。”

“他们会怎么看我们？”他把手搭在额头上。

“我不知道，”说话间，她笑了起来，“前几天，他们提出下午茶要做得特别一点，最好甜而不腻，巧克力味，但又不失东方风情，再加一点姜。‘这么多特色全放在一道菜里？’我问。‘是的，厨娘，要是你能捣鼓出什么东西，这事就交给你了。’格洛丽亚夫人说。于是我把厨房里能找到的食材全拿了出来，搅在一起，拿去冰镇，等看上去像模像样了，就把它切成几份。客人光临时，我给他们端了过去。我斟茶时，他们都在说，很好吃不是吗，你从哪里找来的食谱，是新来的厨子做的吗？于是她说：

‘哦，这个女人很会按吩咐做事，我给她食谱，她就能照着做出来。’”

“你在瞎编。”我父亲吓坏了，突然大笑起来。

“不，我不是。接着她说：‘我让厨娘把食谱抄给你。’她看都没看我一眼。好吧，我想，好吧。然后我就走回小路尽头，等待铃声响起。当它真的响起时，我用力一扯，铃铛掉在了我的手上。于是我就把它扔了。”

“扔进了河里？”

“是的。”

“然后你就走了？”我看得出来，他在掂量事情还有没有挽回的余地。

“没走。我一直等到她出现，她穿着破旧的丝绸长裙，沿着小路跑过来，看上去又热又心烦，然后她问：‘茶呢？’于是我把自己对这份工作的看法告诉了她。我说：‘找个厨子比留住厨子难多了。’我把自己的围裙递给她。‘你可能需要这个。’我说。”

我父亲看着她，仿佛这辈子第一次见她。

“我的天哪，”他说，“你真他妈的是个好女人。”他笑得停不下来：“我们可以再卖几个鸡蛋。”

“他们或许会以为我在点心里下了毒。”我母亲邪恶地说道。

她买来坚果和调料，为我和父亲做了这道点心。后来，每逢圣诞节和生日宴，她都会做这道菜，她恶作剧般的姜汁甜点。

有一年冬天，我父亲的朋友弗兰克到家里做客，他也不是总跟我们待在一起，不过他在我家吃饭。弗兰克比我父亲年轻许多。他双颊饱满，气色很好，嘴唇红得像覆盆子，睫毛也很浓密。之后的人生里，他会发福，这一点你当时就能预测，因为他下巴松软。他的外套散发着青草味，夹杂着香烟和香蕉的味道，后者是他最喜欢的食物。头几个晚上他在家园旅馆度过，那既是村里的农家旅馆——住宿环境相当简陋，也是方圆二十英里内唯一的酒吧。你必须是某户人家的住客，才能进入这家旅馆。他请我父亲喝了几轮金汤力，他们一起坐在走廊上，俯瞰远处山谷中闪闪发光的桉树。

“我的伙计请我喝了几杯酒。”弗兰克来北方的第一个晚上，我父亲说。他傻笑着唱起了歌。我的伙计。方言里的一些错误——他说自己是一个男人的男人，不自然地混在他的英国嗓音中。这让我母亲非常生气。去家园旅馆的习惯持续了一两个礼拜，让她生气的不仅是他说话的方式，还有某些我不明白的事。她变得越来越沉默。

“他会把钱花光的。”她说。

“他找到活儿干了。”我父亲得意地说。

“摘柠檬？”

“是的。”

“也许你也可以干这个。”

我父亲看上去很惊慌。“我的背肯定吃不消。”他说。

“好吧，那么，我或许也能找到一份摘果子的活儿。”她说。

“最底下的枝条你都够不着。”我父亲说，但他望向她的眼神里燃起了新的兴趣。

没过多久，有天夜里弗兰克过来吃晚饭。他搬到了附近一家果园的包装站里，夜里就睡在我父亲给他找的行军床上。金汤力算是喝完了。

我们用餐的地方很窄，宽不过六英尺，长约十五英尺，房间一侧放着长椅，墙上有一个煤炉，折叠桌展开时是椭圆形的，它隔开了厨房与房间的另一侧——那里摆着一张木头沙发。如此看来，这不是一个漂亮的房间，事实上，挺丑的，奶油色的墙壁上沾上了烟尘，地上铺着红色油毡。但想想我们的餐桌，上面铺着爱尔兰亚麻桌布，摆着厚重的银餐具、骨柄餐刀和柳叶形的餐盘。这是我母亲的嫁妆，另一种生活的残影。男人们穿夹克衫，打领带，我母亲穿一条缎面短袖紧身裙，裙子上有红蓝相间的宽横条，圆领挖得很低。我穿的是一条印花棉布裙，上面缀着淡紫色的花，这是外婆给我的礼物，它有彼得·潘式的领口，灯笼袖卡在我的手肘上方。我们吃着母亲用砂锅煨的肉鸡，这是家里最后一只肉鸡。不过，他们用水晶杯喝弗兰克带来的红酒。廉价酒，我父亲咧嘴笑道。私酒，我母亲用余光看着弗兰克，反驳道。

“我来北方，”弗兰克显然是说给她听的，因为这些话肯定已经跟父亲说过了，“是因为我在考虑，战争结束后我该做什么。我不想一辈子当农民。家里人认为，我理应回亨特维尔定居。但你知道的，一旦你出去过，见过一点世面，你就没法接受一成不变的过去了。”

“所以你就一走了之？”我母亲问道。

他耸耸肩，意味深长地摊开双手，这是一个令人惊讶的姿势，仿佛是为了解释在欧洲度过的那些岁月如何改变了他。“奶牛不产奶了。这似乎是个离开的好时机，我可以想清楚一切，同时赚点闲钱。”

“你一定拿到退伍金了吧？”这是我母亲的痛处。给上过战场的男人发放的补偿金全耗在了这个地方，她本可以将它花在自己更喜欢的事情上。

“我需要一个能说上话的人，”弗兰克看着我父亲，说道，“一个能理解我的人。我也许会去上大学，某所农业学院，之类的。”

“好主意，”我父亲说，“趁你还没被束缚住。”我觉得他看起来很伤感。

“也许你不用被束缚得太紧，就能找到明天下锅的食材。”我母亲边说边端上甜点——淋着金黄色糖浆的薄饼。

“再杀只鸡呗。”我父亲说。

“我们只有四只鸡了。你早上不想吃鸡蛋了吗？”

我父亲看上去有点惊慌失措。

“我下个礼拜会付一点食宿费。”弗兰克说。

“但你也没有寄住在我们家，”母亲说，“你是我们的客人。”

“喏，你要是不介意我晚上过来，也许我可以付自己的餐费，以后都这么办。”

“好极了。”我父亲说。我看得出来，这段对话事先排练过。

我母亲是个明智的女人。她知道，如果他定期付钱给她，她能用这些钱办成许多事——远比我父亲想象中多。“每周十先令。”

我父亲似乎吃了一惊，显然想让她少收一点，但她用一个锐利得可以切开玻璃的眼神制止了他。

“那么，下个礼拜开始付第一笔钱，行吗？”弗兰克说。

吃过饭后，父亲说：“我送弗兰克回家。”

“他现在肯定认得路了吧？”

“这个宜人的夜晚，很适合两个好朋友散散步，抽根烟。”

天气的确宜人，这是北方一个星光灿烂的夜晚，虽然已是冬天，但天气温和，空气中弥漫着柑橘叶和熟柠檬的味道，浅丘和山谷上方一片寂静。他们走在路上，我看见他们的香烟在黑暗中明明灭灭。

这样的安排十分妥当，只是距礼拜五还有几天，而且这样一来，必须让付钱的客人吃饱饭。

第二天一早，父亲对我说：“我们去打猎吧，玛蒂。把鞋子穿上。”弗兰克过来之后，父亲已经好几个礼拜没跟我说过话了。不是那种敌对的沉默，只是他觉得，我应该是个爱唱歌跳舞的女孩。他注意到我时，便想教我唱歌，可我不是歌者，也不是舞者。我是一个观察者。

打猎的邀请其实是一个命令。我们穿过农场，出发了。他拿着猎枪，我跟在后面。当时天色尚早，蜘蛛网上结着露珠，太阳出来后，光线透过露珠，碎成了千片万瓣。

“我想念英格兰，”父亲突然开口，当时我跟在他后面亦步亦趋，“你无法想象那个地方，玛蒂，满大街都是形形色色的人。银行家、马夫、商人、屠户——我的天哪，门廊上挂着那么多的肉和鸟笼。还有书商、艺术家、作家……我在读一本叫《紫色平原》的书，是个叫贝茨的人写的。你大概年纪太小，还不适合读这种书。你得问问你母亲。音乐厅、舞者、诗人……哦，我的天哪，哦，现在就去英国。”

“这里有什么不好吗？”

“没什么，该死，没什么。我的话你一句都没听进去吧？”

“喏，如果这里没什么不好，你为什么想现在就去英国？”

“这是一行诗，”他闷闷不乐地说，“没什么，这就是问题——一切都没什么。大家看着你，只是因为没别的东西可看。”

“谁看着你？”我在脑中回顾了一遍自己最近窥探大人世界的行径，想弄清楚观察者有没有被旁人看见。

“没有人。来，做个有用的人，至少学会拿枪。”他把来复枪塞进我手里，给我演示怎样将它举到肩上，虽然它实在太重了，我简直扛不稳。“听着，我们出来是为了抓一两只山鸡当晚餐。”

太阳已经升得老高，在金色的草地与阳光中，我看到有什么东西在动，于是扣下扳机。一个长着羽毛的东西从地面上笔直地弹起，然后摔了下来。那是一只柔软的棕色雌雉，突然间，我成了一个女猎人，还是个偷猎者。

我口中满是苦涩的恐惧。对死亡，我没多少兴趣。

我母亲给我们带回家的两只野鸡（我父亲打中了第二只）拔了毛，剖去了内脏。她用手指小心翼翼地探寻猎枪的子弹。我母亲以罕见的才华，加上弗兰克做客时剩下的酒，烹制了这两只野鸡。她让我父亲再去打几只回来。

我母亲跟弗兰克一样，也在果园里找了个活儿干：爬上梯子，用她锐利的剪刀不停收割橘子和柠檬。每箱能让她挣一先令六便士，而她装箱的速度比弗兰克快一倍。她和弗兰克之间发展出一丝从前不存在的友情，尽管大多数时候是她主动说笑。“你今天装了多少箱？”她率先发问，“十箱，哦天哪，但我看到，你先摘了下面的那些。”我母亲个子小重量轻，速度又快，把上面的果子都摘光了——其实这活儿更难。过了一段时间，果园主每箱会额外奖励她六便士。总的来说，是我母亲在负责家里的开销，而我父亲在我们自己的土地上劳动，有些日子，我母亲得空跟他一起干活，他会面露喜色。

大约在20世纪中叶的某个时候，气候起了变化。我想各地都是如此，但奥尔德顿的人们认为，这是气数已尽的征兆。夏天变得更加干燥，干旱出现了：有一年，所有的果园都枯死了。只要支付一定的价格，就能叫货车公司送水来，只是，没了自然雨水，移民们茫然失措。他们给水龙头接上水管，但由于大多数人靠冬季储存的雨水过活，这些水很快就耗尽了，于是他们只能喝河水。你能看见，他们提着水桶和水壶，来回奔走在蜿蜒流经他们住所的小溪和小河边。有时候，他们只是坐在水路附近茂盛的青草和香草间，一筹莫展。我们来这里，可不是为了过这种日子，你能听见他们这样说。即便不是说出声来，也是在心里暗暗念叨。有些人收拾东西，离开了。

另一些人装了水泵，或是在自家后院建造蓄水池，往里面储蓄咸水和脏水，这些水不宜饮用，但是可以暂时用来浇花园。我父亲和弗兰克也在我家屋后建了一座蓄水池：浇筑混凝土需要集他们二人之力。弗兰克的肩膀又厚又宽，袒露在阳光下。他白皙的皮肤容易晒伤，所以有好几天，他看上去像被剥了皮，但他一直在水泥和沙堆之间来回跋涉。那时他已经在北方待了好几年，似乎没任何回南方的理由。他依然是个大块头，但更壮实了，肌肉的轮廓也更加清晰。我父亲常常停下来休息，站在桉树底下抽烟，阵阵咳嗽从他的肺部喷涌而出。我母亲一直在旁观蓄水池的缓慢进展，最后抄起一把铲子，也开始搬运混凝土，吃力地负担起它的重量。

这个夏天对我来说没什么特别的。我刚满十岁，我的朋友乔斯琳出门度长假了。有些假期里，我会搭火车去南方，到我阿姨家做客，但今年由于种种原因，我没能成行。一天下午，我跟父亲一起站在桉树下，暗暗希望这一天快点结束，因为这样明天就会来临，我可以再次过上无所事事的一天，而明天也许会比今天好。弗兰克发现我父亲在看他，就走了过来。

“想要找到水，肯定有比这更容易的办法。”他说。

“说说看。”父亲倚在自己的铲子上，疲倦地说道。他好几天没刮胡子了，一张脸憔悴、灰暗，更糟糕的是，上面结了一层脏兮兮的水泥膜。

“亨特维尔曾经住着一个老家伙，他能占卜水源。你懂的，就是在地上找出打井的位置。”他伸出手，从桉树苗上掰下一根分叉的细长枝条，然后拿出小刀，削出了一根Y形的三叉树枝。

“看，”弗兰克解释道，“老家伙把棍子倒过来，长的这端朝上，然后握住分叉，一手握一边。”他向我们展示如何握住树枝：把手指紧紧缠绕在两个分叉上，拇指分别指向两侧，“然后他开始往前走，当他走到有水的地方——地下你看不见的地方，棍子就会开始弯曲，指向水源的位置。”

“就这样？”

“嗯，我小时候看他表演过几次。他不在了，那个老家伙早就死了，”他把棍子扔到一边，“我试了又试，却从来没法让它弯曲，木头就只是木头。”

“我听说过，我想起来了，”我父亲说，“一个卜水术士。”他捡起那根棍子，按弗兰克教的方法，举着它，在农场上走来走去。

“你脑子里要想着水。继续，伙计，你得集中注意力——你就想：水，水。”

“老天，我满脑子想的都是它。”我父亲厌烦了，正准备把棍子扔到一边，这时我母亲刚好来到农场，她也想试试。

“去吧，”弗兰克说，“你可以靠这个把戏赚钱。那个老家伙倒没多少钱，可能全花在酒桌上了。他是个有趣的老东西。”

我母亲举着棍子，郑重其事地四处踱步。“我怎么才会知道呢？”她喊道。

“他们觉得你知道。一旦开始，你就没法停下。估计它自己有思想。”

“啊，”她过了一会儿说，“我不信这些鬼话。你看到的可能是个骗局。”

“也许这块地下面根本没有水，”弗兰克的话不无道理，“有这个本事的人或许能找到水源，但前提是，这里得有水。”他听起来气呼呼的，仿佛我母亲说他是个骗子。

没人把树枝递给我。他们又开始工作了，我捡起那根树枝，像其他人那样，把它握在手里，缓缓经过鸡窝，然后沿着篱笆，继续往前走。

一开始，什么也没发生。接着，某样东西开始搅动，似乎有个活物想挣脱我的双手。我想着，水，水，仿佛自己很渴，树枝开始弯向地面。我简直无法描述，手握如此强劲的东西究竟是什么感觉：一股冲劲，就像骑在没佩马鞍的马背上，比枪的后坐力还强烈。如今我觉得，它更像性的张力，不是孩童该有的感觉。后来，我长大成人，结了婚，寻找地下水源的能力便彻底消失了。我一抬头，发现弗兰克隔着树荫在看我，他刚才走去小解了。

我想说，这是个秘密，但我知道，这不再是秘密了。再说了，我在干吗呢，窥探他的私事？

“我可以，”我走回父母身边，说，“我能让树枝弯曲。”

“我想，她是个小女巫。”弗兰克也回到了我们身边。

“你撒谎，玛蒂。”我母亲看起来很生气。

“不，我没有。”我急切地答道，想立刻自证。

“让我们看看。”我父亲说。

“别鼓励她了。”我母亲说。但是，在我父亲和弗兰克的怂恿下，我开始向他们展示这有多么容易。我母亲看了一会儿，转身离开，仿佛我做了什么坏事。

蓄水池建成后，突然爆发了一场暴风雨。天空猛地裂开，洪水骤发，旱地滑坡，接着，夏天又回到了之前的样子：干燥，闷热，阳光刺眼。几十只青蛙一起挤在刚灌满水的蓄水池里，躲避无情的太阳。我穿上泳衣，跟它们一起游泳。我允许它们用自己的小手抓住我的腿，任由它们把我当作浮木。当我在肮脏的水面上漂浮时，十几只青蛙一起坐在我身上。

有趣的孩子，弗兰克对我母亲说。他以为我听不见他的话。

“你别打扰她。别把我的孩子扯进来。”我母亲说。

“扯进什么？”弗兰克懒洋洋地问。

“反正你就只管去做自己擅长的事，不管是什么事。”我母亲转过头，厉声对他说，仿佛她精心维系的面具已经滑落。我记得那天晚上他面色潮红，最近他常常这样。他在村里结交了别的朋友，不再每晚都来我家吃饭。很久没来了。不过周末他总会出现，因为找不到人带他进家园酒吧。

如今看来，我们的生活方式自有一种不羁的魅力。我们也是古怪的移民，靠水果、粮食维生，一直自给自足。很有生活品位的纤弱父亲。忠诚的朋友。被抛在大自然里的孩子。养家糊口但负担过重的母亲。但在那个时候，我母亲的生活同样有问题。

有天我出门找她。我刚从乔斯琳家回来。乔斯琳跟我同岁，比我高一头，事事自信。她上课时总爱举手，即便不知道答案。仿佛想用这种积极投入的态度，让周围的人——尤其是老师——相信她是个聪明的孩子。她答不出问题时，我通常知道答案，但我宁愿把它们写在纸上。因此，令她困惑的是，有些科目，她在课堂上表现得出色，而我在考试中成绩优异。

我们的母亲之间，存在一种谨慎的友谊。乔斯琳的母亲薇芙曾是学校的老师，以认识每一个人而自豪。

“我不会让那些狂热的胡言乱语打乱事情的节奏，”她指的是那些中国通，她是个肉乎乎的女人，发尾向上卷起，两侧别着发卡，“我喜欢帮别人的忙。”说得好听，我父亲不客气地说道。不过，我母亲很高兴能时不时跟另一个女人聊聊天，也为我有地方做客而开心。移民的孩子总是独来独往。

如果说我母亲小心地与薇芙保持着一丝距离，那可能是因为，她发觉薇芙喜欢传播别人的私事。或者你也可以说，薇芙是个长舌妇。在我出门寻找母亲的那天，薇芙邀请我跟乔斯琳一起游泳。我喊了母亲几声。我确定她没走远，因为炉子上安静地煲着一锅汤。然而，她没有回答，这个地方有种被遗弃的感觉，这让我恐慌。我冲到外面，喊了又喊。

她肯定一直待在那里，因为突然间，她像是凭空冒了出来，应道：“哎，怎么啦？”

她静静地站在蓝桉淡淡的树影里，与它们融为一体，就像一根树枝，或者一团悬浮在静止空气中的树叶。

我走向她时，她在微笑。我想她很高兴，因为自己可以如此轻而易举地从别人眼里消失。我觉得既害怕又孤独，以为她被人偷偷拐走了。但她朝我走来，欢快地让我从她手里接过一桶鸡蛋，仿佛什么都没发生。

这并不是说，我母亲在家里没什么存在感，也不是说，她有意想从我们眼前消失，只是她已经养成了一种冷漠的态度，尤其面对家里的男人。但她对我不是这样，至少通常不会。我们会编造一些对话，扮演广播剧里的角色。“你可以假装我是莉迪亚。”她会说，然后在番茄丛中开始即兴表演。这种水果的果皮是红色的，像鼓一样光滑，里面长着黑色的种子和红色的果肉，我觉得它的味道腐败而苦涩。她剪下果子，扔进鼓鼓囊囊的围裙，然后再剪，再扔。“你可以吻我，要是你动作够快。但不能让别人发现，尤其是你的妻子。”她用一种做作的语气说道。

“我吻谁，我妻子不会在乎。”我会说。

“啊，不不，她在乎的。这也是有趣之处，”我母亲小声说，“我们有自己的小秘密。”

“我们不如一起乘船离开？”我可能会说。

她会嗤之以鼻：“你就这点本事吗？”这话是在问我，不是在问角色。当我们说着这些不可能发生的风骚对白时，你只要看一眼她在果园里辛勤工作的样子——穿着工装裤，头发剪得很短——你就会发誓，这是个男人。我现在想，我母亲当时很绝望，而静止与隐身，就是她在我面前掩饰绝望的方式。

有天晚上，弗兰克不在，我本该上床睡觉，却起了床，发现他们——我母亲和我父亲，脸贴着脸，在丑陋的油毡上跳舞。收音机里在播："当你心中着了火/你一定会发觉/烟雾迷了你的眼。"我看见母亲在哭。

我蹑手蹑脚地走开了，没被他们发现。我完全不知道他俩的关系会走向何方。

弗兰克过来告诉我们，有位军官——一位叫索恩的空军司令，听说我能占卜水源，想让我过去看看，因为他想打一口井。当时我母亲出了门。我记得，我父亲看上去有些犹疑。

"他会付钱的。"弗兰克说。

"空军，哈？一定是新来的。你最好换件干净的衣服。"我父亲说，他对这个主意很感兴趣。我看得出来，能接到邀请，他很高兴。跟那次狩猎一样，他没问我想不想去。

"要是玛蒂办不到呢？"我们沿着尘土飞扬的宽阔林荫道走向休伯特·索恩家时，我父亲问道。

"她会办到的，"弗兰克说，"看得出来，她有天赋。"

"但我们也不知道她是不是真的找到了水源，我们又没打井。"（当时，我父亲曾想打井，弗兰克也催促他和我母亲大胆一点，打一口井，但在这件事上，我母亲的立场极其坚定。我想，她有点担心我会失去自己刚被发现的魔力光环。）

"我可以告诉你，"弗兰克说，"除非棍子指的地方有水，否则这孩子所做的一切根本不会发生。”

那里已经聚集了一大群围观者。空军司令的家人都在场，包括在圣卡斯伯特学院上学的梅西和她就读于奥克兰国王学院的哥哥塞西尔。还有一些邻居，以及钻井工和他的副手。空军司令一只眼目光慵懒，另一只眼直直地看着你。那只慵懒的眼睛没有掩饰自己不耐烦的态度。

钻井工已经试着打了一个孔，但没能打出水。“如果他再放一个哑弹，我就没办法继续了。成本太高。她到底能不能办到？”他问。

钻井工看上去很不高兴。“我已经弄清楚了。”他对我父亲说。他通过计算河水的流向，也就是河水除了上涨之外还会流向哪里，已经找到了水源。你没法总是一击即中。他看我的眼神里混杂着轻蔑和不安。我看得出来，我令他很是担心，一个穿白衬衣和吊带格子裙的小孩。

“她可以的。”我父亲轻描淡写地说道。

我感到一阵急切的兴奋，仿佛我终于可以摆脱束缚，给大家露一手。有人递给我一根从树上掰下来的树枝，我没接，只想亲手挑一根。我慢慢准备好树枝，举起它，用眼睛丈量它的长度，虽然这并非必要。我知道自己何时能让这根树枝开始工作。但我还是紧张。去感受手中那个狂野的东西是一回事，至于地下是否有水，我所知的并不比我父亲多。树枝弯折是一件降临在我身上的事，而非我刻意为之。

我表情严肃，紧紧地抓着树枝，慢慢地踱来踱去。起初什么也没发生。我听见梅西和塞西尔轻轻发笑。但我心里依然想着水，这时树枝弯向一侧，想要挣脱我的束缚，于是我只得跟着它往前走。走到一个位置，树枝势不可挡地扑向地面。

有人开始鼓掌，也许是弗兰克，不过，其他人也跟着拍起手来。我从左走到右，又从右走到左，树枝始终扑向一个地方——离钻井工预估的打井地点至少有五码远。

“我觉得水源不在那里，”他说，“你拿不准这孩子是不是在说谎。”

“树枝总是弯向同一个地方。”弗兰克说。

“把她的眼睛蒙上。”那人说。

“绝妙的主意。”空军司令说。他对我父亲说：“怎么样，老伙计？你能把自己的手帕系在小姑娘的眼睛上吗？”

我父亲脸上闪过一丝忧虑，似乎意识到事情已经过了火。“没事的，”我说，“你可以这么做。”因为现在我知道了，无论拉扯树枝的是什么力量，它一定会出现。

它的确出现了。

他们开始在我标出的地方打井。钻井工干活时，我们在旁边等了一会儿，没指望立刻就有结果。然而水源离地面很近，漂亮的清水源源不断地涌出，盛了一桶又一桶。索恩中校给了我父亲五英镑，酬谢他费神带我走一趟。“给小姑娘买条新裙子吧。”他说，这只是一种措辞，并不是对我的衣着评头论足。塞西尔和梅西继续玩起了之前就在玩的槌球游戏，仿佛什么不寻常的事也没发生过。

我母亲听说后，对我说："不准再干这事。"她气得脸色发白，好几天没跟我父亲说话。弗兰克也有两个礼拜没能过来做客。

"她不是马戏团的孩子。"她消气后这样说道。

"我知道，"我父亲看上去很尴尬，"可是，有那么多钱。"当时，好几个人想找我帮忙。他瞥了我一眼："她可以去外地上学。"

"不，"我母亲厉声说道，我和父亲吓了一跳，"不，玛蒂就待在这里。跟我在一起。"

有天，薇芙突然来找我母亲。她带来了一个特别的请求。我能否去派尔家寻找水源，就当是帮她的忙。安妮和科特，那个特殊小孩的父母。

我母亲说："她不会帮任何人做这件事。"

"喏，"薇芙说，"安妮的情况很糟糕。那个地方快没水了，科特又忙着照顾她和小孩。我不知道他们会怎样。我丈夫给他们买了一桶水，因为他们家实在太缺水了，连一杯茶都泡不了。但我们也没钱一直帮他们买水。而且，安妮还在泡澡——最近她好像不知道该怎样节约用水，或者说，不知道该怎样做任何事。要是她能偶尔洗上几件衣服，情况也不至于那么糟了。最重要的是，几年前科特就把水管和其他设备买回了家，但他们一直不知道该往哪里打井。"

"我们还欠他们一个人情。"父亲说。

"好吧，"母亲看起来很迟疑，"如果玛蒂愿意。如果我们不把这事说出去。”

“这是自然。”薇芙说。

“不收钱。”

我父亲看上去有点失望，但鉴于提出帮忙的人是他自己，只得点头应允。

派尔家的情况确实糟糕，跟薇芙说的一样。科特还没来得及阻拦，薇芙就领我们进了屋。也许她的确想让我父亲了解情况。安妮身边一片混乱，全是脏衣服和脏碗。那个可怜的婴儿，乔纳森，已经变成了一个步履蹒跚的儿童，他腰间挂着一条肮脏的餐巾。床褥没整理过，床垫也脏兮兮的，上面满是破洞。唯一像样的东西是钢琴——那架红木小三角钢琴，它在这个肮脏混乱的房子里，闪着异样的光芒。薇芙告诉我们，科特会在晚上弹奏钢琴；她曾听见，音乐顺着风吹的方向，从两家之间的蓝桉树中飘出。（不，这是我的想象；薇芙不是这么说的，但关于音乐声，这就是我听到的版本，这一带常有人提起它。）安妮又怀孕了。她好像没认出我来，不过我们出去寻找水源时，她也跟了出来，然后立刻又折回屋里，看上去心不在焉。我的观众只有薇芙、科特和我父亲。

但我们什么也没找到。我不知道那里有没有水，但在那个地方四处走动时，我觉得手中的树枝像是死了，它毫无生气，一动不动，仿佛这只是一场愚蠢的游戏。就像迪莉娅和保罗医生。我终究不是神童。

事情当然传开了。我的自负渐渐退去。在学校里，大家见了我便沉默不语，仿佛我是个江湖骗子，他们只想不惜一切代价避开我。我离开人群，便能听见他们又开始聊天。

我不再是乔斯琳的朋友，她办了一场生日派对，没邀请我。我待在家里，看着那些移民的女儿带着礼物赶赴派对。过完生日，乔斯琳又开始跟我说话，邀我去她家玩，仿佛什么都没有发生，但我没去。

弗兰克说，我需要一个经纪人，那样的话，经纪人就能告诉我父母，那个地方的环境不合适。如果当时他在那里，他一定会建议我不要去干那个傻差事。

安妮·派尔的健康每况愈下。她的妹妹，佩塔尔，从南方来这里小住。有天清晨，薇芙来到我家，向我们介绍佩塔尔。

“我是家里的老幺。”佩塔尔自嘲道，“他们快把名字用光了。”家里一共有十一个孩子：安妮排行第八，佩塔尔排行第十一。佩塔尔眼神明亮，二十大几，个子不高，但身材不差，胸部丰满，笑容可掬，跟安妮截然不同，简直难以想象她俩是亲姐妹。她的印花棉布裙下露出一双小巧可爱的脚踝。当然，是薇芙叫佩塔尔过来的，因为必须有人为安妮做点什么。薇芙知道佩塔尔是一名护士。她还没结婚，工作很出色，她所在的医院许诺等她照料完姐姐，会再把她聘回去。

薇芙第二次到访的目的很快浮出水面。佩塔尔需要找个人帮忙打扫派尔家的卫生，她既要照顾安妮，又要照顾乔纳森，实在忙不过来。第二个孩子随时会出生，她在分秒必争地忙活。当然，她会付钱给我母亲。

“我不干打扫的活儿。”我母亲说。我看到她对薇芙怒目而视，仿佛在说，你自己怎么不做？这肯定又是施舍，最糟糕的那一种。

“我跟佩塔尔说了，你干过一些家政活儿。”薇芙带着歉意说道。

我母亲刚准备拒绝，突然又改了主意。我猜她在想，派尔夫妇曾经帮过我们的忙，就像我父亲之前想的那样。再加上我没能给他们找到打井的位置。也许跟我母亲喜欢佩塔尔率真友好的笑容也有关系。她说她待会儿就过去。

又一次晚宴。我母亲、我父亲、弗兰克、佩塔尔和我。我母亲用苹果酒煮了鸡肉，还放了青椒和苹果。苹果酒是她自己酿的。接着是一道甜点，轻盈的海绵蛋糕浮在柠檬奶油上。

科特也接到了邀请，但他选择留在家中，弹奏孤独的贝多芬分解和弦，将它们洒入奥尔德顿市夜晚芬芳的空气。安妮离开了，也许再也不会回来。他们的孩子，乔纳森和健康的新生儿德里克，交由另一位姐妹照顾，她最终会收养他们。科特很快就会搬去奥克兰，他和妻子及两个孩子各自生活在不同的屋檐下，但至少可以不时见个面，然后，慢慢地，见面的次数越来越少。我母亲会知道这一切，因为佩塔尔见到她时，会将所有的事和盘托出。之后的几年里，她俩常常见面。

有件事，在这餐饭之前就决定了。我不知道做决定的是谁，但这件事注定会发生。弗兰克和佩塔尔要走了，他俩要结婚。这次晚宴是他们的欢送宴。饭吃到尾声，我父亲提议干杯。

“敬弗兰克和佩塔尔，祝他们身体健康。”他的声音在颤抖，这一次，眼里闪着泪光的人是他自己。

弗兰克和佩塔尔走后，我母亲病了好几个月。她生了疖疮，这病是因为过度劳累和精神紧张，另外，她的饮食中也许缺了点什么。其中一个疖疮长在后脑勺上，成了一个痈——一个长了几个头的疖子。她整夜来回踱步，拿着我父亲的香烟不停地抽。有时她试着躺下，但这比站着还糟，因为要一直抬着她那肿胀、有毒的脑袋。我父亲喊来了医生，这人出了名的爱酗酒，偶尔还会精神错乱。他拿手背擦了擦眼睛，仿佛不敢相信眼前的一切，然后从包里掏出一把手术刀。别动，他对她说，接着切开了那个东西。

病情非但没有好转，反而恶化了。等薇芙过来安排她住院时，那个东西已经长了十三个头，每个头都像一个腐烂的活物。我母亲差点死在医院里。我去了南方，在我姨妈那儿住了一阵子。这跟安妮·派尔的情况相仿，只不过我母亲康复了。后来，我回了家，变得不那么任性了。

弗兰克和佩塔尔一有时间就来做客。他们接连生了四个孩子，有时候他们没法离开农场。弗兰克在亨特维尔买下了一个农场，就在他家隔壁，还养了一大群家畜。后来，我父母搬离北方，住到了离他们较近的地方，虽然这不是有意为之。有时他们会一起出门度假。

有个日子我记得清清楚楚，那是在我遇到我丈夫之前不久。当时我给一家电台写广告文案，就在我们如今居住的那个小镇。我家附近有一片湖。我父亲有一艘划艇，我常在周末划着它到处逛。那时我已经迷上了户外运动，虽然脑子里装的都是男人。我早就不再占卜水源，仿佛体内的某种能量已被摧毁。

我不知道弗兰克和佩塔尔那天会来做客。在电台加完班，我径直去了湖边，想着可以往湖心划上一段，或者沿着湖岸划一阵子。然而，等我到了湖边，却发现船上有人。我父亲使劲划着桨，载着弗兰克驶离岸边。

那是一个平静的金色午后，垂柳在湖上摇曳，小鱼在水中跳跃。空气里已经弥漫着秋天的果味。我望着那艘船，看见我父亲沐浴在阳光中，靠在船桨上休息。他和弗兰克有说有笑。我父亲脸上那种甜蜜安宁的表情，永远地印在了我的心里。

那天傍晚，所有人都回到我家，他们让我用弗兰克的相机给他们拍了一张合影。我母亲不再是从前在农场上的样子，她变了，变成了一位郊区女性，正如许多年前她朝思暮想的那样。她身穿及膝粗花呢裙、奶油色法兰绒衬衣和一件毛衣；围着围巾，围巾上别了一枚胸针，那是我父亲送给她的生日礼物，一个小梨子，镶在螺旋形的金丝上；还穿了一双朴素而舒适的鞋子。她的头发已经留长，盖住了可怕的伤疤。佩塔尔穿的是粉蓝色腈纶套装、米色短袜和黑色便鞋。男士们穿着夹克，敞着衬衫的领口。这大致就是他们接下来三十几年的模样，大家都会变胖，除了我父亲，他会越来越瘦，率先老去。

他们就在那里，他们四个：我母亲，我父亲，弗兰克，佩塔尔。

巧舌如簧

几年前，我结识了一名年轻男子。我自己倘若是个年轻女子，大概会以为他对我暗生情愫。事实上，他只不过想找人倾诉烦恼，之所以选择我，是因为此前我在班夫[1]的一家酒吧里，给他讲过一个跌宕起伏的故事。故事说的是，有天晚上我穿过一个漆黑的村庄，心中满是莫名的恐慌，在那个熟悉的地方，我却彻底迷失了方向。有条路能带我回到我深爱的女人身边，我不停寻找，却又一直错过；当时，这个女人就快死了。虽然这件事发生在地球的另一端，与加拿大相隔很远，但我觉得，我扣人心弦的叙述方式令他有所触动。

“听你的描述，倒像是刚发生的事。”他说。

“唔，已经是十天之前的事了。”

“十天。”他像被蜇了一口，仿佛有什么东西与他擦身而过，

1 位于加拿大阿尔伯塔省。

距离太近，令他不适；那是死亡的阴影，自己身处困境时，就会产生这样的联想。我和一群作家待在一起，刚在星空下优美的温泉浴场游过泳。一群无拘无束的人突然现身，显然被其他浴客当成了入侵者。我们热气腾腾，满面飞霞，水蒸气和新朋友之间的交谈让我们兴奋不已。去喝一杯吧，我们互相说着。待我们终于找到一家尚在营业的酒吧，却又没人想喝酒了，反而纷纷喝起了咖啡。我们知道自己会保持清醒，但还需要时刻警惕，因为有太多秘事要向别人披露。那天深夜，年轻男子和我离开了人群，沐浴着星光，手挽手走回住处。他悄悄将手指搭在我手臂内侧。我们收到过提醒，要当心发情期的麋鹿，它们要是受到打扰，也许会发起攻击。在班夫，麋鹿的地位比人高。它们在街道中央穿行，司机则等在一边，它们还会大摇大摆地出入花园和后院。

之前的那个星期，我参加了另一场巡回宣传，去的是我新西兰的故乡。如果这听起来像个巧合，那我真得告诉你，这就是作家的主要收入来源：他们到处奔波，跟每一位听众谈论自己的作品，与此同时，书商就站在一张小桌子后面，向听众推销作家的作品。这事不像听上去那么无聊。我在礼堂、图书馆和乡村小酒吧的包间里，跟那些与我一样爱书的人交谈，度过了生命中一些最美好的日子。即便不是非去不可，我也乐意出席。不过，那一次，我宁愿坐在姨妈身边。我收到消息：她病了，余下的日子不多了。

这不是一位普通的姨妈——如果她真的存在。我指的是，她没当过母亲——她自己没生过孩子。我常常把她视作我的另一位母亲。在她的葬礼上致辞时，我就是这么唤她的。当然，我明白自己需要同时出现在两个地方。但我刚出了一本新书，并且答应过出版商会参加这次宣传。当时有许多随机因素，它们显得意味深长，简直像一个预兆，或是一种指引。在诸多因素中，有件事的的确确是巧合。地点定在怀卡托[1]，弗洛在那里生活了大半辈子，我也不时会去那里小住。那个绿色的乳业中心，遍地都是颜色柔和、目光深邃的奶牛。从所有的活动场地出发，都能开车抵达我姨妈所在的乡村医院，最后一站除外。按照事先的安排，我会驾驶一辆租来的汽车，从一个场地赶往另一个场地，然后搭飞机，去最后的那个小镇。一切都是机缘巧合，取消行程的想法并未真的出现。

我先去了一趟医院。一到那里，我就听见弗洛的声音，微弱而激烈，回荡在走廊上。她不住地高喊："快来救我。快来救我。"一声高过一声。她浑浊的双眼没能立刻把我认出来，尽管白翳之下露出了一丝往日的黑眸。

认出我之后，她稍稍平静了一点，说："你来看我了。"

"我来看你了。"

"只是为了看我？"

"嘘，"我说，"会好起来的。我爱你。"

她别过头去："爱。别跟我谈爱。"

我当时想，我总在姨妈的生活中来来去去，从来没能一直

1 位于新西兰北岛中部，奥克兰以南。

陪在左右。但她，自我记事起，就一直等着我。但至少我会回来，一有时间就会回来。临终的那些天里，她因为呼吸困难，不断惊醒。这时我会说："我在这里。"

"我在这里。"她重复我的话。不过，等她发觉我真的在她身边，呼吸就会变得轻松一点。

第一天晚上，夜班护士说她需要吗啡。"我觉得，她摄入的止痛药剂量太小。"她说。每当我们试图给弗洛翻身，她都会大声尖叫："拜托拜托别碰我别碰我拜托别碰我。"

"我们该怎么办呢？"我问护士。我喜欢这个年轻女人。她身材娇小，动作利落，几乎像一位舞蹈演员。后来我得知，她从前练过舞蹈，立志要当舞蹈演员，直到脚踝变形。

"喊医生来吧，"她说，"你是她的至亲，如果你说她需要医生，我们可以叫一位来。"

"就这么办吧。"我说。

医生是一位年轻的印度男子，他看了一眼弗洛，便把我拉到门外的走廊上。"她想要多少，就给她多少，"他说，"想用多久，就用多久。不过，你要跟她说清楚。"

我走进病房，坐到她身边，说："弗洛，你能听见我说话吗？医生说，要用吗啡。"

她睁大了眼睛。"吗啡？"她小声说道，仿佛医生提供的是迷情药。她必然知道它的药力：她这一生照顾过许多位病人，眼见着他们最后一次吸入诱人的吗啡，然后死去。

不过这次，吗啡的用法不是吸入，也不是注射，而是滴在她的舌头上。“苦。”弗洛说。这让我想起她说过的一句话：“生活中总有几粒苦药，但你会熬过去的。”她睡了一会儿。等她再次醒来，药力已经开始减弱，又到了给她翻身的时候了。

拜托，不，不要。

然后我明白了：每次翻身，到了最高点，当她的身体开始往下转时，她就开始尖叫，还会疯狂挥舞那只能动的手。我伸手捉住她的手，它像一片冰冷、衰老的鱼鳍。“你怕摔下去，是吗？”我说。

她说是。是的，她害怕。如果我抓着她的手，她就不会摔下去。这就像在高处行走：那种无法自控、害怕被抛弃的感觉。这也令我痛苦。

我问那个叫乔伊的护士：“你觉得这会持续多久？我的意思是，我不想看她继续受折磨。”

乔伊认真、严肃地审视了我一眼。“你是想问，”她最后说，“大家是继续过自己的日子，还是像我们的祖母那样，为亲人守夜？”

“是的，差不多。我希望，她需要我的时候，我会在她身边。”

“我觉得你已经做得很好了，”她说，“我没法告诉你，它具体会在什么时候降临。对老人来说，死亡不是火光一闪 。它需要一个前奏、一段铺垫，等它准备好的时候——而不是在方便的时候，事情就会发生。”

“就像烘焙？”

“可以这么说，我觉得。”

“那就是弗洛，”我说，“她做饭棒极了。你真该尝尝她做的橘子面包。”

我看见，乔伊用全新的眼神打量我的姨妈，不再只是护士看着病人，而是仿佛能在这个无助的生物身上，看到一个更年轻、更有活力的人——也许她瞥见了那个我依旧能看到的身影。

“你应该休息一下，处理一下自己必须做的事。”她说。

第二天一早，天刚破晓，我再一次未见弗洛，先闻其声。不过这一回，她在唱歌。“去寻找那道银边/当乌云出现在蓝天/请记得，太阳在某处放光/所以你，应该让它为你而亮。”从她的房间望出去，是一片柑橘林，我看见有兔子在树下跳来跳去。

我见了弗洛，听过她的歌声，又小声跟她聊了一会儿，便驱车北上，在午餐时间的朗读会上念了自己的作品。这一切结束后，我开车回医院。怀卡托多姿多彩的风景就像一条航空横幅：它应该挂在直升机的后面。草地闪着泰国丝绸般的光芒。天气好的时候——接下来的那个星期多半如此，毛茛黄的太阳照耀在电光蓝的天上。那里的花园像彩色龙卷风一样蓬勃生长。不过有些事难以预料：飘过的云朵会让风景蒙翳，夜晚又太过黑暗，星光没法时刻指明方向。

我决定，在这个小镇，能住多久便住多久。我在公园边上订了一间房，从那里，我能俯瞰整个温泉浴场。然而，大约只过了一个礼拜，我已身处地球另一端的温泉小镇。世界如此紧密相连，真叫我吃惊。20世纪初，位于医院附近的这个温泉浴场曾是时尚人士的聚集地。他们在这里建了观众席，还搭了一个叫卡德曼之家的茶亭。我有一个白瓷茶壶架，是我花一美元从中古店买来的。壶架上有一幅描绘茶室的金箔画，一名穿长裙的女子站在茶亭前的球场上，正在打网球。弗洛会喜欢它的：这就像她和我母亲的青春岁月，也像其他姐妹的青春岁月。

那天下午，弗洛和我聊了一会儿。这差不多就是我们最后的交谈，内容大多是过去的时光：那时我乘火车从北方过来，她会去车站接我，我毕业后在她家住过一阵子，十几岁的我差点把她逼疯；以及，这些事是怎么过去的。

“我这一辈子，不过是喜欢帮别人的忙。”她说。从某种程度上来说，的确如此。那天下午她回忆着从前的事，一丝怨恨也没有。

“我该走了，”她说，仿佛是她来探望我，“西奥等着我呢。”她用拇指和食指搓捻我的拇指，非常用力。

“我想，你该去找他了，”我说，“四十年了。你让他等得够久了。”

“他会在那里的。”

“你要跟他说什么？”

“赛马连赢投注什么时候开始？”她心情愉快，哧哧地轻笑起来。

傍晚，五点将近，情况起了变化：她陷入了昏迷，呼吸也越来越浅。有时，我觉得她已完全没了生机。我没喊人过来，因为我觉得，这就是她一直在等的时刻，我会陪在她身边，而她会放手。

然而她没有死，又继续生存了几天，时而睡着，时而醒来。每天早上我回到病房，她已经开始喊叫，悲伤的号哭回荡在这家小医院的走廊上。“不要温驯地走进那个良夜。”我伤感地告诉自己。

这似乎只是个开始。

接下来发生的事如同梦境，仿佛有一种我至今无法解释的力量推着我往前走。开车，演讲，半夜回来，陪着姨妈。我对自己见到的人说了什么？哦，你想成为一名作家。那么，你必须学会跟自己相处，不管这有多难。因为做这项工作时，你只能靠自己，你需要给自己的生活留出空间，分清轻重缓急。作家的生活不是在象牙塔中度过的。生活中充满干扰，你要学会接受这个事实。你有孩子吗？当然有。很多作家都有。每天写上一刻钟——总比什么都不写好。是的，我认同，这跟技巧和风格无关，这关乎如何坚持下去，我能告诉你的只有这么多。我能保证它就是成功的秘诀吗？不，不，当然不能。没什么是必然的。原谅我，我得走了。

我也不是一直独自守夜。（乔伊在我身上看到了什么，竟如此确定我会为姨妈守夜，就像我祖母从前那样。）我认识了几个别的护士，印象最深的是贝蒂和琼。她们都是能干的女人；跟乔伊不同，这两人只是兼职护士，平时在自家农场干活。她们聊起自己的生活与家庭，还问我，出名、上报纸是什么感觉。我说，说到底，这样的生活跟其他人的也差不多；至少重要的事情如此，比如出生和死亡。她们说，是的，看得出来。她们又说，每个人都对同样的事情感兴趣，这是不是很奇怪？她为你骄傲，非常骄傲，她们低头看着弗洛僵硬的身体，说道。还好她有你。

在场的除了几位护士，还有我姨妈的邻居。她在附近住了好些年，是一位中年妇人，名叫帕梅拉。她把黑发梳成了没有光泽的尖髻，穿的是好看的乡村休闲服。她为学园俱乐部组织演讲，还是国家党的成员。我明白姨妈为什么喜欢跟帕梅拉相处，虽然我跟她明显有些不对付。我是她无法信任的那种女人。我看见，她打量我的穿着，并且暗自与之较劲。通常我会穿宽松的翻领美利奴羊毛衫和黑裤子，戴一条蓝黄相间的艳色围巾。我不是每天都换衣服，因为频繁出行，必须轻装上阵。就我自己而言，大概对帕梅拉心存嫉妒，因为显然在某些方面，她比我更了解弗洛。帕梅拉为弗洛买过东西，剪过脚指甲，还做过不少诸如此类的贴心事。而且她每天帮弗洛收信，这意味着，她清楚我每隔多久给弗洛写一次信。

弗洛清醒时，看我的眼神带着一丝埋怨。

“你去哪儿了？”她每次都这么说，还用一只半眯的眼睛瞪着我。

“我只是出去了一会儿。你知道我会回来的。”

“我在这里。”她尖着嗓子模仿。

“喔——哦。”有天下午，帕梅拉吸着气说。

“别难过。”乔伊说，她给我带了一块湿绒布——给弗洛擦脸用的，“这不是你认识的弗洛。她已经走了。”我知道她的意思，但帕梅拉似乎一头雾水。

“我想，我要回家洗个澡。”她说。

“好主意。”我说，尽量显得不是在盼她离开。

乔伊在房间里徘徊，浏览着从弗洛家里取来的东西。几个礼拜前，帕梅拉把它们带了过来，对弗洛来说，这是一种伤感的安慰：住在医院，就跟住在家里一样。我也不是不赞成这种做法——当时我若在弗洛身边，也会做同样的事。有几个描着花卉纹样的漂亮瓷器；还有一尊银边小花瓶，花瓶上有手绘的埃及风景，这是弗洛二十一岁那年收到的生日礼物。只是，那个房间里的一切，并不足以说明弗洛究竟是个什么样的人，也不足以说明弗洛在过去九十年的生命里，曾是什么样的人。乔伊端详着弗洛和西奥的结婚照。“她好漂亮啊。多么时髦、多么活泼的女人！”她说。

“她让我想起女王[1]。”我说。

“真的吗？”

我不禁向她细细道来。“我见过女王一次，”我说，“她手套的指尖已被拽离手指，于是我只能握住那块柔软的白色小羊皮。看到女王的眼神，我发觉自己握了太久。但我想跟她说，你很像我的姨妈弗洛。当然，我没有说出口，因为，她也许会觉得这话太唐突，或是跟她毫无关系。”

“或许她会觉得这是一种赞美。”

1 指前任英国女王伊丽莎白二世（1926—2022），1952 年 2 月 6 日即位，1953 年 6 月 2 日加冕，是英国在位时间最长的君主。2022 年 9 月 8 日，伊丽莎白二世去世，享年九十六岁，其子查尔斯三世继承王位。

“我不信。而且就算她觉得这是赞美，大概也会不置一词。据说，她从不回应别人的赞美，只大大方方地接受。或者，她会问：‘为什么？为什么你会这样想？’到时我就得解释，她们的肤质相仿，戴帽子的角度也差不多。不过，弗洛年轻的时候把帽子戴得比女王还时髦。我本可以告诉她，弗洛突然微笑时，平日严肃的表情就会柔和下来。跟她一样。”

“那么，实际上你做了什么？”

“哦，我跟大多数人一样，紧张地笑了笑；然后滑稽而笨拙地行了个屈膝礼，就像在学校领奖时老师教我们的那样。”

“我要是做成了舞蹈演员，或许也能见到女王。”乔伊说。

“但你见到了弗洛。”我大笑了一声，说道。看到乔伊的面孔，我才发觉自己是多么轻率——她确实感到失落，本希望我能感同身受。

为了缓解我们之间的尴尬，我开始描述姨妈的房子，那是西奥在大萧条末期给她建的，当时建筑业不景气，这让他的工友有活儿可干。他依然有钱给弗洛买钻戒，即便没有丽兹酒店[1]那么大，至少也能比得上诺丁汉城堡酒店。房子极宽敞，中央暖气从厨房流向四面八方。屋子里有好几个地方能让你一个人待着：正式客厅，它只会在礼拜天派上用场；巨大的封闭式阳台；我住过的漂亮小卧室；弗洛和西奥的卧室，里面有黑色梳妆台和厚厚

1 美国作家F. S. 菲茨杰拉德曾写过一篇著名短篇小说《像丽兹酒店那样大的钻石》，讲述一个住在钻石山中的主人公男孩的历险故事。丽兹酒店是巴黎一家闻名世界的百年豪华酒店。

的床垫，弗洛成了孀妇那四十年里，一直没换掉那张床垫；以及餐厅，壁炉上有闪闪发光的铜煤斗，墙上齐头高的架子上摆满了西奥收藏的微型烈酒。房子虽然又大又宽敞，却相当昏暗。首先，墙壁都是用深色木镶板做的；其次，每个房间的棕色荷兰百叶帘都被弗洛拉下了四分之三——整天如此，每天如此，直到夜幕降临，她会把窗帘彻底合上。

西奥娶弗洛时已经不年轻了，她让他等了很久。她说她会嫁给他，然后又改了主意。他建好这栋房子后，有段时间他的父母住了进来，所以她不是它的第一任女主人。我想，这大概导致了她和西奥之间的一些问题。当然，当她第二次改变主意，说还是要嫁给他时，他的父母也不大高兴。

弗洛花了好几年时间才想清楚一切。她也许是想着、记着威尔夫·莫顿。

我母亲跟我说过威尔夫·莫顿和弗洛的事。当时他们一家住在我祖父的牧羊场，那是1900年前后最大的牧场之一。我母亲是老幺，家里的孩子除她之外，还有美丽而虚弱的女儿海伦娜、聪明的女儿莫妮卡，以及有趣爱笑的女孩弗洛——至少她小时候是这样的。我母亲一直顽劣，脸皮也厚，有时候会因为不听话，被她的姐姐们扇巴掌。为了回敬她们，她会监视她们的一举一动，尤其是她们带年轻男子回农场小住的时候。后来，她在她们尚无子女时生下了我，算是对她们的还击。她们却不是这样看待这件事的，她们心生羡慕，却从没讨厌过我母亲。姐姐们大呼小叫、告哀乞怜地叫我母亲别打扰她们，管好自己的事。就是在那样的日子里，我让我母亲一举获得了她始料未及的地位。

威尔夫·莫顿是弗洛的未婚夫，他在农场上断断续续地待了好几年，却丝毫没有定下婚期的意思。其他过来小住的年轻男子会帮忙放羊；在剪羊毛的棚子里轮番上阵，试炼自己的剪毛手艺；把从羊背上薅下来的羊毛收好、拖走，准备将它们放进压缩机。

威尔夫不这么干。

威尔夫总在打网球。他喜欢在屋外转悠，穿一身白衣，卷起精致的裤脚，以免扫到草地。他的头发像是烫过的，高而白皙的额头下方是一双又黑又直的眉毛，跟铅笔芯似的。他左手小指戴着一枚镶紫红色石榴石的徽章戒指。你就算没看到这枚戒指，也能从这家人打量他的眼神里发现：这个男人很浮夸。弗洛往他身边一站，显得有些平平无奇，虽然她的衣着是所有姐妹中最时髦的，而且，她还有酒窝。她和威尔夫订了婚。但她父亲不同意这门亲事，他说自己对这个男人的了解不够深入，而且，既然她是一个喜欢漂亮东西的女孩，光有爱就足够了吗？可事实上，每当他出现时，弗洛便闪闪发光，仿佛内心已被点亮；他不在时，她则郁郁寡欢，在饭桌上一声不吭。因此，有天我外婆对弗洛说："真的，弗洛，如果有天你结婚了，或者分手了，我会很高兴。"那时威尔夫已经走了一个多礼拜，没人知道他去了哪里。外婆说这话，其实是对弗洛异常尖锐的责备，毕竟我母亲觉得，弗洛是外婆最喜欢的孩子。

第二天，弗洛的别扭——她母亲开始这样称呼这些坏情绪——一扫而空。威尔夫开着一辆崭新的福特T型车回了农场，还带来了两位男士和一个男孩。那两位男士的穿着非常考究，年轻的那位把帽子拉到后脑勺上，帽檐向上翘着，他环抱双臂，在农场里四处转悠，脸上挂着难以捉摸的表情。另一个男人双手举到胸前，十指交叉，说说笑笑。跟他们一起来的男孩与农场上的男孩迥然不同。他穿着衬衣，没系胸前的纽扣，一只手撑在腰上，双腿交叉，像舞蹈演员一样勾起脚尖。威尔夫揉了揉他的头发，说："你真是个小混蛋，是不是？"

跟往常一样，一看到威尔夫，弗洛便容光焕发。她显然一早知道他会过来，因为她穿上了漂亮的低腰直筒连衣裙，裙子笔直地垂至膝盖，再往下是一圈裙摆，上面打了几道直直的褶边。她还穿上了白丝袜和绑带皮鞋。

这些人来农场干什么，他们当时没说，但后来大家发现，他俩一个是采办站的代理商，一个是银行的人。他们打算取消农场的抵押赎回权。在随后的那些年里，这是司空见惯的事。重点是，威尔夫·莫顿为什么会和他们在一起？

"今年夏天，我要教这个年轻人打网球。"他指着那个叫拉尔夫的男孩说。拉尔夫有个即将成年的妹妹，名叫安娜贝尔，就快毕业回家了。他们的父亲，那位银行经理，急于让他们提高运动技能。威尔夫得到了一份住家工作——教他们打网球。威尔夫坐在桌边，笑着对一家人道出了这个消息。

显然，弗洛是第一次听说这个安排。“这是不是意味着，你要离开了？”她问。

威尔夫歪头看着她：“嗯，我想是的。我的意思是，我没法在这里教拉尔夫和安娜贝尔，对吧？”

“所以你要住在他们家？”

大家沉默良久，每个人都在埋头寻找餐盘上的最后一滴肉汁。卑鄙小人，我母亲回忆此事时，骂了一声。他知道我外公快破产了，所以给自己谋到了更好的前程。她没能看出来，可怜的傻弗洛。我母亲很爱这个姐姐，只不过，后来她在家里的地位让她开始用全新的眼光打量自己的姐姐，仿佛自己成了一个明智的成年人。

“会住一段时间吧，”威尔夫说，“这是一份工作。”他望着银行经理的方向，露出了一个让人放下戒心的灿烂笑容。

弗洛用餐巾掩住嘴，像是快吐了，然后站了起来。

“弗洛，”她母亲说，“注意礼貌。”

“我以为你会很高兴呢。”威尔夫说。

当时，任谁环顾四周，都会发现，屋子里最开心的人是我外公。后来，外公也尝到了悲伤与背叛的滋味，因为他得知了这次拜访的真正目的，以及银行经理和他的顾问已经清点了棚屋里剩下的羊毛捆，外公没钱找人将它们运走。弗洛头也不回地走出餐厅，在她自己的房间里待了几个小时。她拉上了窗帘。威尔夫去房间门口叫她时，她也没有出来。

“弗洛，”他说，“我要走了。你不出来跟我说声再见吗？”

她没有回答。他说："那好吧。好吧。"T型车轰然发动，一些无声的告别已被道出。

"别管她，"外婆说，"让她一个人待着。"

那真是一桩奇怪的生意。我母亲谈起这件事时，这样说道。

我毕业后，跟弗洛和西奥住在一起，这样我就能找一份坐办公室的工作——良好的谋生手段。我进了一家会计师事务所，学会了打字和写公函，并且积累了一点跟金钱打交道的专业知识。我能用自己的钱买衣服和化妆品了，这让我尝到了独立的快乐。

他们提议让我住过去时，西奥说，这对弗洛有好处。"她情绪有点不稳定。"他挠着自己稀疏的浅棕色头发，对我母亲说。当然，他没当着弗洛的面说这话。我母亲已经去南方跟他俩商讨过这个想法。我觉得她为此有点担心，但弗洛写信提出了这个主意，而我父母刚好不知道该拿我怎么办，一个倔女孩，收获了"有头脑"的评价，却拒绝从事一切当时向女性敞开大门的职业。

西奥长着一张建筑工人的结实面孔，嘴唇因风吹日晒变得很薄，每天抽二三十根自制烟。他会关上浴室的门，背共济会誓词，每隔一晚，就去探望跟他住在同一条路上的母亲。这两栋房子分别矗立在一条长街的两端，这个小镇纪念碑很多，花木却稀疏，有三家旅馆，还有一个横跨主干道的火车站。

一开始，我很喜欢这里。姨妈为我的出现高兴不已，仿佛我已完全为她所有。我也的确和她住在一起。她精心安排我的三餐，煮我最爱的食物，还开始操心我的婚恋。虽然我才十六岁，但她已经为我物色了一个叫汤米·哈里森的人选。他是个执着而阴郁的男孩。每个礼拜五，他都会来城里，头上戴着一顶棕色的帽子。礼拜五是每周的大日子，农民会在那一天忙生意。他父亲是个有钱的农民，弗洛一心想将我和他凑成一对，仿佛我能挽救家族的经济状况，不管是否为时已晚。汤米定期来事务所递交农场的账目，他将发票递给我时，会小声邀我跳舞。他手心冒汗，我看得出来。赴过一两次约后，我便找借口推托了。

姨妈对我宠爱有加，与此同时，我也得知了一些别的事情。

我以为弗洛的婚姻很幸福。我以为她拥有一个女人渴望的一切。但等我跟她住到一起，而不是过来度假时，我才发觉，事实并非如此。

其中至少有一些麻烦跟西奥的母亲有关，如今她成了寡妇，住在街道尽头的那栋房子里。西奥会说，他下班路上要顺道去看看自己的母亲，可事实上，他会一直待到八点左右，弗洛给他做的晚餐慢慢烂在了烤箱里。他母亲给他吃的，通常是弗洛在周末带给她的饭菜。弗洛接管她的房子时，西奥母亲的期望落了空，并且不愿就此善罢甘休。她习惯独占自己的儿子。西奥崇拜她。男人常犯这个毛病——想夹在两个女人中间度过一生，只不过，西奥不是夹在妻子与情妇之间。西奥晚归时，他们会吵架，接着会冷战几天，直到弗洛心软。

“我想，我最好还是去看看那个老东西，”她会用最恶毒的声音说，“你跟我一起去吗？有你在，我就能找个借口离开。”弗洛常在周末看望自己的婆婆，而这个时候，我不能拿工作当挡箭牌。

我们去西奥母亲家时，总要带上许多蛋糕和烩菜。如今我已明白，食物是弗洛内心世界的词汇。她用食物表达对你的关切，或者，至少表达一份善意。

有天，我去做客时，西奥的母亲对弗洛说：“她把自己打扮得花里胡哨的，那个女孩。”她提起我时常用第三人称。我戴上了自己的新收获——一对轮形耳夹，蓝羽毛做的，中间镶着钻石。

“别这么说话，”弗洛说，“她就像我的亲女儿。”我感觉她把自己的椅子朝我这边挪了挪，像在保护我。

“好吧，真的，我很抱歉。”她婆婆哼了一声，说道。她的脸皱纹遍布，像一颗又老又小的浆果，非常苍白，敷满了粉。

“我把给你的蛋糕放好。”弗洛说。她乒乒乓乓地从厨房碗橱里拿出几个罐子，盖盖子的动静也很大。她把搪瓷炖锅放在厨房的操作台上，给它盖上了一条干净的茶巾。弗洛双唇紧闭，显然今晚不打算再说什么了。

“你对我太好了，”她的婆婆夸张地说道，“今天锅里有什么？”看得出来，她是真想知道：她脸上闪过一丝老人的贪婪。

“鸡肉。”

“你确定没放酒吗？上次你带来的那些，我就吃出了酒味。”

“我不会把酒浪费在你身上的。”

“我觉得我闻到了。你知道的，我会去教堂做礼拜。”她转头对我说道。

我点了点头，没说话，感觉自己说什么都不对。

“可惜你没有冰箱，”弗洛厉声说，“天一热，过不了五分钟，这些吃的就会馊掉。”

“哦，好吧，谁是被宠坏的女孩？我们知道，你拥有的东西都是顶好的。”

“西奥会立马给你买一个的，”弗洛说，“你知道，你只要打个响指，就能得到自己喜欢的一切。”

“我老了，没必要往这个屋子里塞满那种昂贵玩意儿了。叫那个女孩多帮帮你。”

“我们要走了。”弗洛不高兴地说道。她一把抓起自己的包，把开衫从椅背上扯了下来。

“羽毛和脂粉把小女孩变得面目全非，”我们离开时，老妇人说，“我猜，她对你来说聊胜于无吧。”她猛地关上了门，似乎以为弗洛会揍她。

但弗洛目不斜视，快步走上了街道，我跟着她，看见她眼里有泪光闪烁。“我这一生咽过几粒苦药，”她说，下巴似乎很疼，“这次总该到头了。”

不孕的儿媳。没孩子的女人。我现在明白了，我曾是她用来向世人炫耀的孩子，是她暂时的女儿。

她当然很想生孩子。有次我去看她，我们聊起了镇上的熟人。

“汤米·哈里森过得怎样？”我问。我的孩子们在花园里玩耍，就在我俩目力所及之处。太阳在空中慢慢融化，我想让孩子们进屋涂点防晒霜，但弗洛说：“哦，别打扰他们，阳光对他们有好处。”就跟她说“哦，别管那些年轻人，让他们抽烟吧”的语气一模一样。不过，她自己不抽烟，而且我觉得，要是我抽烟，她也会不高兴的。

“汤米·哈里森？哦，他就住在附近。自负得很。”

“我早就看出来了。”

“唔，没关系。还好你没嫁给他。”

“为什么？你当时很热心的。”

“他没有孩子。你也许会落得跟我一样的下场。”

“哦，弗洛。”我说。我不知道该不该跟她聊下去。但在那一刻，她选择告诉我。暂停了一两个月的例假、乳房的严重肿胀、周围所有人的期待……接着，内裤上乍现的污渍，一天的腹痛。事情结束了，每次都是这样。而且，它不是只发生了一次，而是经常发生——厕所里没完没了的告别。

“哦，好吧，”她说，我知道她接下来要说什么，“你知道，总有几粒苦药。我们年纪太大了，西奥和我。我不知道自己在想什么，居然以为他能让我怀孩子。你觉不觉得，你的孩子们该进屋了，别再晒太阳了？”

“是的。”我如释重负。

她的嘴唇上沾了一丝鼻涕，她拿手背擦掉了。

“花粉病。”她说。

那栋房子也不是到处一片漆黑，但黑暗降临时，往往动作迅疾。弗洛和西奥喜欢马赛。每到有马赛的周末，他们都会盛装出席，这个习惯维持了许多年，直到有天，弗洛突然想做出改变。不过，家里的厕所被他们装饰成了幽默厕所，里面张贴了几十张名马的照片，其中好几张是著名的菲尔·莱普，它死后，人们发现，它的心脏足足有十四磅重。

在房子的深处，有一条宽宽的走廊，走廊里有一间凹室，它就像弗洛的宝座。擦得锃亮的桃花心木桌旁，摆着一张矮凳，凳坐由皮革编织而成，搁在雕花木框上。桌子上放着三样东西：一个黄铜盒子，里面装着家人的照片，其中有几张是我的婴儿照，还有几张是她从小居住的农场；一个云绿色的螺旋形皇冠德文壶，里面总是插着花（绣球是她的最爱）；以及一部电话。弗洛喜欢坐在矮凳上打电话，一打就是几个小时，不是跟她的姊妹，就是跟她最好的朋友——格莱德·迪安。战争期间，她和迪安一起在结核病疗养院当过护士。

一天晚上，我在打电话时，把自己新买的银镯搁在了桌上。听见弗洛喊我吃晚饭，我从桌子上转过身，手镯刮到了桌面，留下一道深深的划痕。

“你这个蠢婆娘，”弗洛对我吼道，“蠢货，蠢货，蠢货。”

接下来的一个礼拜，她没有跟我说话。西奥在屋子里悄悄地走来走去，也不作声。

有天早上，趁西奥从弗洛的冰箱里取出自己的饭盒，我说：

“对不起，西奥姨父。”弗洛在洗澡，浴室门关得紧紧的。突然间，这个偌大的房子似乎小得容不下我们三人，我一直在想，要是事情没法快点好起来，我也许该收拾行李，回到北方的父母身边。我觉得不开心，也觉得自己很蠢——就像弗洛说的那样。我原以为西奥喜欢我跟他们住在一起，但现在，我感觉自己不受欢迎。他的目光穿过了我的身体，仿佛我根本不存在。

“关于那张桌子。我不是故意的。”

他甩了甩脑袋，似乎想让自己清醒一点：“关于桌子的什么？”

“关于那道划痕。”

“我不知道你在说什么。”他身材魁梧，耳朵有点大，后脑勺和脖子之间堆了一层肥肉。他笨拙地把我搂在怀里：“拜托，小馅饼，你表现得很好。”这是他对我的称呼，一个昵称。

这事发生在礼拜五。那天夜里，他很晚才回家。

“去了妈妈家，是吧？”弗洛问道。她站在厨房里，没抬头看他。他的晚餐还在盘子里，像一坨泥饼。

“不，事实上，我没、没去妈妈家。”他跌跌撞撞地穿过走廊，走向卧室。

我以为她会继续待在厨房里，然而她跟了上去，叫他跟自己说话。

“喂，出句声啊你！”她吼道。

他回话时声音太小，我没听见。但我听到了她的话，语气里满是轻蔑：“你醉了。再想想吧。”接着，她又说了一句我没能听清的话。

“这不是我的错。”他说。

所以，那栋房子里可能发生了很多事，桌上的划痕也许是其中最微不足道的一件。

弗洛又沉默了一个礼拜。她既不跟西奥说话，也不跟我说话，连“把黄油递给我”也不说。弗洛宁可硬撑，啃干面包，也不愿开口。

接着，她恢复了正常，就像这一切发生时那样突然。她又开始为我准备最爱的食物，看上去心平气和——至少跟我在一起时是这样，直到那年年底我离开那里。我在父母的安排下，搬去更南边的地方，从事另一份工作。在我离开的前一周，弗洛开始沉默，但不像从前那样愤怒。这回更像是，弗洛再次面对某样自己无法控制的东西，她认命了。

我离开后一年不到，有天早上西奥抱怨身体不适。他去看医生，却发现自己没多少日子可活了。西奥患的是前列腺癌，扩散速度很快，他跟它打了短暂的一仗——其实连斗争都算不上。没过多久，他的心脏停止了跳动。就这样，没有告别仪式。

葬礼结束后的第二天，海伦娜——那个美丽、多病的姐姐，带着她所有的行李来了弗洛家，说要在这里住几个礼拜。

“你没必要过来。我自己能行。”弗洛对她说。

“我不信。”海伦娜说。她一住就是二十年，直到离世。西奥死后，弗洛在乡政府找了份工作，给政府的大小会议做记录。她的才华出乎所有人的意料。到了晚上，她会回家给海伦娜做饭。虽然每次我去那里，海伦娜都在兴高采烈地聊着天，但我从没见过弗洛主动跟她说话。

西奥一走——今天还是建筑工人，不出一个月就成了一具尸体，被长埋地下——弗洛便发现，他仿佛是她的一生挚爱。我想，这就是虚构终成事实的一个例子。一种重建。大家相信自己想要相信的东西，我在那次宣传活动中对读者说；当时弗洛躺在医院里。你可以随心所欲地界定生活与艺术的界限，但是大家会自行决定要相信什么，就是这样。

我想，弗洛就是这么做的。这让她继续活下去，度过了她与海伦娜同住的那些日子，以及后来的岁月。

弗洛可怜、衰败的身体散发着难闻的味道，无论给她洗多少次澡，无论怎样精心照料，这种气味都难以去除。她在氧气罩下浅浅地呼吸着，似乎意识不到我们的存在，也听不见我们说的话。

我需要出席剑桥镇的一个作家研讨会，那里距医院近一个小时车程。

我已经准备好向前看了。由于开车往返于医院，我付出了巨大的代价。站在观众面前演讲时，我如坠梦境。我心里明白，弗洛很快就会离世，但很快是多久？出国在即，再过一两天，我就别无他法，只得说再见。第二天我要去吉斯伯恩 ，此行的最后一站，然后我会回家。

“我会待在弗洛身边。”我向帕梅拉解释这个情况时，她说。我看得出来，她看我的眼神满是责备。我已经换上了适合参加晚会的衣服，一条黑色长裙，搭一件紫红色上衣。

“我明天看看能不能订晚一点的航班，”我说，“今晚我会待在剑桥，明早天一亮我就回来。”我在极力拖延。

正是在剑桥，我认识了这群作家。我的房间就在剧作家达维娜·沃斯隔壁。她写独角戏，有时会亲自上台表演。她有一双清澈的绿眼睛，黑色的头发梳成了中分，里面夹杂着几缕白发。她在生活中是个很好的朋友，在舞台上却是一位叫人敬畏的人物。我开始觉得，我本不必来这里的，因为有她和当时也在场的诗人就足够了。我看到了达维娜看我的眼神。“你对自己做了什么？”

我试图向她解释。我告诉她，我夜里也许还得回医院。我给乔伊打过电话，问及弗洛的情况时，她一直含糊其词。

“如果她病情恶化，你要告诉我，好吗？”

“好的。”她答应了。

“保证？”

“我会的，是的，我保证。”

“你快把自己逼疯了。”我向达维娜转述这段对话时，她这样说道，“你下个礼拜就要去加拿大了，别再这样对自己了。”

那天晚上在剑桥，书商一共卖出了五十七本书。“干得漂亮。”他们边说边把出场费的支票递给我们。

“我该回医院了。”我说。

"你累坏了，"达维娜说，"需要跟我们一起出去透透气。你上一顿饭是什么时候吃的？"

她、诗人和我最后去了一家咖啡馆。那个地方乱糟糟的，里面全是剑桥的养马人，其中一位的马卖出了一百万美元的价格，他们因此出来庆祝。我不记得自己吃了什么，但我记得我喝了两杯酒，笑了很多次。达维娜给我们讲了一个故事，她在澳大利亚接受戏剧培训时，扮演过奥菲丽娅。无论她怎样努力，都无法融入这个角色。我并不意外。达维娜太外向了，对生活的态度是彻彻底底的乐观。"'我演不好。'我对导演说。他是个英国人，有很重的英国中部口音。我问：'巴尼，我该怎么办？'巴尼把手举到空中，说：'我不知道，也许你该把自己想象成茉莉花和无蝶[1]的结合体。'"

我觉得这话非常好笑，于是一直笑，一直笑，然后我哭了起来。那种可怕的爆笑不是因为幽默，而是出于痛苦，并且无法自控。其他人关切地看着我。恢复正常后，我突然说："我要给医院打个电话。"

我的手机没电了。"我要回汽车旅馆，那儿有电话。"

达维娜说："你今晚出来散心是对的。你经历的事情太难熬了。你必须停下来。"

汽车老板没睡，一直在等我。"我有个消息要告诉你。关于你的一位亲戚。抱歉，是个坏消息。她估计撑不过今晚了。"

---

1 指的是带口音的"蝴蝶"。

“我要走了。”我对达维娜说。

“我跟你一起去。”

“不，不要。我今晚会睡在医院。”

“我需不需要跟主办方说，你明天不去吉斯伯恩了？”

“我不知道，”我说，“明天的事明天再说吧。”

我驶入了怀卡托的夜晚。

离开小镇五六公里后，油箱警报灯亮了。我慢慢地、小心翼翼地掉头，把车开回了镇上。一切都变成了可怕的慢镜头。

我遇上的第一个加油站在晚上的那个时间段只提供自助服务。铁栅栏后的年轻男人不愿出来帮我。

“我姨妈快死了。”我说。

“人人都这么说。”他有一张阴冷的、月牙形的脸，眼睛下面长着黑眼圈。我不知道该怎样操作加油设备。

“求你，”我摇晃着栅栏，边说边哭，“求你了，弗洛快死了。”

“我是照规矩办事。”他就着包装袋，在咬一个热气腾腾的馅饼。

“我说过，我不会伤害你的。我今晚在城里做了一次演讲。”

他根本不理我。

我继续往城里开，在与弗洛相反的方向上越走越远，终于找到了另一家加油站，给车加了油。自出发起，一个小时过去了。然后我把这辆车变成了一艘赛艇，让它在笔直的长路上长驱直进，仿佛它在顺风航行。是因为酒吗？因为慌乱，还是因为害怕自己最终没法遵守承诺出现在那里？不在那里。

你去哪儿了？

我在这里，弗洛，我在一条黑漆漆的马路中央，我的眼睛蒙上了泪水，看不清熟悉的地标。

我错过了一个重要的岔路口，突然间，我又开向了与目的地相反的方向。我掉转车头，试图回到原来的路线，却发现自己绕了一个圈，正在驶向附近的汉密尔顿市，而且已经在没有出口的高速公路上开了几公里。我走到一个环形路口，放慢速度，终于弄清楚自己身在何处，然后再次出发。两个小时过去了。汽车在飞驰，仪表盘上显示一百二、一百三、一百四。我记得有天晚上，弗洛打电话给我，她把自己那辆老旧的迷你小汽车开进了附近的一个水沟。它漂在水上，轻轻摇晃，直到有人把她拉回安全的地方。车沥干水，又能开了。但年底换驾照时，政府官员不肯给她颁发驾照。“我为他们工作了那么多年，还以为他们会更尊重我一点呢，”当时她说，“傲慢的小子们。”

一百六。我从没开过这么快。为了让自己保持清醒，我开始唱歌。上一年的冬天，我教过一门创意写作课，最后那次课上，我的学生们合唱了一首毛利歌，那是一首表达爱与感谢的歌，Te aroha, Te whakapono, Me te rangimarie, Tatou tatou e…… 这就是当时我在唱的歌。歌的大意是，给我们所有人的爱、信念与和平。我不知道她会不会喜欢这首歌，但我觉得，如果我不停地唱这首歌，它就能给我动力，带我去她所在的地方，最终，我就能陪在她身边。当她问：“你去哪儿了？”我就会答，我在这里。

后来，我终于到了那里。站在灯光下的小乡村医院门前，我看到一群女人聚集在走廊上，便明白自己来迟了一步，事情已经发生。

帕梅拉上前拥抱我，我把她推开了。

“她走的时候，午夜刚过七分。”当时是十二点十五分，医院外面的树下结起了霜。

我穿过走廊，没看她们。我没说，很抱歉，我没能在这里。

“我来了，弗洛。”我说。但她不会回答了，再也不会了。我可怜的受了伤的老海星，她双手交叠，手指指向我，可怜的老鱼，永远地搁浅了。

我对她吼道：“你为什么不等我？”

我从花瓶里扯下几朵花，撒在她身边。我出了病房，走到其他人身边，有人对我说：“我们去给你倒杯茶。”她们看上去很怕我。连乔伊都是。

我告诉她们，我不要该死的茶，然后走出医院，上了车。没人试图阻止我，虽然现在我觉得，她们也许应该拦下我的。我开得非常慢，像一个获许上路的盲人。回到旅馆时，我发现自己把钥匙锁在了房间里。我用力敲达维娜的门，但她没听见。那是凌晨三点。我觉得自己应该睡在车里，但后来我又想，我是个成年人了，是下一个会死的人，是位老人，于是我拨通了旅馆老板的紧急联络电话。

第二天一早，我离开了旅馆，前往吉斯伯恩。一到那里，我又开始演讲。关于写作。关于想象。不要被事实框住，我说。

又过了几天，我们在弗洛的葬礼上唱了《羊儿安心吃草》。

第二天，我飞到了加拿大。

温哥华英吉利湾的西尔维亚酒店似乎是这世上最完美的酒店。室外爬满了常春藤，室内有古老的深色横梁和斑斓的彩色玻璃窗。我的房间既宽敞又通风，我睡得很舒服，直到傍晚才醒来，感到快乐而自由。我走进一家购物中心，从化妆品超市买了一罐面膜。超市里有一台开放式冰柜，里面放满了商品，它们似乎更适合陈列在熟食店里。面膜是香菇做的，装在一个罐子里，被摆在另一个盛着冰块的容器上面。我在别处买了一把雨伞和一份温哥华的报纸。我回到西尔维亚酒店，把面膜敷在脸上，感觉肌肉被吸到了皮肤表面。之后，我觉得自己已得到彻底的净化，仿佛获得了新生。我坐着看海，吃了一片塞满生姜和西柚的鸡胸肉。

从卡尔加里出发的航班上，我的飞机与太阳擦肩而过，强烈的眩光透过窗户射进来。我跟在班夫偶遇的那个年轻男子是邻座。我们已经变得很亲密，坚持（或者说，他坚持）在飞机上坐在一起，以便继续畅谈彼此的生活。一场似乎永远不会停下的叙述。我依然记得当时被阳光照得眼花缭乱的感觉。

弗洛这辈子只坐过一次飞机，那也是她唯一一次离开新西兰。她和政府的几个朋友决定去拉罗汤加岛度假。她走向出发大厅时，脚被自动扶梯绊住了。她摔了一跤，撞到了脑袋，但她依然踏上了旅程，因为跟朋友在一起。不过，她不喜欢那次旅行，玩得也不尽兴。提起它时，她只说："什么时候让我回到新西兰都行。”害怕摔倒。无论以哪种形式。

在我小时候，有天我母亲在我们居住的小镇上遇见了威尔夫·莫顿。当时她站在一家五金店里，听到一个声音说，他想买一磅钉子。她立刻认出了他，她说，虽然他的头发变成了铁灰色，而且他背对着她。是因为他说话的方式，仿佛他来买钉子是对店主的恩赐。

我当时只听说这件事，因为那天晚上，我听见母亲用低沉而愤怒的声音告诉了我的父亲。不过后来，我便清楚这是怎么回事了。我有一张威尔夫的照片，它被塞在信封里，就夹在我从弗洛家拿来的一本食谱里，照片的背面用铅笔写着他的名字。

“我问他：‘你来这里干什么，威尔夫·莫顿？’”

“他怎么答的？”我父亲问道，语气异常激动。他喜欢听我母亲家族里比他落魄的人的故事，这当然不是说威尔夫·莫顿曾是家庭一员。

“他住在这里。”我母亲啐了一口。

“哦，天哪，那就严重了。”我父亲说。

“在海湾的另一边。”

“好吧，我想，这也没那么糟，你去城里时可以注意一点。”

“我干吗要主动避开那个男人？”

“也对，”我父亲说，“他有没有说自己做什么工作？”

“他说自己已经退休了。”

“从什么岗位上退下来的？”

“对，”我母亲说，“这正是我问他的问题。‘你从什么岗位上退下来的，威尔夫？’他没有回答，只是笑笑。”

我跟母亲提起过这件事，当时我们聊着家族里的事，以及那个无解的问题：弗洛为何变成了这样。（我们提出这个问题，是因为弗洛来我们家做客时，忽而暴躁忽而沉默，尤其是在与海伦娜同住的那些年里。）当时我已大致听说了威尔夫离开弗洛的事。

“哦，那个威尔夫·莫顿。”我母亲像她的家人那样，微微耸了耸肩。

“是什么让他如此可恶？除了离开她。”

“有些东西不见了。”她说。

“你是说，他偷东西？”

“之类的吧。”他们一家没有详细讨论过这事。一件小饰品、一个农场、一颗心——我母亲指的可能是其中任何一样。一种荣誉感，也许；如今我们可能会觉得这没有必要。

我睡着了。那个年轻人好心地给我垫了一个枕头。我俯瞰着织锦般的森林和已经开始结冰的湖泊。我们很快就会抵达温尼伯。这个年轻人让我的感觉变得敏锐起来，但到了这个年纪，我已明白，表面的浪漫之下，内核也许是悲伤。我庆幸自己在这个世界上跋涉已久，足以了解这一点。之后我们会在远方互致信息：通过共同好友传递的消息、对方无法参加的新书发布会邀请函，诸如此类，但不是信件和电邮会涉及的内心密谋。我认识许多巧舌如簧的男子，但我想，我的姨妈只认识一个。

我坐在西尔维亚酒店，看着大海。当时这个故事里的一些情节尚未发生，但再过几天，就会成真。我将在班夫遇到的那个年轻男子跟麋鹿一样危险。他打算在之后的行程里与妻子会合。他在酝酿一个残酷的小秘密，这种秘密男性常有，再寻常不过，但它会把生活撕碎。我对男人做了一点概括：总的来说，我觉得他们不坏。这是我的一个断言，但它没怎么见报。我想说的是，西奥是你能遇上的最正派善良的人。我从没发现他有什么讨人厌的地方，在他死后，我也从没听说任何会让我对他另眼相看的流言。只是，他在生活的某些方面缺乏判断力，他无助地爱着自己的妻子，而且不可否认的是，他相貌平平。

你可以说，一切都是自我的，但我不确定是不是这样；你可以在婚姻中缺席——肉体在那里，灵魂却不在。接着，为时已晚。观察某些夫妻，甚至是他们的照片，就能看得出来，有一方的眼神已经游离于镜头之外。我有那场宣传活动的作家合照，班夫的那位年轻男子和妻子也在照片里。那天，他们的婚姻依然存续（尽管没能维持多久），但他的眼睛一直盯着出口的标志。

我读过一句话，是17世纪的一位法国年轻男子写的。我将它保存了很久，已经忘了自己是怎么找到的。这句话被我抄在了一张棕色的纸片上，那张纸年代久远，已经发脆。

L'absence est à l'amour ce qu'est au feu le vent.

缺席之于爱，就像风之于火。

丝绸

每每想起爱情和我们的开始，我就会想到湖边的房子；想到我们躺在床上，肌肤相贴，像两匹交叠的丝绸。我记得那面百叶帘，也记得屋里被它切割成一道道的光线，有月光，也有日光，当时就是这样：我们昼夜躺在那张床上。正是在那段日子里，或者说，大约在那个时候，我开始崇拜一位作家，她住在湖边，在一间挂着百叶帘的房间里跟男人做爱，阳光透过窗户，在男人的背上打出一道道柔和而明亮的光斑。

这位作家生在越南，一个名叫玛格丽特·杜拉斯的法国女性，一个跟另一种肤色的男人做爱的女孩，一个生活在世俗之外的女人。她跟我很像，只不过，我嫁给了我爱的男人——在我年轻的时候。谁知道这段婚姻能不能长久？我结婚那天，人人都在问这个问题，那些善良的长老会教众，他们是我的叔叔阿姨。我们结婚了，我丈夫和我，在一个贴着亚麻壁纸的教堂里。当时头顶雷声大作，大雨倾盆，没人能听清我们的誓词。正如我刚才所说的，我那时非常年轻，腰围二十二英寸，有一头浓密的黑发。爱的艺术对我来说如探囊取物。我在图书馆上班，读法国作家的作品，杜拉斯是我的另一种爱，一种激情，与我对鱼水之欢的探索紧密相连。我会在午休时间冲回家，丈夫早我一步到达。我们做爱，然后回去上班。那是一种让人精疲力竭的生活。

杜拉斯把我们带到了河内，不过，这是很多年后的事了。近五十年之后，事实上。回首往事，我们可以说，五十年的婚姻里充满激情和欢笑。但它也见证了真相、记住了火焰：性爱的丝般欲火；打烂东西的怒火之夜；我们最糟糕的时候，就是一双愤怒的暴徒。

这不是我们第一次去越南。其实我们常去东方，只是从没去过河内。我曾跟随杜拉斯的脚步四处走访，追踪她的幽魂：去过西贡（在我心目中，胡志明市依然叫西贡，因为我觉得，这个名字听起来更狂野、更坚韧、更迷人）；去过堤岸，她住在那里时，有许多个下午本该在学校度过，却躺在了中国情人的床上；也曾乘着平底驳船，沿湄公河寻找她的房子（但没能找到）；还去了诺弗勒堡，那个法国小镇上有她遗下的房子，旁边是一个静静的黑色池塘，那是我内心生活的另一种折射。我曾把脸贴在她的窗台上，看她在厨房踢脚线上留下的踢痕。我还去过她在巴黎的墓地，很朴素，上面只刻了她姓名的首字母：M. D.。但我没去过河内，有一段时间，她的寡母在那里经营一家湖边旅馆。我母亲也在旅馆上过班。你能看出，我的生活是如何与她有了交集。不过，这种兴趣有时候会引起误会。你酗酒吗？一位记者这样问过我。我当然否认，因为我是个名声很好的女人，而且住在一个小地方。我写过自己的生平，记者觉得不够全面。他们想知道的，总是多过你想告诉他们的。显然，他们想要的是丑闻。杜拉斯是个酒鬼。她会喝到不省人事。我从没这样。有阵子我确实喝得不少，但这跟酗酒是两码事。

我丈夫在曼谷机场等我。他先去了金边，给那里的一家援助组织当志愿者。年纪越长，他就越热衷于拯救世界。他做善事，给别人的生活带去改变。我没法像他那样。我发觉，去贫民窟跟残疾人打交道时，很难不露出施予者的热情笑容。炎热让我心烦意乱，乞钱的人、善举永远帮不尽的孩子、绝望的妇人也是。而且，说实话，我觉得救援工作者也不好相处，在我看来，他们要么是狂热的基督徒，要么是遁世者，他们紧张不安，爱喝便宜酒，私生活也混乱，总是怒目圆睁，鲁莽行事。也不是人人都这样，不过，我还是只想与他们保持距离。跟这些人相处得越久，我就越是只想做个普通人：依我看，我就是一个拘谨的老妇人，耳后笨拙地插着素馨，跟当年站在我身边的叔叔阿姨一样。我丈夫倒不显得突兀，似乎已经融入了周围的环境。他坐在肮脏的街边，一边吃别人递给他的食物，一边跟当地人交谈。

我到了机场，一看到他，就发觉他状态不佳，不大对劲。他脸色苍白，说起话来语无伦次。我们精心计划过这次会面，他却弄错了时间。我从奥克兰飞来曼谷，航班抵达前的好几个小时，他就在机场等着了。我的行李最后一个离开传送带，等我出闸时，他因为担心我的下落，已经歇斯底里，企图冲到进站乘客中找我，保安只得拦下他。但他见到我之后，似乎并不高兴，仿佛我只是个陌生人。我们准备登上飞往河内的飞机，不过当时我开始觉得这是个糟糕的主意。如果真有什么不妥，我们或许应该留在曼谷。过完安检，又托运了行李，我们来不及回头了。丈夫叫我找张椅子，让他在去候机室的路上稍作休息。我问："以你现在的身体状况，你觉得自己可以搭飞机吗？"

他说当然可以。我早该料到会是这样。他从不轻言放弃。离开金边之前，他随几个朋友去一家面馆吃午餐。他说面馆很脏，但他不想扫他们的兴。他虽能融入环境，但也会尽量小心，因为有次他回到我身边时，患上了一种热带病，差点要了他的命。他想，也许是因为在面馆吃了什么。但不管是怎么回事，很快就会过去的。

我们夜里才到，机场一片混乱，数百人挤在一起，有些人想进站，有些人要出站，出租车司机不停推开别人，寻找生意。我们的司机把接机牌高高举过人群的头顶，找到了我们。过了一会儿，我们驱车驶向河内，或者说，我觉得是这样。道路渐渐趋于寂静，一个漆黑的村庄在我们身边绵延。我们穿过一条河，以及一座似乎没有尽头的桥，我感到脚下有水流过。

"我想，我们正在穿越红河。"我说。我以为丈夫会很兴奋，他一直期待亲眼见到这条被称作"母亲河"的红河。"这一定是升龙桥。"他做了很多功课，熟知这个伟大工程及桥墩下两个村庄的所有掌故和数据。但他没有回答。我有点恼火，觉得他应该更积极一点。

车一直往前开，我们也许经过了许多地点，被载到了离目的地很远的地方。我们无从得知，也没法询问沉默的司机，他不会说英语。黑暗的大地上几乎没有一丝光亮，之后我就会明白，越南人很少用电，漆黑一片也是常事。城市的微光终于在我们面前闪现时，我丈夫斜躺到我身上，把头枕在我的大腿上，直到我们抵达酒店。

“入住的手续就交给你了。”他把自己的护照递给我，说道。这样的情况以前从没出现。

我已经舟车劳顿了很久。急救用品里有止泻药，我找了出来，给他服下，期待这能治好他的肠胃不适。接着我在双威酒店躺下来，一觉睡到了天亮，希望他也能跟我一样。床单是用精致的白棉织就的。

第二天早上，他病得更重了，我当时依然以为他会好起来，于是独自去吃早餐。酒店的餐厅很安静，就像法国小旅馆的餐厅。墙上挂满了生动的越南画作，虽然色彩斑斓，却没有扰乱屋内白绿相间的清凉氛围。我吃了火龙果和甜瓜，还吃了一点麦片，然后上街散了一会儿步。这是老城区的一条大道，拥堵、破旧，上方低低悬着沉重的电线，仿佛依然处于战时，尽管战争已经过去了近三十年。我一路走到街道的尽头，站在歌剧院的门前，我开始担心自己找不到回去的路，那样的话，我丈夫就只能一个人待着，他会害怕，会病得更重。或许就是在那一刻，我意识到情况可能很严重，事实上，我正在试图逃离这个局面。我回到酒店，他看上去糟透了。他不想看医生，但我们商定，如果三点钟他还没有起色，我就去找医生。不过，两点钟我就去了前台。“帮帮我，拜托，”我说，“我丈夫病了。”

“我们可以帮您叫一辆出租车，夫人，然后把你们送去诊所。”那个女人说。

可是，不，我说，不要这样，他现在这个情况，需要请医生上门看诊。很快就有人来了，一位年轻女子，身后跟着一个助手。没过多久，救护车也来了，我丈夫戴着氧气罩，被抬上担架，穿过双威酒店的走廊。警笛在我们头顶响起，透过窗户，我看到成千上万辆摩托车密密挤在街道上，向我们拥来。我抛下所有的行李，把一些贵重物品扔进了保险箱，飞奔出门。

到了诊所，医生隔开了他和其他进进出出的人，不过我坐在他身边，跟他说笑。医生让我穿上长袍，戴上口罩。我说：“我在河内，在照顾你。我要假扮热唇霍丽亨啦。”然后我嘟起了嘴。

“不是这场战争，”他说，“也不在这个国家。”之后，他就没怎么说话了。在认识我之前，我丈夫当过空军飞行员。我说：“振作起来，老伙计。”我唱了一两句《地狱的丧钟敲啊敲啊敲》。什么都没法博他一笑。我依然觉得，没什么是一剂抗生素不能治愈的。一位年轻的法国医生过来看了看，又离开了，他的神情很严肃。几个小时过去了。我丈夫的情况似乎还在恶化。“我们认为，他得了霍乱。”那位法国医生说。我不再跟丈夫开玩笑了。

屋外夜幕已经降临。医生说：“你知道你丈夫病得很重吗？”

我茫然地说：“知道，不知道，哦，知道，我知道。”然后我哭了起来。他疲倦地看着我，仿佛我的举止很不得体。“我们要送你丈夫去医院，他在那里会更舒服。你得向你们的保险公司确认一下。”

但新西兰的夜晚比这里早几个小时降临，我试图给保险公司打电话，却只收到一条语音信息，它报出了公司的营业时间。诊所前台的女人脸上挂着越南人特有的冷漠表情。她向我解释，如果我们的保险公司没法确认保单，我就必须自己支付我丈夫当天下午的诊疗费。我能交出自己的信用卡吗？费用共计五千美元左右。

我匆忙离开酒店时，只带了一两张银行卡，里面的钱不够。我又哭了，可能还喊了几句，但这无济于事。我身后的丈夫像一摊灰泥，插满管子和针头。我说我会跟全天候银行客服联系，我也的确这么做了。最后，信贷额度批了下来。我们离开诊所，走到了河内的街道上。街上满是商贩和人群，正在营业的商店灯火通明，入口处垂着丝绸门帘。一辆救护车已在等候。我丈夫坐在轮椅上，由四个男人抬着。就在登上救护车之前，他喷射出一阵疯狂、恶心的绿色呕吐物，溅在了周围每个人的身上。绿色的雨。路人发出惊恐的尖叫。那四个男人转过身，又把我丈夫抬回了诊所。

“把他放到救护车上，”我叫道，“请把他送去医院。”

然而，他似乎必须先被清理干净。于是，整个过程又重复了一遍。救护车离开这个城市时，已经是午夜时分。我们再次穿行于一片寂静中。百叶窗已经合上，越南人也都躺下了。之前满大街都是的摩托车没了踪影。灯光均已熄灭，只有人行道上闪烁着零星的火光，照亮了夜班工人弯腰烧炉子的影子。救护车开得很慢。我们似乎慢慢驶出了市中心。我不知道车在朝哪个方向开，但黑暗中依稀有建筑的轮廓，所以我知道，我们一定还在这个城市里。我出门好几天了，距我在酒店吃白色的火龙果肉，也已经过去了整整一天。

我们到了医院，那是一栋无趣而简陋的混凝土建筑。一群护士冲到我丈夫身边。我们刚走到医院的荧光灯下，他就突然消失了。这个地方空空如也，只有一张大桌子，桌子后面坐着一个男人。“出示你的护照。”他说。

我给他看了。

“现在把你丈夫的护照交给我。”他从我手上接过它。

“请问我能把它拿回来吗？”我问。

他不耐烦地摇摇头。“他离开医院之前都不能。他们告诉我，你们的保险文件没办妥。现在给我五百。”

“美元？”

“是的。”

“我身上没那么多钱。”我说。

“给我看看有多少钱。”

我打开钱包，把里面的东西倒在柜台上；一共掉出三百多美元，其中也许有五十美元是零钱。他从中挑拣了一番。“我得留下回旅馆的车费，”我说，“我不知道自己现在身在哪里。”

“三百就行了。”他说。

“我想看看我丈夫。”

“这不可能。医生待会儿过来。”

我在前厅等候，里面放着一张棕色人造革沙发。这时，有个女人走到前台。我很快发现，她是美国人。她丈夫心脏出了问题，刚刚入院，同样被送到了重症监护室。

“但这太荒谬了，”她大声对前台的男人说，“他的心脏之前也出现过杂音。他不需要进重症监护室。明天早上我会带他去曼谷，找个好大夫。叫他们把他带出来。”男人摊开双手，意思是：这不关我的事。我与他对视了一眼，一瞬间，我们之间仿佛产生了共情。至少我没有告诉他应该做什么。

那个女人告诉我，她叫艾琳，刚跟丈夫一起来到河内。她的丈夫要去一家银行上班。我一直不太理解美国女性。去美国旅行时，我发现，她们通常慷慨、有趣、热情，但她们心中有一道脆弱的边界，一旦受到冒犯，她们就会失控。

“嘿，你好像被困住了，”艾琳说。当时我们已经交谈了几句，她把自己的名片递给我，“要是明晚你还是一个人，我们可以出去玩一下，你觉得如何？别担心你的丈夫，他会好起来的。肠胃的毛病，这里的医生还是知道该怎么处理的。”

一位越南医生出现了。他向我做了自我介绍。

“你丈夫现在被隔离了。”他说。

“他得的是霍乱吗？”

“不，不是霍乱。”

“那他出了什么问题？”

“他感染了轮状病毒。一种传染性极强的病。”

一种病毒，我想：“那么，不严重吧？”

“哦，严重，很严重。”

“他不会死的，对吗？”

“哦，也许会。他的肾脏不起作用了。他现在，怎么说呢，脱水了。他应该早点过来看医生的。”

“今晚？今晚我丈夫可能会死？”

“有可能。”

“我要见他。”

“不可能。他在隔离。你回去吧。”

“哪里？告诉我他在哪里。”

过了一会儿，他心软了，带我搭电梯去了另一个楼层。我跟在他身后，穿过一道门，那道门必须由护士从里侧打开。接着，又出现了一扇上锁的门，我透过窗户，看见一个光秃秃的病房，我丈夫就在里面，他赤条条地躺在一张简陋的床上，似乎失去了意识。

“我要待在这里。”

“不，你不能待在这里。你该走了。”

一位护士拉着我的胳膊，带我回到电梯，陪我搭到一楼。“你必须离开。”

我对她喊道：“我哪儿也不去，我要睡在这里。”

她耸耸肩，对前台的男人做了个鬼脸。我在水泥地上躺下。

护士走了，我一个人待着，抽泣起来，仿佛再也不会停下。爱情有过罅隙，又经过修补，缝合处老旧磨损，已被撑大，却从未破裂：此刻它们一一摊在我的面前。我的丈夫快死了，而我孤零零地待在一个从没来过的城市，躺在水泥地上。我俩都只身一人。

前台的男人走到我身边。“你可以去隔壁房间的床上躺着，”他说，“那是为急诊病人准备的。要是来了急诊，你就得下来。”

这个小小的善举起了作用。我的行为毫无意义，而且可笑。我拿出手机，研究怎样打给孩子们：要在号码前面加上国家代码。但他们睡觉时似乎关掉了手机。我算了算，现在是早上五点半左右。我有个朋友睡眠不好，一个人住。我给她打了电话：“帮我找到我的两个孩子。拜托。”

我们的女儿打来电话。“妈妈，”她说，“妈妈，别让爸爸死掉。”

我们的儿子打来电话。“妈妈，”他说，“妈妈。”他在哭。

没过多久，前台的男人走进房间，说：“你们的大使来了。”

女儿给外交部的值班处打了电话，她说，她的父亲躺在河内的一家医院里，就快死了。那个男人带着一丝怀疑，答应过来看看。不过，乘坐一辆大吉普车来到医院的大使馆工作人员并不疑心。他们善良，并且务实，带了一位翻译，还带了一些食物、几瓶矿泉水和干姜酒。我第一次因为见到祖国的同胞如此兴奋。过了一会儿，我跟他们一起离开了医院。医院告知我，几个小时后，一位主任医师会跟我见面。他们把我带回城里的酒店，并向我保证，等我洗完澡、吃过早饭、跟我的保险公司聊完，以及也许小憩片刻后，他们会来接我去医院。除了睡觉，其他事我都做了。只不过，在此之前，我先给丈夫写了一封长信，告诉他自我们离开曼谷以来发生了什么。因为我确定他不会记得这些事。而且，我猜，那里的护士英语不够好，没法向他解释：他在哪里，是怎么来到医院的，以及为什么见不到我。我还告诉他，我有多么爱他，他必须努力好起来，因为，如果他没能好起来，我不知道自己还能不能活下去。这虽然像是威胁，但总比在信上说再见好。我说，我需要他的帮助，才能继续生活下去。就这么简单。过去他也曾命悬一线，但后来恢复了健康，这回他也能做到。

我见到了主任医师，他是一个年长的男性，对我这样的人不大耐烦。他的工作是让病人复原，不是跟家属聊天。大使馆的翻译跟我坐在一起，不过医生自己也会说一些生硬而正式的英文。他盘问我："你把手洗干净了吗？"

"洗干净了。"我说。

"如厕之后会洗手吗？"

"当然。"

"轮状病毒来自被排泄物污染的不洁食物。你应该更小心一点。"

"但我两个多礼拜没给丈夫做过饭了。"我说。

于是，我只得向他解释起自己的旅程，诸如：我来自哪里；我和丈夫是如何在曼谷碰面的；我本以为他见到我会很开心，但他没有。我挥舞着双手，把自己的解释变成了一出小小的戏剧。他露出了一丝淡淡的微笑，接着又恢复了严肃的表情。

“你丈夫需要在这里待上好一阵子，”他说，“我们会尽力让他康复。现在，我得见下一位太太了。”

下一位太太是艾琳，她比我前一晚见到她时更生气。一位我没见过的太太等在她身后，一个黝黑的葡萄牙女人，她陷入了困境，几乎说不出话来。她一直在无声地抽泣，鼻涕不由自主地流到了嘴唇上。她是玛利亚，她的丈夫从游轮的台阶上摔了下来，撞到了脑袋。砸，她说，砸到了。

翻译带我去前一天的诊所。既然保险公司已经结清了我们的保单，我可以拿回自己垫的钱了。诊所想给我越南盾——一种越南的货币。一千四百万越南盾。最后我们协商一致，我拿到了五千美元的百元大钞。

“记得把保险箱锁紧。”翻译说。

就这样，我开始了在双威酒店的生活。那个礼拜，我多半在阿兰特餐厅用晚餐，慢慢得知了几位服务员的名字。那里的餐点非常美味，越南菜和法国菜都是如此。我记不清菜式了。虽然我反复品尝那几道菜，这是我打发时间的方式，也是为生存必须付出的努力，然而，菜名还是很难记住。我记得有用糯米、生姜和柠檬草烹制的食物，还有红酒烩牛肉和奶油蛋糕。餐厅的招牌酒是路易斯·布努埃尔桃红葡萄酒，它被冠上了一位西班牙电影导演的名字。这位导演热爱墨西哥，拍过一系列以激烈的性爱、宗教和迷幻为主题的电影。桃红葡萄酒本身还不错，问题是，我该怎样在不引人侧目的情况下多点几杯。它贵得离谱，但我的保险箱里有大把百元美金，而且，我根本不在乎。吃过晚饭，我就会去楼下的爵士酒吧听三重奏。我非常熟悉他们的节目单，就像我熟悉菜单一样。同样，我也记不住那些曲目。不过，我在听歌的时候，可以再点一杯路易斯·布努埃尔。

我每天四次搭出租车穿过河内，上下午各往返一次，为的是了解丈夫的情况，因为没法电话沟通，他们的英文不够好，回答不上来我的问题。我一到医院，就会去重症监护室，等医生见我，有时是那位越南医生，他被迫跟我对话时，就会生气；有时是法国医生，他们大多友善一些。这些医生都不让我进病房看望丈夫，不过，我可以隔着窗户窥探。我会跟别的太太聊天。艾琳的丈夫病情恶化，接着，玛利亚的丈夫也是如此。艾琳的活力完全消失了。她很生气，也很疲惫。玛利亚哭泣着，不停划着十字。

“现在的情况是，谁的丈夫先死，不是吗？”艾琳说。

除了搭车往返于医院和酒店，我还会在这个城市的街道和湖畔漫步。这里有几百个湖泊，不过，我走到还剑湖时，确信自己找到了一直寻觅的那个湖泊，杜拉斯的母亲就是在这个湖畔经营小旅馆的，杜拉斯也正是在这个地点，经历了童年的巨大创伤。我用“地点”这个词，是因为杜拉斯当过电影制片人，所以，我在读她的书时，脑中不停有画面闪过。一座红桥通向岸边的寺庙。越南的红色总让我吃惊。还剑湖的中央建了一座亭子，从远处看跟烟囱一般大，为的是纪念一位15世纪的越南英雄：据说他的魔剑被金龟吞进了肚子。还剑湖的意思，是归还宝剑的湖泊。

岸边矗立着一排法国殖民时期的别墅，此时此地，我认定这就是旅馆所在地，或者说，旅馆一度在这里。我以为杜拉斯的小说里有一座红桥，但我回家后再去读她的书，却没能找到。我开始对杜拉斯不耐烦起来，因为她把我引向了难以想象的危险境地，我简直受够了。我穿过红桥，来到寺庙，为丈夫点了几支香，然后我坐在那里，看着湖面。在相恋的青葱岁月，在我们年轻的时候，他和我曾经坐在公寓的台阶上，看夜色降临在另一个湖泊上。

一天下午，我来到医院，发觉又有一个美国女人在重症监护室门口安营扎寨，她的丈夫也在这个城市工作。这个女人名叫史黛丝。她非常讨厌，极其疯狂，而且失控了，比我之前糟得多。她瘦得厉害，仿佛随时会断成两截。我不知道她丈夫到底生了什么病，因为她的话里夹杂着许多冗长而费解的医学术语。我大致上听了听，猜想他应该跟艾琳的丈夫一样，心脏出了问题。史黛丝的父母都是医生，她给身在纽约的父母打电话，他们给她的丈夫做了诊断，报出了他所需的治疗方案。她蹲在地上，瘦瘦的脊背朝向天空，一边喊出药名，一边把它们记在面前的笔记本上。“这些医生，”她叫道，“他们根本不知道自己在做什么。妈妈，我必须阻止他们。”两位法国医生出现了，试图让她平静下来。那位越南医生——我努力不去惹恼的那一位——冷眼旁观，表情严峻。他是个很难取悦的人。我已经学会在他面前保持安静，说话时声音不要太大，做手势时动作也别太猛烈。我守了整整一个星期，终于可以进去看我丈夫了，不过只有一分钟的时间。我觉得他认出了我。他被娇小的越南护士团团围住，她们的手像蜻蜓的翅膀。在那一分钟里，他熟识的似乎是她们，而不是我。不过，当时我戴着口罩，穿着长袍。

史黛丝依旧滔滔不绝，艾琳、玛利亚跟我面面相觑。“噗——”玛利亚边说边转身离开。她像是几天没换过衣服了，依然穿着我第一次见到的那身优雅黑衣，只是，现在她的衣服又脏又破，头发也打了结，披散在脸上。艾琳试图把自己的丈夫带去曼谷，但他们的文件没办妥，这让她很头疼，另外，曼谷出了政治骚乱，那里的机场关门了。

艾琳看着史黛丝，说：“好吧，她这通操作，绝对没什么鬼用。”我们又对视了一眼，这一次，我们真的认出了对方。幸存者——到目前为止。

我跟大使馆的工作人员建立了令人惊讶、发自内心的友谊，那一刻过去之后，我离开河内之后，这份友谊依然会维持下去。安妮住在西湖边的一座大楼里，那是外交官的公寓楼。屋里很凉爽，布置得也漂亮，墙上挂着新西兰艺术家的画，书架上放着新西兰作家的书。有几晚，我跟她和她的丈夫一起吃晚餐，我们坐在她家俯瞰湖面的阳台上，那里离竹帛湖不远，众所周知，约翰·麦凯恩[1]在越战中被击落后，就是跳进了那个湖里。安妮与我手挽手，还教我说“新早（你好）”和“感恩般（谢谢）”，这

1 约翰·麦凯恩（1936—2018），美国共和党重量级人物，曾于2008年参选过美国总统。1967年在越南战争中被俘，被拘禁了五年半之久。

是两个很有用的短语。新早，感恩般，我一边说，一边不停地微笑。我还能说什么呢？没人愿意接受我的西式小费，越南是共产主义国家，不允许收小费。“你好”和“谢谢”帮了我很大的忙。安妮让我去看教堂，陪我在城里观光，还带我去那些我自己肯定找不到的餐厅。我答应过大使馆的工作人员，晚上我不会单独出门，其实，我也没打算这么做。

一到晚上，我就只想待在双威酒店，吃饭、听爵士乐，哦，当然还要喝路易斯·布努埃尔桃红葡萄酒。安妮借给我一本琼·狄迪恩的小说，书里是她一贯的写作套路：一个女人独自待在一家荒废的热带酒店，喝着波旁酒，等待某件事发生，直到有人被特务杀死。通常故事里会有蓝花楹花瓣，它们漂浮在肮脏的游泳池上，远处还有暴乱。双威酒店没有泳池，然而，有天晚上，的确有两个美国人跟我一起进了电梯。他们穿着漂亮的西服，戴着名贵的手表，胸前的口袋里插着干净的手帕。年长的那位身材魁梧，留一头闪亮的银发，每一根都整齐熨帖。年轻的那位矮一点，也胖一点，他说：“那么，要是这里没什么任务，接下来怎么办？”年长的那位说：“我们去西贡，看看能在那里搞出点什么动静。”

仿佛我不存在。随后，我在爵士酒吧看到了一个穿着更考究的亚洲男人，他穿着短丝袜，戴着金边眼镜，坐在那里看报纸。我想，他会去和楼上的那两个男人碰面。过了一会儿，年长的男人真的下来了。亚洲男人从口袋里掏出两根硕大的雪茄，他在手心藏了一把雪茄刀。他握紧手掌，然后张开，露出满意的表情——我猜，切得很完美。他把它递给美国人，然后将这个仪式重复了一次。他们坐在一起，没说多少话。又过了一会儿，那个年轻的美国人也出现了。他落座后，接受了雪茄的仪式，虽然他似乎一心为前程苦恼。

我当然想留下来看看能听到些什么，但一个人若不想引人注目，就只能喝那么多杯路易斯·布努埃尔，也只能听那么多次爵士三重奏——他们已经将所有的曲目重复了三遍。那个亚洲人已经注意到了我的存在。

年轻的美国人让我想起了一个人。我想，不是狄迪恩，是格雷厄姆·格林。《文静的美国人》。这里正在酝酿麻烦。

麻烦无处不在，如果你允许它找上你。我搭出租车前往河内市中心的文庙。司机报出的车钱是正常价格的五倍。我提出异议，他就把我推到车外，然后走到我身边，抓住一侧的车门，管我要钱。我把钱给了他，等车驶出林荫道，我在笔记本上记下了他的车牌号。

我参观的寺庙是为纪念文学而建的，它本是一所始于1076年的大学。厚厚的石墙后面有五个庭院，院内满是鲜花和古树，还有在树荫下穿行的白袍僧人。我一边在寺院里漫步，一边想着：为纪念文字而建的寺庙，这与我的家乡是多么不同。我自记事起，就在脑中建造了一座语言的寺庙。在我本该做其他事情的时候，语言占据了我的全部注意力。杜鹃和蟋蟀，春天的番红花，它们在我脑中飞舞、绽放。我把它们写在纸上，与之搏斗，重新组织，又为之后悔。有时，我和丈夫一不留神，会让语言抹杀爱意——

那些说错的、匆忙讲出或大声吼出的话，我们仿佛在互相残杀。

我被文字深深吸引，同样，对共时性、数字，以及以神奇顺序发生的随机事件，我也怀有热情。前一天，在大使馆发生了一件奇怪的事。一位女职员问我，我在新西兰时，住在城市的哪个区域。听了我的回答，她说："我有个朋友也住在那个郊区。你住在哪条路上？"

我告诉了她。她说："那正是我朋友所在的街道。门牌号多少？"

结果，那栋房子离我家只隔两扇门。事实上，我跟我丈夫曾经住在那里，当时我们过得不大幸福，冲口而出的话也许会变质，就像大热天的牛奶。

现在，我站在文庙里，一些别的话涌上心头，我有好些年没记起过它们了：今天我将永远铭记。我静静地站着，回忆赞美诗的叠句。不是作家的话，不是过去的冷嘲热讽，与河内也没有任何关系。

> 我将永远铭记
> 基路伯大爱的力量，
> 在审判的时刻
> 那声甜蜜的"做得好"……

它包含许多诗节。圣·帕特里克的《洛里卡》。我父亲一家都是爱尔兰人。我知道的不过是：我每天都要去丈夫所在的医院，此时此刻，语言似乎已经无足轻重。

到酒店后，我投诉了出租车司机，又立刻感到后悔。这有什么要紧的？我有大把钞票。出租车公司的负责人来到酒店，把钱退给了我，并且向我鞠躬致歉。我说："我不想让他惹上大麻烦。我猜他是家里的顶梁柱。别让他丢了工作。"出租车负责人又鞠了一躬。

我跟大使馆的人讲了事情的经过。"他不会有事的，对吗？"我问。

那个女人看着我，耸耸肩："他也许已经被带到森林里，一枪打死了。"

我说："你不是认真的吧。"她没有回答。

我不知道那个男人后来怎样了。但那天夜里我看着镜子里的自己——西方的、高贵的、致命的。池水上漂浮的蓝花楹花瓣。

我很懊悔。这是事实，不会消失。我到了医院，史黛丝依然蹲在重症监护室门外的地上，对着手机喋喋不休，她用空出来的那只手捶打着水泥地。她看到我，于是站起来挂掉电话。"你相信吗，"她叫道，"我告诉过里面的那些混蛋该怎么做，可他们就是不听。我爸爸知道他们应该给他用什么药。"

"他们可能没有那种药。"我说。

"就算有，也没用。他们太蠢了，根本不知道该做什么。"

"他们知道的也许比你想象中多。"我说。我发现越南医生在看我，眼神宁静而平和。"你想进来看看你丈夫吗？"他说，"你可以喂他吃点东西。"

我戴上口罩，穿上长袍。

“这是不是意味着，他快康复了？”

“假以时日，”他说，“他很快就可以去别的病房了。”

我给丈夫喂了几小勺米粥，然后去找安妮吃午饭。我们去了“绿橘子”，一家位于法国老建筑里的餐厅，它有一个神秘的台阶，通向上面的平台。我们在院子里找了张桌子坐下来，甜点吃的是柠檬冰，一个被仔细挖空的橘子，里面填满了混合了奶油和利口酒的果肉。柔软的质地，酸甜的混合口味——像酒，我们仿佛就是在喝烈酒。我开始昏昏欲睡。安妮说：“你保险柜里的那笔钱……”

“嗯？”

“也许你该让自己好好享受一下了。下午我们去秀水街，如何？”

就这样，我们来到了河恒盖，也就是丝绸街，这条街上有许多丝绸店。我拿起一匹匹不同的绸缎，把它们贴在我的脸上，我在一些绸缎上面闻到了皮肤的香味，就像舌头上的热蜂蜜，不过那味道也许源自铺子后面煮的食物或是店里焚的香。这不重要。我如果闭上眼睛，内心就会洋溢着年轻女子的激情，我能看见丈夫背上的金色光泽，我的爱人，光明与黑暗的游戏，我想，M. D.，你没有抛弃我。我不该怀疑的。我买了外套、裙子和裤子。接下来的那几天，我都在重复这样的行程，甜美凉爽的布料滑过我的指间，像爱人的触摸。百元美钞如水流走。

我把那三位太太丢在了重症监护室。不是这样的。我觉得艾琳把自己的丈夫救了出来，就在我丈夫被转移到另一个病房的那天，现在我可以去那个病房做短暂的探视，跟他说说话。艾琳和她的丈夫要回美国了。史黛丝可能还在河内，也许被绑在森林某处的椅子上。我大可以将她彻底抛诸脑后，但我没有这么做。不过，我倒是抱了抱玛利亚，笨拙地，因为我们是陌生人。只不过，周围再没别人了，她孑然一身。"他是个好人，我的丈夫。"她说，或者说，我觉得她说的是这个意思。他的遗体被运走了。

又过了一个星期。我去探望丈夫时，会跟他聊一会儿，但不会聊太久。我的丈夫没法想象我游览过的地方。我看着那些娇小美丽的护士围着他打转，温柔地给他按摩。她们喜欢他，我看得出来。我想让他回到我的身边。一天清晨，我第四十一次搭出租车穿过这个城市。我见到了一位法国护士，她会陪我们回新西兰。我们一行人在飞机前排订了四个座位——一个给护士，一个给氧气瓶，一个给我丈夫，还有一个给我。我们上了一辆救护车。坐车穿过这座城市时，我丈夫匆匆看了几眼窗外的景色。我们穿过那座横跨大河的长桥，就是我来河内的第一晚便发现的那座桥。

"那是红河吗？"他问。护士说是，他转过头去，我看到他眼中有泪。

"好吧，那么，我见过它了，"他说，"红河。"

担别，我小声说。再见。再见，红河，红桥，红色的国家。

我牵起他的手，我们的皮肤皱皱地贴在一起。老旧的丝绸。

点彩

这四十五年里，吉尔的居所离坡上的那栋房子只隔两扇门，她却从未登门拜访。这倒不是因为她生性不爱跟人交往。每次看见现在的住户，她都会向他们问好。倘若他们有什么需要，她也会热心帮忙。有时她出门散步，会站在山路上，欣赏着它扩建后的样子。比起她住在里头的时候，那栋房子已高出了一倍，还多了一段台阶和几扇漂亮的新窗户。她相信，高度增加后，它应该能捕捉到一丝阳光——就像一棵趋光生长的大树。以前那里从来照不到太阳。

那栋房子原本是她的寓所，而促使她搬走的原因正是缺乏光照。好吧，这个原因，再加上台阶太陡和环境脏乱。这就是她、杰克和孩子们刚搬来这里时的情形。杰克和吉尔不是他们的真名，但姑且这样称呼他们吧。

它归政府所有时，里面住着一个女人；她一连住了几十年，房子在她身边慢慢倾颓。他们买下那栋房子时，壁炉里的柴火还没清理，摇摇欲坠的碗橱里放着女人最后的残羹冷炙。那时他们刚来这座城市，只买得起这样的房子：一栋政府急于转手的房子，因为它已残破不堪，而且这一带日趋时髦，街上已经容不下政府公房了。

此外，不远处有一座机场，杰克能看见飞机在那里进进出出。他年轻时当过空军飞行员。而且，这里还能看海，他提醒她，远处就是波光粼粼的浩瀚大海。别介意大风呼啸，这个多风的海滨城市常常如此，届时屋顶窸窣作响，摇摇晃晃，仿佛就快被风掀走。

他们在那个房子里忙上忙下：打扫干净，添置家具，铺上地毯，挂上窗帘。大家以为吉尔会很开心，事实上，她并不开心。她一直处于绝望之中，实在受不了的时候，她会哭泣，还会摔盘子。他们在外省的房子能照到阳光，还有一个花园；孩子们也焦躁不安，常常生病。

“会好起来的，亲爱的。”杰克一遍又一遍地对她说，她也每次都会为自己的不满致歉。他一头乌黑的鬈发里开始掺进白发。事情会好起来的，她许诺。这栋房子看上去棒极了，她向他保证。他一直在努力工作，她也不是不知感恩。白天他出门上班，吉尔在家里给电台写剧本。电台的酬劳相当丰厚，有了这份额外的收入，他们可以重新装修厨房；他们的朋友会来做客，她努力把这里当成自己的家。杰克是老师，工作时总要照顾别人。她知道，倘若她表现得像个病人，他下班后就得继续照顾她。那就太不公平了。不过他自己也很担忧，儿子很顽皮，会跑到大街上玩耍；

安静内向的女儿却无处可去，只能待在自己的卧室里，隔壁就是她母亲的凹室，打印机在那里响至深夜，因为吉尔手上的活儿越来越多。

街道上方的山坡上凿出了一条长长的蜿蜒小径。它通向一对老夫妇的房子，他们名叫赫蒂和罗兰。房子紧靠小路，不过由于地形的缘故，行人只能瞥见一部分。他们在这座山里住了许多年，比死在杰克和吉尔卧室里的女房客还久。有天，吉尔在小路上遇到了赫蒂。

“进屋呀，我需要一位客人，”赫蒂喊道，“进来喝杯茶，或是白兰地，你想喝什么饮料都行。”吉尔跟在她身后，沿小径走上了平缓的楼梯。

后门处有一丛灌木，赫蒂从灌木后面的窗台上飞快地取下一把钥匙。“我把罗兰锁在了屋里。”赫蒂笑着说。吉尔不知道她是不是在开玩笑。结果那位丈夫真在那里，之后吉尔就会发现，他总在那里。

“听说你会写东西，”双方得到引见后，他说，“他们是这么跟我说的。”她猜他指的是邻居们。她知道，这里的邻居似乎总爱凑在一起窃窃私语。

“我是个作家，是的。”

他哼了一声：“我可不希望我妻子干这事。让她的名字到处传。”

不过，他还是愉快地聊了聊天气和政府。（他没问她的政治倾向，全然站在自己的立场上指点江山。他希望大选时，能一举除掉左派分子。）与此同时，赫蒂一直在厨房泡茶，并且拒绝让吉尔帮忙，等她终于能为客人斟茶时，那壶茶已经凉了。看不到白兰地的踪影。赫蒂和罗兰的房子似乎与吉尔和杰克家截然相反。早晨的阳光穿过餐厅的窗户，洒在门廊与客厅里，罗兰日复一日地坐在那儿，一双老腿严严实实地裹在毯子里。房间里塞满了家具，刚买的时候应该价格不菲。壁炉里燃着煤气，炉架由淡紫色的瓷砖砌成，瓷砖上点缀着白色的圆点。屋外有一个无人打理的大花园，还有惊心动魄的美景：在悬崖的北侧与南侧，大海与高山无边无际，一览无遗。很难相信，这栋截然不同的房子离他们自己的家是这么近，两家人能听见彼此的呼唤，中间只隔了一户。

“等我们不住了，你可以买下它。”有天，赫蒂愉快地说道。她喜欢吉尔来做客。这段日子里，没有其他人过来。

罗兰蜷缩在自己的椅子里。他从前是位银行家，言谈间透露过，他有过几项不错的投资。“我不会离开这里的。”他说。

“唔，这可能由不得你。”赫蒂声音轻快，笑了起来。她流着鼻涕，白发披在脸上。吉尔觉得这话有点古怪，但也说不清其中的缘由。“我们的儿子不要这房子。我们就这一个儿子，”她告诉吉尔，“是这样的，对吧，罗兰？”

“就一个。”他抽搐了一下，说道。

“我总是记不住。有时候我觉得我们不止一个孩子。”她的声音很伤感。

“够了，赫蒂。”罗兰说。

“你的小孩真漂亮，吉尔。”她说，仿佛没有听见他的话。

“到时候我会自己决定把房子卖给谁，”罗兰嘴角微微上扬，他的身体也许困在轮椅上，脑子却仍在不停运转，“如果我真要卖的话。我觉得你们买不起这栋房子。”他盯着吉尔，冷冷地掂量着她有几斤几两。她的到访似乎不讨他的欢心。出于某种她不知道的原因，他对她怀有敌意。在他眼里，她和杰克是新住民，而且是贫穷的新住民。还有谁会买下路边的那个垃圾堆？又或者，只是因为吉尔看到了赫蒂现在的样子，他觉得丢人，因为事情的真相不大可能逃过吉尔的眼睛。

“如果这栋房子真要出售，我会通知你的。”他干脆地说道。那一刻，她发觉自己在他眼里是个投机分子，是来从他们——两个正在崩塌的老人——身上捞好处的。这一定就是问题所在。她的脸很烫，话头不是她挑起的，这段对话完全属于这对老夫妻。但他一定看见了她满怀憧憬、四处打量的样子。

那是吉尔最后一次去他家做客。

另一个邻居告诉吉尔，有人看见赫蒂穿着睡衣在市中心游荡。显然，该被锁在屋里的是赫蒂，吉尔并不惊讶。

接着，赫蒂和罗兰突然离开了，没跟任何人道别。吉尔去街角的商店买面包时，听说了这个消息。她想，应该是那个与她素未谋面的儿子过来接走了他们。房子被租了出去。至少，她听说是这样。后来，她在报纸上看到了赫蒂的讣告，不过罗兰似乎还活着。

自她和杰克搬到山里，四年过去了。

有天夜里，电话响了，吉尔拿起听筒。打电话的是马克，赫蒂和罗兰的儿子。这是她第一次听说他的名字。他说，自己打这通电话是为了捍卫家族的荣誉。当天他才得知，杰克和吉尔曾被告知，他父母的房子倘若出售，他俩会收到通知。

“我以为它被租出去了。”吉尔说。

“没能找到租客。”

吉尔的心在狂跳：“那么，我们可以买下它？”

“呃，不是。我们已经收到了一个报价。明天销售就截止了。”

“那么……你给我打这通电话到底是为了什么？”

“正如我刚才说过的，我们的荣誉，”他的声音很不耐烦，仿佛这是一个她无法理解的概念，“我父亲觉得应该知会你，我想，他曾经对你许下了什么承诺。喏，我们在那里住了很久。我在那里长大。附近的人我们全都认识。”

“那些邻居，是的。”

“我父母在那条街上名声很好。”

“当然，”吉尔说，“房子一直出售到明天为止是吗？”

“理论上如此，没错。但是事实上，它已经卖掉了。”

“所以，我依然可以开出比你现在拿到的报价更高的价格？”

“它在地产中介手里，”马克说，“我管不了。”他报出了地产中介的名字，吉尔还没来得及说话，他就挂掉了电话。

她把这事告诉了杰克，他脸色一沉。“这个混蛋，”他说，“他存心不让我们得到它。”吉尔之前没有意识到，他同样渴望那栋房子。她谈起它时，他从来不置一词。“你一直梦想拥有那栋房子，不是吗？我知道，亲爱的，我知道。”

“它一定空着，”她说，“一直如此，我们却不知道。”

“要不要进去看看？我们可以破门而入。”杰克就是这样，他品行端正，但内心深处却自行其是，“这样的话，至少今晚它归我们所有。”

“其实，我们不见得非要破门而入，”吉尔说，“我知道哪里也许会有钥匙。”

孩子们长大了，可以把目光从他们身上移开一阵子。杰克和吉尔让他们自己乖乖待上半小时。

如吉尔所料，窗台上藏着备用钥匙，几年前，赫蒂就是从那里掏出钥匙的。这个夜晚非常寂静，冬天的寒意在空中弥漫，第二天一早似乎会下霜。

他们进屋时，一块地板忽然咯吱作响。“一定是罗兰。”杰克说。吉尔吓得闷声尖叫。他擅长这样，凭空制造小小的惊吓，这是他开玩笑的方式。

但屋里是空的，赫蒂和罗兰的痕迹一丝都没留下。房间似乎在眼前蔓延，一间接着一间，这让它看起来比实际上大很多。这个房子并不宏伟，不像城里的那种老宅子。不过，它高耸、洁白的雕花屋顶年代更加久远。东西都已搬空，房子露出了本来的面目，空间感与轻盈感映入眼帘。电源已被切断，但点彩壁炉上留了一盒火柴，也许是地产中介用来给客人点火的。杰克划了一根火柴，尝试点燃煤气，火苗突然跳动起来，没过几分钟，屋里变得既暖和又明亮。

窗户上镶着彩色玻璃，还有一个大窗台，吉尔想象着自己窝在那里看书的样子。

“看这个。”杰克喊道。她走进浴室。杰克正在欣赏深粉色的浴缸和洗脸池，上等香克斯陶瓷。“这可是稀罕玩意儿。”

“这东西必须丢掉。”

“你这个破坏狂，没门儿。”

“我们没法拥有一个粉红色的浴缸。”

“可以的，我们可以，”杰克爱不释手地抚摸它的边缘，“真漂亮。”

屋外夜幕降临，一轮巨大的新月从窗前掠过，盈满甜蜜而梦幻的天空。杰克开始唱《我看见了月亮》，吉尔也跟着大声唱起来，在那栋不属于他们的房子里，他们坐在明亮的炉火旁。飞机落地前，飘过他们的窗外。有时，杰克解释道，飞机会从北面飞来，这完全取决于当时的风向。这架飞机是迎着南风过来的。刮北风的时候，它们就会从海上飞来。

“孩子们，”吉尔恍惚地说道，“我们该走了。”她已经开始想象：屋里装满他们的书，以及杰克的收藏——飞机模型、整套天平、愚蠢的通知单。

“住在这栋房子里，你会很开心的。”杰克说。一句陈述，而不是一个问题。他们关掉煤气，在屋里逛了最后一圈。杰克在主卧的窗前停了下来。“四翅槐树，”他说，“我一直想找地方种棵树。我会把它种在这扇窗下，然后长长久久地活下去，直到能躺在床上，看图伊鸟在春天飞来这里，听它们在树上唱歌。”所以，他对这座房子的感觉不言而喻。

他们把钥匙放回原地，这时杰克说：“不管现在的报价是多少，告诉地产中介，我们愿意出更高的价格。”

“我们承受不起的。”吉尔说。

“不这么做，我们才会承受不起。”

“我们没钱。”

“唔，那就编个谎话，”他说，“钱会出现的。”

他们又在被月光浸透的草坪上站了很久。一棵巨大的苦槛蓝俯瞰着这栋房子，月影如涓涓细流，透过枝叶倾泻下来。他们的两个孩子结婚时，会在这片草坪上跳舞；女儿出嫁那天，吉尔会摆上一圈白玫瑰，斑斑阳光在枝头跳跃。有天，吉尔会惊讶地看着这棵树。“所有我爱的人都曾站在这棵树下。”她向每个人诉说，虽然也许没人在听，因为她身边全是欢声笑语。但这会成真：她的父母，她的姨妈们——只有一位缺席，她和杰克的孩子，还有孩子的孩子，孩提时的伙伴，这些从没抛下她的人，都会来到这里，并且非常开心。这是多年以后的事了，房子会变大，会扩建——这里一点，那里一点，不过大部分东西会维持原状，例如浴缸。到时候，杰克会看见并且听见，图伊鸟在他亲手栽下的四翅槐上歌唱，槐花抵着窗户尽情绽放，小鸟也敞开喉咙放声高唱。

“你不能这样，”翌日，吉尔走进地产中介的办公室时，他说，“那栋房子已经卖掉了。”中介身材瘦削，脸颊过分红润。他情绪越激动，脸就越红。他身穿格子衬衫，罩一件粗花呢夹克，打一条质地粗糙的领带。

“不，还没卖掉。”

“我告诉你，我已经做成了这笔生意。”

“但这笔生意还没正式签字。”

“你不过是在猜测。”

“不，我不是，”吉尔说，“昨晚卖家给我打电话了。现在，听着，这是我们的报价，比你手上的报价高。我们的律师正在安排资金。你不能不为客户争取最高的价格。这是……”——她顿了顿，心中闪过一丝窃喜——“不光彩的。”

“我的人也许会加价。”

“那我们就出更高的价格。”鲁莽让她兴奋不已，谎话冲口而出。

“你有房子要卖吗？”

“有。”至少这是真的。

“如果你把买卖交给我打理，也许我可以重新考虑一下这件事。”

“成交。”吉尔说，仿佛没有别的问题了。她伸出手。他手心冒汗，但还是握住了她的手。

他们生活中的光明和阴影，全都发生在那栋房子里。他们不再像从前那样生活，至少没再过多久从前的日子。他们学会了遗忘，也学会了原谅。那栋两门之隔的房子成了一个噩梦、一个满载忧愁的地方。距离灾难，他们曾是如此切近。

吉尔想起他们遇到的危险，不禁打了个寒战，伸手抱住自己，或是抱住杰克——当他在她身边的时候。

奇怪的是——奇怪似乎已经不足以形容这件事，那些一开始打算买赫蒂与罗兰房子的人，发现自己可以买杰克和吉尔的房子时，丝毫没有感到失望，于是有一段时间，他们成了邻居，后来他们搬走了。吉尔觉得该去拜访他们，却发现自己根本做不到。从那时起，她开始抗拒通往旧居的那条路。那条路。有些路你不能回头，否则会死。她从卧室的窗口能看到旧居的白墙，这就已经足够了，当然，这是在四翅槐挡住窗口之前。后来在她心里，旧居已不复存在。

风暴依然会袭击他们的新居，就像袭击之前的那栋房子一样，但他们有了前所未有的安全感。木头框架十分坚固，足以抵御那些从北面、南面，甚至有时从屋内涌来的狂风。

他们搬来这里后不久，她在店里遇到了一个邻居——一位认识赫蒂和罗兰的老人。他刚去疗养院探望过罗兰。“他问起你们的情况，”他说，“他问，那对毛利人拿他的房子怎么样了。”

吉尔没把这话告诉杰克。为什么？因为这不重要。

他们就是他们，而且，现在这是他们的房子了。

吉尔和杰克年纪渐长，也越来越忙，他们会出国旅行，大多数时候结伴出游，有时候也孤身上路。然而，每当离开这栋房子，吉尔都会绕着它走一圈，跟它说再见。再见，再见，房子，我会回来的，她这样告诉它。它会在那里等她，随时准备拥她入怀，仿佛她从没离开过。她的一位诗人朋友会为她的房子写一组诗，其中的一首诗里有个词，吉尔经常想起：汝之屋。像一句祷告、一个咒语。

对杰克来说，这些台阶会变得有点碍事，吉尔想，罗兰一定也经历过这些。她几乎已经忘了之前离开的那些人，虽然房门咯吱作响时，杰克依然会说，你好啊，罗兰，或者，回家吧，赫蒂。在漫长而寂静的夏天，他会坐在阳光下，仰望经过的飞机，重温自己在天空翱翔的日子。他会带着满足的表情，以目光追随着吉尔的身影。“我太幸福了。”他说。

一天晚上，吉尔很晚才回家。杰克忘了自己已经老去，跑下台阶迎接她。杰克会一跤摔破头，这就是故事的结尾。

吉尔不会跟着跌倒，但她的心会跌倒，一次又一次，伤痕累累，她以为它再也不会好起来了。

有些晚上，月亮升起，飞机降落，灯光在黑压压的海面上留下一条尾焰，那时吉尔总会站在窗前。她转头去看点彩壁炉，她看见自己与杰克，愉快得像两个小偷，把那栋房子据为己有。

在那个火光摇曳、月色温柔的夜晚，他们不会知道这些事。

他们不会知道。

译后记
女性的片刻或一生

《一路到夏天》结集于菲奥娜·基德曼八十岁那年，一共收录了十三个短篇。这些故事的创作时间跨度极大，题材、篇幅、完成度也各各不同。串联起它们的，是共同的主题：爱。

其实世上有多少小说与爱无关呢？但基德曼这部短篇小说集里的主人公，爱的不是崇高的志业、抽象的大义，而是具体的人——恋人、友人、亲人。他们在“爱”的得与失之间徘徊，一边安抚内心的纠葛，一边直面命运的流向。

“迂回”，是爱得游移不定；“渴望”，是爱得求而不得；“迷途”，是爱得蒙蔽双眼；“本色”，是爱得返璞归真——十三个故事被基德曼划分为这四章，像爱的四种形态，又像爱的四个阶段。朝枚之年的作家似乎想透露：人总要先在爱引发的震荡里辨认自己的本心，就像《绕到你的左边》里的少女爱丽丝，在恋人暧昧不明的态度终于明朗之际，却选择与过去一刀两断，奔赴更广阔的天地；再去追寻自己想要的情谊与陪伴，如果命运弄人，渴望就不能成真，正如《酿蜜框》里的弗雷德里克和埃丝特，被亲人与命运操纵，旧日纯真的期待全部落了空；也许还会遇上歧路，爱错人，表错情，把真心付给了不值得的人，例如《告诉我那爱的真谛》里的维罗妮卡，直至暮年才明白，生活被一个呼之欲出的秘密包裹，她只是旧日恋人与友人的局外人，是“必须付出的爱的代价”；但最后，总会见识到爱的本来面目，就像《巧舌如簧》里的弗洛，终于看穿并放下了漂亮却虚伪的威尔夫，承认软弱但忠厚的丈夫才是自己的一生挚爱。

写人与人的交集，容易在细枝末节的事件和弯弯绕绕的情感里抽不出身，一砖叠一瓦，砌成笨重的墙。基德曼不这样。她是小说家，也是诗人，写起小说来，有诗的轻盈美丽。

在她的故事里，人物复杂的情感常由意象代为诉说。

《帽子》里那顶宽檐帽，是一位母亲在儿子结婚当天的忐忑与骄傲，她一路为帽子抓狂、喜悦、羞愧、坦然，都只因那颗爱子之心在颠簸跌宕。

《心里的一根针》里，半截游走在埃斯梅血管中的缝衣针，是她必须忍受的痛苦，也是她交织的渴望与罪恶感，她在出轨时想到它，在放下一切时也想到它，这根针“漂在她的血液中，她自己的浓汤里”，最终又“带着遥远的痛楚，颠簸着远去”。

《一路到夏天》里，那根用来占卜水源的小树枝，在女孩玛蒂手里会产生“一股冲劲，就像骑在没佩马鞍的马背上，比枪的后坐力还强烈”，它是玛蒂拮据而平凡的童年的出口，是挣脱庸常的渴望，所以等她“长大成人，结了婚，寻找地下水源的能力便彻底消失了”。

就连稀松平常的月亮，在基德曼笔下也能幻化出丰富的情绪，情窦初开的少女第一次与恋人单独相处时，月亮是这样的：

“他们驱车回家，在绿草茵茵的山坡间穿行，月亮像是漂在天上，一时停下，一时浮起，在夜空中缓缓流淌。”（《绕到你的左边》）

被生活束缚的疲惫妻子偷偷闯入自己的“梦中情屋”时，月亮又是这样的：

“屋外夜幕降临，一轮巨大的新月从窗前掠过，盈满甜蜜而梦幻的天空。”（《点彩》）

意象与语言之美只是基德曼小说中最直白的一环。在结构上，她同样高超。那些自然登场的人物、时间错综的事件，像一条条灵巧的小鱼被放归水中，它们自然、轻盈地流动，却不知水下早已预埋了炮弹，某时某地，古井无波的表象必然会被炸个翻天覆地。

《心里的一根针》是其中的典范。这篇小说三万余字，已经是短篇小说的上限，从一场马赛写起——如果按年龄计算，当时的埃斯梅还没过完自己的童年；一直写到埃斯梅的暮年，已经有“许多人都走在了她的前面”。埃斯梅这一生，在家时地位微妙，虽有母亲的庇护，却会被哥哥扇巴掌，最亲厚的是妹妹珀尔——也就是她母亲的“奇迹宝贝”；成年后许久没人向她求婚，最终嫁给了英国来的铁路工人；丈夫教养良好却不得志，埃斯梅靠自己的缝纫手艺帮补家用，妹妹珀尔每逢假期前来度假，度过了一段平静的生活；可是丈夫渴望的是贤内助，不是天才裁缝，埃斯梅嫁给他，也从来不是因为爱情，短暂的婚外情成了她的选择，也成了她的命运；后来的事几乎是一悲到底，埃斯梅收到恐吓信，恋人不知所踪，妹妹客死他乡，她心如死灰，离开了丈夫，并且没能带上自己的两个儿子，小儿子怨她，怨到连婚礼也没有邀请她出席，因为觉得她"跟一个叫凯文·普德尼的男人跑掉了，把他和哥哥丢给了他父亲"，于是她只能悄悄地坐在教堂后排，装作前来观礼的普通宾客；直到她的哥哥乔死后，小儿子才与她再次有了往来，结尾处，她的秘密终于对读者揭露——"妹妹"珀尔是她幼年被哥哥侵犯诞下的女儿。这是埃斯梅人生的谜底，它让此前三万字里埋下的无数伏笔一齐现出了真身：小到为何珀尔只有在埃斯梅怀里才不哭，为何埃斯梅不愿在珀尔的葬礼上跟哥哥站在一起；大到为何埃斯梅明明样貌出众却没人求婚，为何珀尔的死让埃斯梅下定决心与丈夫分手。真相如一记闷雷，惊得读者回不过神，但埃斯梅没有对小儿子道破，也没有跟他解释，当年她不是跟普德尼私奔的，而是独自生活了六年之后，为了孩子才与普德尼结合。小儿子探望过她后，埃斯梅放下了往事，让过去成为过去，"现在，无论发生什么，都不再重要"，只把心碎和泪水留给了读者。

从青春一直写到人生尽头的，不止《心里的一根针》，还有《告诉我那爱的真谛》里错爱一生的维罗妮卡，《一路到夏天》里负起养家重担的母亲，《巧舌如簧》里的旧时代女性姨妈弗洛。另外的故事，截取了女性生命中的一段或片刻，例如《迪克逊太太和她的朋友》是写迪克逊太太与前夫的一次重逢，《神奇八人组》是写娜塔莉一次热烈而绝望的外遇。

《新西兰书评》曾这样评论："基德曼平易晓畅的文笔，及其表现女性挣脱社会束缚的手法，让她在我们的小说史上永远占据一席之地。"的确，基德曼塑造的女性形象个个鲜明，她们的职业与命运各不相同，有与艺文密切接触的都市女性，比如热爱诗歌与绘画的历史老师（《告诉我那爱的真谛》中的维罗妮卡），比如在影视业拥有一席之地的编剧（《神奇八人组》中的娜塔莉）；也有三餐无着落的劳动妇女，比如不仅在农场操持还要出门找散活儿的农妇（《一路到夏天》中的母亲），比如靠手艺和打工养活自己和女儿的裁缝（《心里的一根针》中的埃斯梅）。要说她们有什么共同点，那就是她们都感受过爱，也都承受过随之而来的苦——背叛、欺骗、贫穷或死亡，却很少自怜，不会把苦楚当作心口的花朵，精心培养，定时灌溉。她们总会活下去，痛苦时就寻求劳动的安慰：耕种、挤牛奶、缝纫、烹饪，或是阅读、写作、听音乐、看展。就这样，她们或是找到了自我，或是启示了后来者：爱丽丝离开了狭小的山谷，埃斯梅看开了一生的痛苦，维罗妮卡开始写属于自己的诗，娜塔莉终于从迷途中振作起来，而巧舌如簧的男子令弗洛心碎了半生，却没法再蒙蔽她的侄女……

这种生机与茁壮，也许有新西兰地理风貌的滋养，也许隐约呈现了基德曼的价值观。但身为作者，基德曼不在小说里做评判，不会为女性划定唯一正确的路。她只是呈现，只细致入微地刻画女性的一生或片刻，你会相信爱丽丝、埃斯梅、维罗妮卡、弗洛、娜塔莉都曾经或继续真切地生存于这个星球，而我们即便困于公寓、交通工具与办公室，也能让自己的生命在阅读中重叠、扩展，与她们一起过万千种人生，去爱人，去渴望，去心碎，去恢复，去草地上和夏日里感受生机勃勃的劳作之美，去相信自我完成可以有许多种形态，不只是“逢礼拜流连艺术展还是未间断”。

蒋慧

2022年10月21日

Acknowledgements

From *Mrs Dixon & Friend*, Heinemann, 1982: 'Mrs Dixon& Friend'

From *Unsuitable Friends*, Century Hutchinson, 1988: 'Hats'

From *The Foreign Woman*, Vintage, 1993: 'Circling to Your Left', 'Marvellous Eight'

From *The Best of Fiona Kidman's Short Stories*, Vintage, 1998:'Tell Me the Truth about Love'

From *A Needle in the Heart*, Vintage, 2002: 'A Needle in the Heart','All the Way to Summer', 'Silver-Tongued'

From *The Trouble with Fire*, Vintage, 2011: 'Fragrance Rising', 'Silks'

New and previously uncollected: 'Red Bell' (a shorter version appeared in the *Warwick Review* UK), 'The Honey Frame'(first appeared in *takahē* magazine),'Stippled'

'Tell Me the Truth about Love' is a poem by W.H. Auden.

Extract from the untitled poem 'written on seeing the Four Freedoms section' by Cecil Day-Lewis reprinted by permission of Peters Fraser & Dunlop(www.petersfraserdunlop.com)on behalf of the Estate of C. Day-Lewis.

When your heart's on fire / You must realise / Smoke gets in your eyes comes From'Smoke Gets in Your Eyes'(Harbach/Kern)©Universal Music Publishing. Reproduced by kind permission of Universal Music Publishing.

Look for the silver lining / Whene'er a cloud appears in the blue / Remember, *somewhere, the sun is shining / And so the right thing to do is make it shine for you* comes from'Look for the Silver Lining'(Kern/De Sylva) ©Universal Music Publishing. Reproduced by kind permission of Universal Music Publishing.

The poem referred to in 'Stippled' is from *House Poems*, no I5, by Rachel McAlpine.

Seven Lives on Seven Rivers by Dick Scott provided inspiration and information for the stories 'The Honey Frame' and 'Fragrance Rising'.

'Do not go gentle into that good night' is a poem by Dylan Thomas.

The picture on page 344 is reproduced with kind permission of Motueka Public Library.

The author thanks Louisa Kasza and Harriet Allan for their wise and perceptive editing, and for their friendly support for the work.

图书在版编目(CIP)数据

一路到夏天：爱与渴望之歌 / (新) 菲奥娜·基德曼著；蒋慧译. -- 成都：四川文艺出版社，2023.6（2024.3 重印）
ISBN 978-7-5411-6597-9

Ⅰ. ①一… Ⅱ. ①菲… ②蒋… Ⅲ. ①短篇小说—小说集—新西兰—现代 Ⅳ. ① I612.45

中国国家版本馆 CIP 数据核字 (2023) 第 026170 号

YILU DAO XIATIAN: AI YU KEWANG ZHI GE

一路到夏天：爱与渴望之歌

[新西兰] 菲奥娜·基德曼 著
蒋慧 译

出品人	谭清洁	选题策划	后浪出版公司
出版统筹	吴兴元	编辑统筹	尚 飞
责任编辑	陈雪媛	特约编辑	郝晨宇
责任校对	段 敏	装帧制造	墨白空间·Yichen
营销推广	ONEBOOK		

出版发行	四川文艺出版社（成都市锦江区三色路 238 号）
网 址	www.scwys.com
电 话	028-86361781（编辑部）

印 刷	嘉业印刷（天津）有限公司		
成品尺寸	143mm × 210mm	开 本	32 开
印 张	11.5	字 数	230 千字
版 次	2023 年 6 月第一版	印 次	2024 年 3 月第三次印刷
书 号	ISBN 978-7-5411-6597-9	定 价	60.00 元